最经典的侦探故事

盛文林 ◎ 编著

台海出版社

图书在版编目（CIP）数据

最经典的侦探故事 / 盛文林编著. —北京：台海出版社，2011.2

ISBN 978-7-80141-770-1

Ⅰ. ①最… Ⅱ. ①盛… Ⅲ. ①故事－作品集－世界 Ⅳ. ①I14

中国版本图书馆 CIP 数据核字(2011)第 001229 号

最经典的侦探故事

著　者：盛文林	
责任编辑：王艳	装帧设计：天下书装
版式设计：盛文林文化	责任印制：蔡旭

出版发行：台海出版社
地　　址：北京市景山东街 20 号　　邮政编码：100009
电　　话：010－64041652（发行，邮购）
传　　真：010－84045799（总编室）
网　　址：www.taimeng.org.cn/thcbs/defauit.htm
E-mail：th-cbs@163.com
经　销：全国各地新华书店
印　刷：北京高岭印刷有限公司
本书如有破损、缺页、装订错误，请与本社联系调换

开　本：710×1000　1/16
字　数：200 千字　　　　　　　　　　印　张：16
版　次：2011 年 11 月第 1 版　　　　　印　次：2011 年 11 月第 1 次印刷
书　号：ISBN 978-7-80141-770-1
定　价：28.00 元

版权所有　　翻印必究

前 言

青少年朋友在成长过程中一定充满了猎奇心理，比如一些侦探、悬疑、传奇故事，世界上关于这类作品也很多。怎样才能有个选择性，让你读到最好的、最经典的故事，为此我们特意准备了这道《最经典的侦探故事》视觉盛宴，让你们大快朵颐，花最少得时间和精力，读到最经典的侦探故事。自从1884年美国作家爱伦·坡的作品《毛格街血案》问世以后，侦探故事从此真正进入了大众眼球。侦探故事，一般是讲侦探与罪犯斗智斗勇的文学故事，常常以离奇曲折的故事情节、逻辑缜密的故事推理、层出不穷的故事悬念外加出人预料的故事结局来吸引读者。希望本书精选的故事能得到您的认可和喜爱。

中 国

- 假县官升堂 ·········· 2
- 包公借尸平奇案 ·········· 9
- 枯井下的奇遇 ·········· 16
- 望月鳝 ·········· 20
- 白纱巾 ·········· 26
- 浅指纹 ·········· 32
- 宝剑出鞘 ·········· 39

日 本

- 五岛·福江之行 ·········· 48
- 大海的请帖 ·········· 56
- 显灵的照片 ·········· 64
- 黑手帮 ·········· 69
- 神秘的五角银币 ·········· 76
- 深夜来客 ·········· 82
- 残酷的视野 ·········· 88

英 国

- 三十九级台阶 ·········· 96
- 月亮宝石 ·········· 103
- 血字的研究 ·········· 117

魔鬼之足 …………………………………………………… 125
梦 ………………………………………………………… 131
东方快车谋杀案 …………………………………………… 136
凶宅之夜 …………………………………………………… 143
真假古董商 ………………………………………………… 148

美　国

毛格街血案 ………………………………………………… 156
神秘的木刻人 ……………………………………………… 163
皇帝神牌窃案 ……………………………………………… 169
幽灵的呼唤 ………………………………………………… 175
七只黑猫的秘密 …………………………………………… 179
谁是凶手 …………………………………………………… 185
拂晓的死亡线 ……………………………………………… 193

其他国家

蓝宝石　荷兰 ……………………………………………… 202
水晶瓶塞　法国 …………………………………………… 209
警官之死　瑞典 …………………………………………… 215
赌徒暴死　波兰 …………………………………………… 222
破案以后　意大利 ………………………………………… 228
神秘的跟踪者　德国 ……………………………………… 235
大脑里的档案　西班牙 …………………………………… 243

中 国

  中华民族，泱泱五千年的历史，早在春秋战国时期就出现了侦探、破案故事。侦探文学本身就是一门如何识破罪犯诡计的科学，其中涉及许多的侦探知识和破案技巧。在中国侦探故事部分我们特别选录了《包公借尸平奇案》、《望月鳝》、《假县官升堂》等经典侦探故事，希望能够给读者带来智慧的启示。

假县官升堂

作者：许成章

黄淮地带，有座洪城，洪城的县令叫胡安生。胡安生生平有三好：狗肉、老酒、乌纱帽。此人不学无术，幸亏前夫人的表兄的表兄在朝廷做官，他花了一千两纹银，才买来个七品官。

胡县令审案有个绝招：一哄二吓三用刑，犯人招供送牢门。

这天，胡县令一大早就喝得昏昏沉沉，忽听有人击鼓鸣冤。胡县令一挥手说："没空，叫他明天来！"幸亏公差刘正、李才在旁劝说，他才传令升堂。

击鼓告状的是当地富翁郑员外，状告秀才谢丹青拐女私奔。谢丹青矢口否认，反告他爱富嫌贫，擅毁婚约。双方一时争论不休，吵得胡县令头脑发胀，一拍惊堂木说："捉贼拿赃，私奔逮双，你女儿呢？"

郑员外说："他把我女儿带到郊外藏起来了，喏，这是他失落在我家花园门前的折扇。"

胡县令接过折扇打开一看，只见扇面上画着一个美貌女子，一问，原来是谢丹青为郑员外的女儿郑瑞珠画的像。胡县令拿到证据，就问谢丹青："只要你交出郑瑞珠，老爷成全你俩；如若不讲，就把你关入囚牢，四两囚饭，一根大葱，一日不讲饿三餐，一世不说关终身！"

谢丹青一听，暗自思忖，如果不说，那瑞珠岂不要饿死在井中，于是就供认说："我把珠妹藏在城东枯井之中。"

胡县令立即命刘正、李才速去城东枯井，把郑瑞珠带来断案。

刘正、李才找到城东枯井，井中不见郑瑞珠，只有男尸一具。

"啊！"原告、被告、审案人同时大惊失色。郑员外担心女儿的去向；谢丹青急的是瑞珠明明在井中怎么变成了男尸？胡县令惊的是活的变成死的，人命关天，非同小可！

男尸已抬回停在衙外厢房，在死者的身上还找到一封家信。刘正把信交给胡老爷过目。胡老爷看也不看，把它扔在地上，转脸盯住谢丹青，大声喝道："原来杀人凶手就是你！不用刑，谅你难说真话。给我打！"

谢丹青被打得昏死过去，凉水泼醒后，他想，如果再不招认，必死无疑。于是就屈打成招，画押认罪。想不到谢秀才从"拐女私奔"变成了"杀人凶手"，被打入囚牢。谢丹青一路高喊冤枉，弄得郑员外也目瞪口呆。

胡县令以为案已审明，捧起吃剩的酒肉，拂袖而去。

二公差刘正、李才看着胡老爷胡乱断案，只是面面相觑。

这时，刘正在堂上打扫，从地上捡起那封死者的家书，拆开一看，信上说的是妻子催促出门经商的丈夫回家为女儿完婚。信封里另有一张盖着"泰来当铺"大章印的当票。李才判断说："死者估计是个穷光蛋。"刘正说："看来只有找到写信人，才能查出凶手下落。"两人都为谢秀才鸣不平。

他们边走边谈，刚走出衙门，便听见街上传来一阵吵闹声，走近一看，只见一个老妪拉扯着郑员外，一个劲地叫嚷："还我儿子！还我儿子！"不用问，这老妪就是谢丹青的母亲。刘正、李才上前解围，谢母见是两名公差，就"扑"地跪下喊道："我儿是个文弱书生，手无缚鸡之力，哪能行凶杀人？求两位大爷开恩，为我儿做主！"

李才说："我们头上没有乌纱帽，作不了主啊！"

谢母听了，嚎啕大哭："天哪，有乌纱帽的不做主，没有乌纱帽的作不了主，我儿定成死罪，我也别活了！"说着，狠命朝一堵砖墙撞去。幸亏刘正一把拽住，才避免了一场惨剧。

老人悲悲切切的哭声，像针尖一样扎入刘正的胸膛，看着眼前这不平之事，怎能袖手旁观！他猛地跨前一步，向郑员外借了一把折扇，答应去求县老爷重审此案。

李才胆小怕事，他对刘正说："老兄，你又不是不知道县老爷的脾气，整天贪恋酒肉，能审出什么名堂来！"

"他审不了，我来审！"

"我说你啊，又在大白天说梦话了，你头上没有乌纱帽，怎么能审案子？"

刘正说："借一顶乌纱帽嘛！"他把"借纱帽，平冤狱"的计策对李才一说，李才这才喜形于色。

且说胡县令走进后堂，对新太太赵金花吹嘘，说他对谢丹青杀人的案子断得如何如何顺利。新太太知道他吹嘘的目的是想要喝酒吃肉，就顺水推舟地说："老爷明断疑案，理应庆贺，请放量喝吧！不过，有一件事有求老爷。我爹已年过半百，常年在外奔波，实在辛苦，连你我的婚礼也没赶回，我想让他在衙门里

找个差事，让他以后安安稳稳过日子。"

胡县令一听，觉得有点为难，因为县衙里差役的名额已满。赵金花连忙献计说："革掉一个不就有空缺了吗？"

"这个……这个……"胡县令总觉得不好办。

"哼！你对老丈人的事也这个那个，这酒你别再喝啦！"赵金花板起脸，一瞪眼，从胡县令手里夺过酒壶。胡县令惹不起新太太，就一口答应照办。

胡县令一人独坐案前，正愁没人陪酒，恰巧，这时刘正和李才带着酒肉来到后堂，三人坐定，酒美肉香。他们边喝边谈，刘正故意引出话头说："老爷，您不能再喝了，刚才您在公堂上已有几分醉意，连案子也审得不清不楚的。"李才在一旁帮着说："是啊，郑瑞珠没有找到，此案难以了结啊！"

胡县令听了不解地问："依你们的意思，此案要重新审断喽？"

"那当然，您误判牛羊，上面追查下来，老爷只好吃不了兜着走了。"

胡县令赌气说："我没空，要审你去审！"

刘正趁势说："我无职无权，怎能审案？"李才赶快帮腔说："这好办，老爷，你就把乌纱帽借给他戴几天吧！"

一席话，把胡县令说得拿不定主意。李才又乘机劝他借出乌纱帽，他说："老爷，机会难得，刘兄如果审不清此案，您可罚他每天给您孝敬酒肉，如果审清了，您这七品县令，说不定还可升为五品州官呢。"

胡县令一听，乐不可支，答应刘正，借用乌纱帽三天。

赵金花一想，机会难得，于是提出一个条件，刘正若在三日内审不清案子，便革去公差之职。这一来，她老爹的空缺就有保证了。

刘正一想，时下真凶逍遥法外，好人蒙冤受斩，良心上过不去，就一口答应，豁出去了。李才也挺身而出："刘兄决心大，小人愿作中人。"胡县令大喜，立即把乌纱帽和官袍脱了下来。

刘正戴上乌纱帽，穿起官袍，开始重新审理枯井疑案。他叫李才到死牢传出谢丹青，命他把厢房内死者的遗容画下来，以便让人辨认。

第二天，李才带着几名衙役，鸣锣开道，出城去了。李才拿着折扇中的郑瑞珠画像和死者的画像，走东乡，过城南，穿西村，到城北，让人前来认画。可是，时间过了两天半，还未遇到识画的人。到了第三天下午，李才等人到了老槐庄，一位老妇指着死者的画像说："我认得他，他是我老伴赵实，你们县太爷的老丈人。"李才仔细询问起来。原来那老妇姓陈，一个月前，她曾写信要在外经商的老伴赵实回来，为女儿赵金花完婚。但到现在还没回来，女儿已经过门多日了。老妇忙问："你们出示他的画像是什么意思？"

李才掏出那封家书叫陈氏辨认，陈氏看了一会说："这正是我捎的家书，怎么会在你们手里，莫非他出了什么事了？"

李才说："放心吧，赵实已经回来，现在县衙内休息呢。"李才不露声色，又抽出信封里的当票让陈氏看。陈氏摇摇头说："我老伴常年在外经商，手头比较宽裕，不会去当典的。"

李才马上回到县衙，把情况告知刘正。刘正马上叫他去泰来当铺追查。李才这一查，方知所当的东西乃胡县令家的双龙银壶，典当人叫吴老松，是个卖瓜子的瘸腿老汉。李才想：那天老爷说银壶借给别人了，怎么又被人拿去当了呢？刘正传来吴老松一问，吴老松一口咬定是自己在街上捡来的，当票丢了。

刘正断定吴老松是瞎说，就耐心劝导他，这张当票上还牵连着一条人命呢，要他照实说来。吴老松这才从怀里掏出10两银子说："那是县太爷的小舅子王九叫我拿去当的，事后他给我10两银子，如果有人问起银壶，就说是捡来的。那当票已交给王九了。"

如今，案子已有眉目，只要抓来王九，也许就能弄清郑瑞珠的下落。可是刘正感到为难的是那王九是胡县令的内弟，岂可轻举妄动？

刘正一想，对李才说："李兄的妹子春英不是在王九家当婢女吗？赶快找你妹去打听一下。"

李才走到半路，迎面正遇上了妹子春英。李才一问王九的情况，春英告诉他，王九在三天前骗来一个新奶奶，王九逼她成婚，她不肯，一头撞在石柱上，把头撞破了。她现在是去抓药。

李才忙把折扇打开，春英一看，王九的新太太正和扇子上画的一模一样。

郑瑞珠有下落了，李才马上回衙告知刘正。刘正正想派人去抓王九，一个衙役从后堂传下话来：借帽三天期满，速去交还乌纱。

这时，胡县令和赵金花正在后堂等着刘正来还乌纱帽。胡县令想，三天已到，案子未了，酒肉有保。赵金花想，爹的差使有着落了。所以他们都乐得笑眯了眼。

不料，刘正迟迟不来，却来了赵金花的母亲——县太爷的丈母娘陈老太。他以为老头子赵实真的在衙门女儿家享福了，也就赶了来。

这时，刘正赶来对县老爷说："老爷，案情已有眉目，现在死者的家属已到，请老爷宽容，再续借一天……"

"不借了！不借了！"赵金花一心想着革掉刘正的公职，让她爹补缺。胡老爷一看太太发火，也认真起来。

刘正没办法，只好脱下乌纱帽。赵金花正要伸手去接，李才"唰"地抖开画像说："太太，请你看完这个，再接不迟。"

赵金花看了画像，不禁一怔："这不是我爹吗，你这是干什么？"赵金花的母亲也说："不错，是你爹，我早就认过了，说他早就在县衙了，怎不见他出来？"

刘正忙上前说："老太爷早在三日前便到了县衙，因他已被石头砸死在枯井中，现在正躺在厢房听候发落。"

胡县令一听可傻眼了：原来那死者正是他的老丈人。

赵金花好像刚刚醒过来似的，大哭起来，缠着胡县令，要为父亲报仇。

胡县令咬咬牙说："好！将凶手谢丹青立即斩首！要多砍几刀！"

刘正认真地说："老爷，我已查明案情，谢丹青是屈打成招，真正的杀人嫌疑犯是你的小舅子王九！"刘正把调查到的情况对县令一说，县令顿时吓得呆若木鸡。这死者是老丈人，凶手是前妻的小舅子，真是左右为难。

刘正见时机已到，交还了乌纱帽，拉着李才就要走。

赵金花急了，她怕胡县令包庇王九，忙拦住刘正和李才，转脸对胡县令说："老爷，刘公差办案精明仔细，这帽子还是再借给他用吧！"

县太爷怕太太发火，虽然支支吾吾，但还是把帽子送到刘正手上。刘正还是不肯接。

赵金花的母亲一把眼泪一把鼻涕，一定要刘正接下乌纱帽，快快捉拿真凶，好替丈夫报仇。

刘正看着胡县令说："再接不难，只是有一个条件。"

"说吧，什么条件？"

刘正说："秉公办案，不得求情。"

赵金花朝胡县令一瞪眼，胡县令连连点头。

刘正接过乌纱帽，当场下令："有请胡老爷，速去王九家讨还银壶，请太太同去。"

王九一听胡县令和新夫人双双登门来访，连忙热情招待。但他做贼心虚，寒暄几句后，便问起枯井中男尸一事，凶手可曾拿到？

赵金花忙说："凶手早已归案，公文已到，就要问斩。"

王九信以为真，喜在脸上，乐在心里，连忙吩咐摆酒设宴。

酒过三巡，菜上五道，胡县令只字不提银壶之事。赵金花忍不住了，就说："舅老爷，听说老爷有把双龙银壶给你了，怎不见用啊？"

王九心里"格登"一下，被赵金花逼得没法，只好打出一张王牌："银壶本是我王家祖传之物，小弟我已长大成人，理该归还原主了。"胡县令也想暗中帮忙，就说："不错，银壶是属于王家的。"赵金花一听，老爷不想追问银壶了，便接口说："老爷不是讲过，夫人生前有过交代，银壶要等舅老爷成亲时才能给他吗？"胡县令只好点头说："是，是！"

王九怕赵金花缠住不放，就说："我已买来一名女子，这两天就要成亲了。"

"哎呀，你怎么不早说，快把新奶奶请出来见见面，省得再去找银壶了。"赵金花嚷起来。

胡县令怕引出麻烦，急得向王九使眼色，王九以为是叫他快去请新奶奶，于是吩咐女婢春英，扶新奶奶出堂见客。胡县令一见新奶奶，果然是那折扇上的郑瑞珠，心里暗暗叫苦：王九啊王九，你正中了刘公差的计，死定了！

赵金花问："你可是郑瑞珠？""正是。""好啊，我可找到你了！"金花一叫，举手连击了三下桌子。这是她和等在外面的刘正、李才事先约好的暗号。李才领着头戴乌纱、身穿官袍的刘正，破门而入。刘正大吼一声："把凶手王九带到公堂！"并传来有关人证，升堂审案。

王九一口咬定郑瑞珠是他买来的。郑员外说："我家有万贯，哪有卖女之理！"郑瑞珠当面作证，王九是杀人凶手，死者的钱褡如今还藏在他家中。

刘正叫李才速去王家搜查，果然找到钱褡，拿到公堂让赵金花和她母亲辨认。一点不假，钱褡内层还有陈氏亲手绣的"赵实"两个字呢。王九吓得浑身筛糠，跪地求饶。

原来，那天晚上谢丹青和郑瑞珠逃到城东枯井附近正想歇息，不料，郑员外带着家丁打着火把追近了，谢丹青急得一筹莫展，突然发现眼前有口枯井，便叫瑞珠藏进枯井里，说好等郑员外一走，便以击掌为号，用带子拉瑞珠出井。

谁知，郑员外没等谢丹青申辩，就把他送了官。

他们走后，赵金花的爹赵实背着一只沉甸甸的钱褡，也路过这里，坐在井台上休息。正巧王九这时从赌场回来,看见有人抱着个钱褡在啃干粮,就心生一计,自称是本县县太爷的小舅子王九,要向他借一笔银子。赵实不肯。王九把双龙银壶的当票,以100两银子卖给赵实。赵实怕当票是假的,王九拍响巴掌发誓说:"若骗你,老天爷让我落井淹死!"

藏在井里的郑瑞珠听见掌声,喊道:"快拉我出去呀!"

赵实胆大,听到井里有人,赶快设法搭救。

郑瑞珠出井以后,王九借着月光,看到眼前站着一个美人儿,顿时恶念横生。他捡起一块石头,狠狠砸下井去。王九见赵实已死,立即背起钱褡,拉起瑞珠就往家奔……

第二天,王九想起当票还在赵实身上,此时赵实的尸首已被公差运走,他就买通为他典当的吴老松,一口咬定银壶是捡来的,当票丢了。

现在,人证物证俱在,刘正一拍惊堂木,命衙差将王九押入死牢。谢丹青无罪,当场释放。他又对郑员外说:"谢丹青、郑瑞珠郎才女貌,天生一对,你就成全了他们吧!"员外点头应允。一双情人,终于如愿以偿。

刘正当了三天假县官,审清了一桩疑难案,被传为佳话。

包公借尸平奇案

作者：启暻

北宋仁宗皇帝的右丞相王春华，有个女儿取名叫桂英。

王丞相与同乡好友林佑安同窗读书，同科进士，亲如兄弟。

林佑安生了个儿子，比桂英大一个月，名叫林孝童。

王、林两家早在孝童、桂英还在吃奶的时候，就替他俩订下这门亲事。

王丞相把天子赐给桂英的一对玉珮，一分为二，一只留在桂英身边，另一只送给林孝童珍藏。林佑安也将祖传珍宝龙凤宝钗一对，拆为两半，将凤钗送给桂英，龙钗留给孝童，作为信物。

王、林两家来往甚密，都把孝童和桂英视为心肝宝贝，百般疼爱。两个孩子也日日相伴，形影不离。

谁知时隔不久，林佑安被调离京城，到濮阳县主事。从此，王、林两家便天各一方。

18年之后，孝童的父母双亡，只剩他孤儿独身。林孝童根据母亲生前的嘱咐，料理完母亲的后事，便带着王桂英送的信物，打点行囊，星夜动身，直奔京都，去岳父王丞相家投亲。

林孝童一路历尽艰辛，终于到了丞相府，却又遇上了怪事：今天上午，已有一个叫林孝童的来相府投亲，怎么又来第二个林孝童？一天之内来了两个林孝童，岂非怪事！

显然，先来的那个林孝童，定是冒名顶替的。但他凭一张如簧之舌，颠倒黑白，使王丞相把真的林孝童当做坏人轰出城外。

林孝童心里明白，这个冒名投亲的家伙，定是那青牛山鹰愁涧的强盗皮赞。这个强盗曾半路上夺走了林孝童身上的龙钗，并逼问出另一半凤钗的主人是谁。眼下，他一定是骗取了王丞相的信任。如今，怎样才能使王丞相明白真相呢？皮赞纵然凶悍，在此汴梁城内，岂能容他为非作歹！林孝童想来想去，决定在黄昏时分，再去相府外察看动静，见机行事。

林孝童在相府近旁的老槐树下等了多时，终于看见一个丫环从紧闭的朱漆大

门里出来。孝童认定她是相府中的人，就赶忙上前对那丫环说："姐姐想必是相府中的人吧？小人听说今天有个门婿投亲，这事非常蹊跷，我知道内情，想告知丞相，以免陷入奸人的圈套。"

丫环对林孝童上下打量了一番，问："你是什么人？怎么知道相府中有人投亲的事？"

"实不相瞒，我就是林孝童，有玉珮信物为证。"孝童从怀中取出玉珮让丫环看，同时又把自己的遭遇详细说了一遍。

丫环看了玉珮，听了一番细说，感到非常惊讶。原来这个丫环，名叫梅香，恰是桂英小姐的贴身侍女。她知道小姐与林公子自幼订亲的事，但因十余年不见，丞相已认不出孝童了，想不到林公子遭此劫难，被强盗皮赞钻了空子，感到非常气愤，想马上去禀报丞相，叫那坏蛋皮赞难逃法网。可是，她再一想：丞相怎会相信我一个侍婢的话呢？

梅香是个伸张正义的人，生来聪明乖巧，平时对小姐又是体贴入微。她灵机一动，说："索性将玉珮先送给小姐过目，然后在今夜三更，到花园里来与小姐会面。"梅香沉思片刻，又说，"听说皮赞来投亲时，也有凤钗信物在手。现在光凭你手中的玉珮，怕也难以信服，若将公子的手迹一并带去，岂不更好吗？"

林孝童一想，这个办法真好，可是身边没有纸笔怎么办？他就撕下半块青衫，咬破中指，用鲜血写了"蒙婢相约，三更会晤"，又在下角写了自己的名字。

梅香藏了血书，急忙回府而去。

当梅香来到小姐的房前时，她摸摸公子的两件东西，奇怪玉珮还在怀中，而那块血书却找不到了。她吓出了一身冷汗，会不会是刚才在花园里跌跤的时候掉了呢？她赶快回原路去寻找，忽然抬头，看见在老梧桐树下站着一个人，手里拿着那方血书在看，吓得梅香慌了手脚。原来那人正是皮赞。

皮赞想，白天见林孝童来投亲，幸亏用花言巧语骗过了丞相，把孝童赶出了城外。林孝童肯定不会就此罢休，如果告到开封府，事情败露，我性命难保。皮赞越想越怕，三十六计，走为上策，所以他趁黄昏时分，想从花园翻墙逃走后，再寻去处，不料在此拾到了林孝童写的血书，知道他将在三更，要在花园里与小姐会面。恰在这时，又遇上了梅香。他索性一不做二不休，梅香一定是牵线人，我何不先下手为强，杀人灭口？他拔出一把牛耳尖刀，对准梅香的咽喉刺去。梅香还未来得及报告小姐，就倒在血泊中了。皮赞脱下血衣，包住尖刀，一并投进一旁的井里，然后在树后隐藏起来，察看动静，以便见机行事。

再说林孝童好容易熬到三更，只见园门洞开，却不见梅香，就向老梧桐树走去。不料，在黑暗中，他被梅香的尸体绊倒，弄得满身是血。孝童还未弄清是怎么回事，忽见一个人从树后蹿出，大叫："有人杀人啦！"边喊边向府内跑去。值夜的家丁丁勇闻讯赶来，把林孝童当场捉住绑了起来。

这时，皮赞早已赶去向丞相报告："岳父大人，今日冒名来府投亲的那畜生，怕是被大人轰出城外，心怀不满，今夜又潜入花园逼奸丫环梅香没有成功，就把梅香杀了，弄得满身是血，幸亏被我遇上，立即喊人才把他抓住。"

王丞相气得胡子直吹，当即写了一张便条，命家丁把林孝童押往官府问罪。

开封府高大尹接到相府送来的这宗案子，不敢怠慢，立即擂鼓升堂。

这位大尹姓高名云，是本朝监察御史，按理权比包公还要大。因为包公外出放粮去了，所以这里的公务就由高御史代理。

起先，林孝童只喊："小人冤枉，求大人明镜高悬，给小人申冤。"后来，被大刑侍候，打得血肉模糊，只得屈打成招了。林孝童就此被押入死牢。

不几日，刑部批文已到，定三日后将孝童斩首。

这天，林孝童被五花大绑，押上了法场。高大尹骑着高头大马，去法场亲自监斩。

刚到路口，忽听前面锣声震耳，一乘官轿迎面而来。原来是包公放粮回来了。

包公在轿内一见街头情景，不禁暗自吃惊：我出门不多几日，怎么这里杀起人来了？包公急忙下轿向高大尹询问这起凶杀案。

高大尹不乐意地说："此犯逼奸杀人，当场拿获，一身血迹，还有王丞相的亲笔手示，人证物证俱在，罪责难逃。"

包公又问："大人可曾用刑？"

"此等凶悍之辈，不动大刑岂能自招？"

"凶犯用的是什么凶器？"

"大概是利刃吧。"

"利刃在哪里？"

包公紧紧追问，高大尹暗自惊慌，忙说："难道我堂堂监察御史还能断错？待本官监斩完毕，再回府详告。"

"这可不行！"包公说，"人命关天，务须查实后再杀，哪有杀了再查之理！"

高大尹不禁恼羞成怒："你休与本官为难，此案早经刑部批示，若你误了大事，高某我吃罪不起。难道你竟敢藐视国法政令不成，当心我奏你一本。想必你包拯还不知道我高某的厉害！"

包公想：此案证据不足，又是大刑逼供，不能马虎。他就对高大尹说："此案交我包某重审，一切责任由我承担就是了。"说完，包公当即下令将人犯押回府内，气得高大尹脸色发青，只好扬鞭而去。

包公断案一向认真负责，铁面无私，不怕得罪上司，敢担风险，不放走一个坏人，也不冤枉一个好人。

包公回衙后，立即亲审林孝童，摸清案情。

再说，自从包公半路上救了林孝童之后，那皮赞一直坐立不安，心神不宁。那王丞相也思前想后，不知包拯在搞什么名堂。

一天，已近黄昏，包公突然去丞相府拜见王丞相。他们寒暄之后，包公就问丞相："听说令媛许婚都有饰物为证，请问那投亲之人可曾献还玉珮？"

"听小婿说，他远途而来，怕路上不安全，已将宝物玉珮寄存在他的亲戚家了。"

"可知他的亲戚是哪一家，家住何方？"

王丞相叹了口气说："唉，连日府内多事，我还未曾问个明白。"

包公笑着说："大人不必问了，等一会我就可把此物奉还大人。"

王丞相暗暗称奇。他命家人去把林公子（皮赞）叫来。可是家人来报：公子不在书房，找遍府院，不见他的影踪。

不一会儿，家人来报："开封府捕快衙役已将相府围得水泄不通，不知什么原因。"

王丞相大吃一惊，忙问包公："这是什么意思？"包公笑着说："下官只知缉拿凶犯，不认府第，此贼一日不除，下官一刻不回，天子脚下，岂容狂悖之辈胡作非为！"包公接着说："请大人放心，我自有安排，即使那贼有通天法力，也难逃天罗地网，只有一事请求帮忙，我想在此设个临时公堂，当众断了林孝童命案。"

包公征得丞相同意，当即摆下公案，开始升堂。当时天色已黑，包公命人举起火把，三步一哨，五步一卡，把守得严严实实。府内除桂英母女之外，其他丫环仆役等人都站在院中旁听。

此时，包公喝令："带犯人！"

瞬间，一个犯人押上堂来，跪倒在地。包公喝道："好一个大胆的强盗，你叫什么名字，你快把在濮阳境内树林之中劫盗一事从实招来！"

原来那人叫李候，靠掠劫度日，10天前，林孝童正赶路赴京城投亲，路过一个树林时，被他撞见，就起谋财害命之心，正要动手杀林孝童的时候，忽然飞来一颗弹子，击中他的手腕，这才丢下林孝童，直奔那飞弹的人，那人和林孝童年龄差不多。那强盗眼看打不过飞弹人，只好怏怏而去。但他心里不服，就在不远处隐身下来，想看看有否机会再次下手。这时，只听两人在互问姓名，一个说叫林孝童，另一个自称皮赞。林孝童为了报答皮赞的救命之恩，就将自幼订亲，有龙钗、玉珮为证，以及赴京城投亲等事都一一说了。随后，只见林孝童和皮赞指天拜地结为兄弟。皮赞答应，一路上愿保护林孝童去京城。强盗李候听了他们的谈话，知道这金钗是件祖传之物，是无价之宝，心想，要是能把此物劫来，一生享受不尽了。因此就一路尾随紧跟，想趁机行劫。来到青牛山的时候，皮赞走在前面，林孝童跟在后面，在攀登悬崖时，皮赞先将林孝童的包裹接在手里，然后用手去拉林孝童上山。此时，只听得皮赞大声叫道："量小非君子，无毒不丈夫，去你的吧！"随后用手一推，把林孝童推下万丈深渊。李候见此情景，吓得仓惶而逃。

李候讲到这里时，王丞相已急得大汗淋漓。

包公让李候画了押，跪在一旁。包公又对着众人说："林孝童大难不死，幸亏遇上有德有义之人，也让他与从人见见。"

包公又吩咐衙役，把那人请上堂来，要他为大家说说他所经历的事。

原来林孝童被皮赞推下山之后，只听"嚓"一声，被一棵大树挂住了衣衫，林孝童睁眼看时，上临悬崖峭壁，下有万丈深渊，连喊救命。顷刻间，林孝童听得头上有人呼应，抬头一看，只见一条绳索慢慢放下，林孝童双手紧紧握住，让山上的人将他提到山上。他站稳定神一看，原来这位救命恩人是位樵夫。

那樵夫救下林孝童，把他扶下山，带到家中住了一夜。第二天，他一面卖柴，一面护送林孝童去京城投亲，直到京城附近，樵夫才与林孝童依依惜别。

包公从林孝童那儿得到线索，随即派人去查找这位救命恩人。现在被请在堂上作证的，正是那位有德有义的樵夫。

樵夫把搭救林孝童的事详细说了一遍。包公马上问："那个把林孝童推下深渊的人长得什么样子，你还记得吗？"

"记得！记得！山中行人极少，偶然碰到，相貌时时印在心中，要忘还忘不掉呢！"

随后，只见差役把一个人提上堂来。包公问樵夫："你可见过此人？"

樵夫俯身端详了一番，惊讶地说："他怎么也在这里？此人正是推林孝童落崖的强盗。我亲眼看见他提着包裹从我身旁走过的。当时我只当他与孝童是兄弟俩。"

包公又问李候："可见过此人？"

李候不敢怠慢，仔细一看，便嚷："他就是皮赞！不错，是他从我刀下救出林孝童的。"

是的，此人就是谋害林孝童的皮赞。李候和樵夫都是证人。那么皮赞什么时候被包公抓获的呢？

原来，皮赞听到包公来府，早就吓得丧魂落魄，正在东藏西躲时，被衙役赶到院中。刚才他听了李候、樵夫所讲的情况，早已吓得魂不附体，还妄想抽身逃之夭夭，不防早有人把他监视起来了，一把将他抓住，提上堂来。此时，堂下众人无不面面相觑，心里在问："那不是相爷的爱婿吗？"

包公一拍惊堂木，厉声说："皮赞，你先丧尽天良推人落谷，后又冒名来相府投亲，图谋诈骗，如今罪证俱在，你可服罪？"皮赞只是低头不语，浑身发抖。接着包公又说："现在，你快把杀害梅香之事从实招来！"

皮赞想，杀死梅香的事，是我一个人做的，你也未必找到证据，我不说，谁也对我没有办法。想到这里，皮赞开始争辩："小人诈骗是实，我认罪。至于丫环梅香之死，确实与我无关，是我亲眼看见林孝童下的毒手，凶犯身上满是血迹，无法抵赖。"

包公早就料定，不在真凭实据面前，皮赞是决不会认罪的。包公胸有成竹，立即命差役将梅香的尸棺抬入堂下。他要验尸对证。

验尸官对梅香尸体的里里外外查了个仔细，又从尸体怀中摸出一块白玉交给包公。包公转身将白玉交给丞相："大人请看，此玉玲珑剔透，可是天子所赐的玉珮？"

王丞相一看，果然不假，确是他送给林孝童的一方玉珮。丞相对包公真是佩服得五体投地。

其实，包公并不是神机妙算，而是他在林孝童那里问明了案情的来龙去脉后，又设法各方查证。包公早已派人开棺验尸，发现梅香怀中有一块玉珮是林孝童托她去交给小姐的。包公故意不拿出来，让它留在梅香尸体怀中，以便当堂对质，接着又当众验了死者咽喉部刀伤的大小，并当众展示了从相府花园槐树下井中取出的一包血衣和一把尖刀。死者伤口与尖刀宽度相吻，无疑，这把尖刀便是杀人凶器。之后侍卫在衣包中取出青衫血书一块递给包公，上面用血写着"蒙婢相救，三更会晤。林孝童"几个字。包公将写着血书的半幅青衫，与林孝童原来穿的衣衫一对，撕痕丝毫不差。包公当即说道："皮赞所说林孝童私闯花园逼奸梅香，完全是诬陷，有青布血书为证，林孝童是应梅香之约去花园的。"

包公又提着那件血迹斑斑的衣袍，问王丞相："大人请看，第一个来投亲的人穿的是不是这件衣服？"

王丞相一看，大吃一惊：皮赞来投亲时穿的正是这件衣袍。他心里已经明白：原来杀死梅香的也是这个无耻的歹徒皮赞！

包公厉声问皮赞："皮赞，你说凶犯身上必有血迹，那么你的衣衫上为何血迹斑斑？还不快快从实招来！"

皮赞在人证物证面前，瞠目结舌。他想，包公掌握了全部罪证，已无法抵赖，于是只好把他的所作所为一一从实说了。

皮赞画押后，和李候一起让衙役带回府中，打入监狱牢房，听候发落。

王丞相终于明白了真相，原来府内连日怪事，都是皮赞引起。现在林孝童冤案得到昭雪，王丞相十分感激包拯的神断，连连拱手拜谢，接着问包拯："我那含冤受屈的林孝童现在在哪里？"包公笑着说："大人请看！"

原来，此时早已有人陪同林孝童上堂来了。

王丞相拉住孝童的手，心中惭愧自疚，激动得说不出话来。

包公明断奇案，被世人传为佳话。

枯井下的奇遇

作者：司马光

真是晴天霹雳，老宋家媳妇夜里失踪了！

丈夫宋成仁找到丈人家，没有。他也是急糊涂了，妻子怎么会半夜三更去娘家呢？有人说："八成这婆娘跟人跑了！"宋成仁怒吼道："不要诬赖好人！"这对小夫妻感情很好，你恩我爱，简直形影不离。

全家人找了半天，不见人影，就去洛阳府报了官。那洛阳府大官老爷立刻派缉捕寻找，并且在当天就找到了，不过，找到的是一具尸体，身上有几处致命的刀伤，死在村外荒野的枯井里。

张缉捕和李缉捕，在井边仔细寻找罪犯遗留下的蛛丝马迹，他俩发现了一串脚印。可是，那脚印一上了溜光平坦的大道，就无法辨认出来了。

张缉捕想一想，对李缉捕说："既然草上有血，就说明凶手身上沾着被害人的血。我们分头沿途打听，说不定能找到他呢。"

李缉捕回答说："张兄说得有理。"

于是两个人，一个朝东，一个朝西，一路上打听去了。

张缉捕走出五里多路，见田里有两个农夫，便上前询问。

他们是父子俩。父亲胆子小，一问三不知。

张缉捕又去问儿子。父亲连忙说："他是聋子。"

儿子不解地回头望了父亲一眼，说："爹，你怕什么呢？我们明明看见一个衣服上沾满血的和尚路过，你为什么不讲？"

父亲有些下不了台，"这这这……"起来。

张缉捕精神为之一振，心里说："这和尚定是凶手无疑的了！"

终于，穿着血衣的和尚被张缉捕捉住了。

这和尚有40多岁，虽然有点发福，但脸色苍白。当张缉捕来到寺院时，他早已换上干净的衣服，把血衣藏了起来。开始，他的嘴很硬，当张缉捕找到血衣时，他才慌了手脚，说话颠三倒四，豆粒大的汗珠，从苍白的脸上滚下来。

和尚被押到官府后，那姓吴的大官老爷即刻让判官向敏中陪着升堂审问。他把惊堂木猛地一拍喝问道:"可恶的和尚,你为什么杀死良家妇女,从实招来!"

"大人,冤枉哪!"和尚大声叫嚷起来,"贫僧一向本份,哪会干出那种伤天害理的事?冤枉啊!"

"住嘴!"官老爷又猛地拍了一下惊堂木,逼问道,"我问你,那血衣是怎么回事?你为什么把它藏起来?快快从实招来,免得受皮肉之苦。"

和尚先说血衣不是他的,接着又说是自己的,但就是不承认杀人,气得官老爷浑身发抖,正要动用大刑。这时判官向敏中对他耳语了几句,他才改变了主意,命人把和尚暂且关押起来。

那么,向敏中对大官老爷说了些什么呢?他觉得和尚的态度有些蹊跷:既然血衣已被发现,为什么还不肯认罪呢?他为什么要杀死人家媳妇?受害者本是夜宿在自己家里,怎么会死在枯井里呢?难道受害者半夜里出来,在枯井附近被和尚杀死的?那么,受害者半夜里出来干什么?

第二天,张缉捕奉命去调查。结果是:周围邻舍没有一个不说那媳妇好的;但从宋家发现一个非常重要的情况,那和尚昨天傍晚来过这儿。

日落西山的时候,那和尚走进土墙围着的小院,对宋成仁乞求道:"贫僧远道而来,现在天色已晚,想向施主借住一宿,不知可否?"

宋成仁为难地说:"屋里住不下呀……"

"我就睡在施主这院子里的车上行吗?"

"这太委屈你了……"

宋成仁叫媳妇拿出一床被子给和尚,和尚便躺下睡了。可是,宋成仁的父亲半夜出来解手时,发现和尚不见了。

张缉捕回来一讲,大官老爷沉思片刻,击掌道:"这回看他还赖吗!"

张缉捕附和着说:"就是呢!这恶和尚一定是看上了那漂亮的媳妇,乘小两口睡熟的时候,先把那媳妇的嘴塞上,然后抱到枯井附近想施暴,但那媳妇极力反抗,就被他杀死了。"

"嗯!嗯!正是如此!"

这时判官向敏中不在。大官老爷便升堂提审和尚。

当和尚被押来时,大官老爷厉声道:"先给我用大刑!"

众衙役立刻拥上来,把个和尚打得皮开肉绽、喊天叫地。

和尚实在忍受不住了,便磕头求饶。

"快快从实招来!"

"是！昨晚我向宋施主借宿，睡在院子里的车上。半夜醒来，发现一个强盗进来，把用布塞着嘴巴的媳妇扛走了。当时我害怕极了，心想：宋施主不明真相，一定怀疑是我干的，到时我浑身有几百张嘴也说不清了，还是赶快离开吧。我马上离开了宋施主家，向村外跑去。因为路不熟，稀里糊涂地跑进一片乱草地，不小心掉进枯井里，结果发现了受害人，血沾满了我的衣服。我更加害怕，挣扎着爬出枯井，慌不择路地奔跑起来。大人，贫僧怕讲不清楚引起麻烦，所以不敢讲出实情。贫僧有罪，有罪……"

大官老爷一听，忍不住哈哈笑道："想不到你这个恶和尚还是编故事的能手呢！"他一拍惊堂木，吼道，"再给我重刑伺候！"

和尚连忙告饶，说："那人是我杀的……"

"你为什么杀她？"

"我、我……"

"让本官替你说吧！"

大官老爷把方才张缉捕对案情分析的话又加了细节，说了一遍，然后问和尚："是否如此？"

"大人明鉴，正是如此，贫僧罪该万死！"

官老爷得意地点点头，命人把和尚打入死牢，等候处理。

两天就把一起凶杀案审个"水落石出"，这位大官老爷好不得意。不料，他跟判官向敏中一说，却反而被向敏中问住了。向敏中是爱动脑筋的人，并且办案一向钉是钉，铆是铆，十分认真。他问道。"请问大人，凶手是用何物杀被害者的？"

"菜刀。"

"菜刀在哪里？"

"他说把菜刀放在井边了，想必是被谁拾走了吧。"

向敏中连连摇头道："那菜刀上满是血腥味，谁还敢去拾？"

"这个……"

"大人，不将凶器找到就定案，下官总觉有些不够稳当。"

"此事就劳你大驾，想办法去找吧。"大官老爷万分扫兴。

于是，向敏中命人把和尚押来审问道："你真的把凶器放在井边了吗？"

"是，是的。"

"你怕被人发觉，把尸体扔进井里，为什么不把凶器也扔下去呢？"

和尚一怔。

"这菜刀是从哪里来的?"

"是,是宋施主家的。"

向敏中马上叫张缉捕去问宋家,宋家的菜刀根本还在家里。这下和尚才放声痛哭起来,说他确实没有杀人,又把他去宋家借宿,以及半夜发现强盗的情景,从头到尾地说了一遍。

向敏中决定亲自去调查。他穿上便服,先去和尚所在寺院了解情况。大家都说没想到这和尚会杀人,因为他平时非常老实厚道。这时,向敏中自语道:"这和尚十有八九是被冤枉了。"

接着,向敏中来到死者所在村庄上的一家小饭店,想从顾客们口里听到点什么。真是冤家路窄,碰巧那真正的凶手彭小五也来到了小饭店。此人二十岁左右,是条膀大腰圆的高大汉子。他早就看中了被害者,是他把宋家媳妇扛到村外,见她不从,便狠毒地把她杀死扔进枯井里。在万分惊恐中,他竟把凶器遗忘在井边了。

那么彭小五来小饭店里干什么呢?他是来探听消息的。这两天他心神不定,觉也睡不着,饭也吃不下,老是觉得有人在背后议论自己。小饭店是众人议论的场所,他想听听,到底有没有人怀疑到自己头上。

彭小五刚坐定,只听邻桌两个中年人在说悄悄话。一个说:"老兄,你知道吗?府里抓的和尚是替死鬼!"

"你说什么?"

"有人看见扛着宋家媳妇的是条大汉……"

"啊!"

两个人的悄悄话,都传进彭小五的耳朵里,也让向敏中听见了。

向敏中走过来,同那个中年人耳语,问他是怎么知道的。他说:"那天进城做生意,半夜回来亲眼看见的。"不过,他当时并没有认出被扛着的就是宋家媳妇,而是出了事后才联想到是她。向敏中问他那人是什么样子,他用手指指彭小五,意思是有彭小五这么高的个头。不想彭小五误以为说凶手就是他,便腾地蹿起来,逃跑了。

这岂不是此地无银三百两吗?

向敏中把凶器从府里取来,让彭小五的左邻右舍辨认,都说是彭小五家里的。

这样,才真正破了案。那可怜的和尚被放出来,而把彭小五被提了进去。

大官老爷对向敏中说:"你真是判案如神哪!"

向敏中谦虚地说:"大人过奖了。下官只是遇事喜欢多问几个'为什么'罢了。"

望月鳝

作者：刘清廉　赵同心

宋朝，杭州西湖边有个张家庄，庄上有个富户名叫张尚，娶个妻子秦氏。秦氏40岁那年生下一个儿子，取名叫俊秀。

俊秀4岁那年，张尚一场大病，卧床不起，百药无医，不久便离开了人世。

秦氏母子正在万分悲恸的时候，门外进来一个青年人，白净面皮，五官端正，儒巾蓝衫，文质彬彬，慢声细语说："婶母，请节哀，保重身子，料理叔父的后事要紧。"

秦氏抬头一看，来者不是别人，正是她的远房堂侄张俊生。此人是个医生，方圆数里之内，也小有名气。

秦氏正在六神无主的时候，俊生到来，真是求之不得。

俊生一面安慰婶母，一面帮着料理丧事。

张俊生办完事，账目理得分文不差。秦氏对他千恩万谢。

从此以后，俊生常来常往，两家联系甚密。

光阴似箭，俊秀已长大成人，20岁那年娶了娘子李秋英。秋英出身于书香门第，知书达理，生得温柔秀美。她孝顺婆母，体贴丈夫，一家三口过得和和睦睦，亲亲热热。

阳春三月，桃红柳绿，景色如画，俊秀正在西湖赏景。中午时分，他怕妻子秋英挂念，忙按原路转回。刚到村口，只见堂兄张俊生挎着竹篮笑嘻嘻地走来："兄弟，今日是我母亲生日，特地把婶母接去陪她聊聊。请兄弟也到我家，咱哥俩饮上几杯。"

俊秀连忙摆手说："兄长有所不知，我若中午不归，你弟妹又要挂念。我改日再登门拜访吧！"

俊生见他不去，忙从篮里拿出一条黄稻草扎的黄鳝，递给俊秀："兄弟既然不去，我也不勉强。我刚买回两条黄鳝，又肥又大，这是你伯母最爱吃的东西。兄弟也拿一条去，烧个菜下酒吧。"俊生说着把黄鳝给了俊秀，俊秀本来爱吃黄鳝，客气几句，便接了过来。

秋英烧好黄鳝，倒了一壶酒，放在俊秀面前。俊秀用筷子夹了一块放到嘴里，鲜嫩可口，叫秋英也一起来吃。

秋英红着脸说："我这几天浑身酸软，不想吃饭，光想呕吐。"

俊秀一听，喜出望外，知道妻子怀孕了，心中更是高兴，于是就独自开怀畅饮，将黄鳝吃得没剩几块。

不一会，俊秀感到肚子有点痛。他以为是喝酒太猛的缘故，按摩一下会好的，就把手放在腹部揉起来。

哪知越按越痛，竟然痛得汗如雨下，"扑通"一声倒在地上。

秋英见俊秀倒在地上，四肢缩在一起，吓得丢掉饭碗，扑了过去。

俊秀躺在秋英怀里，忍住疼痛，有气无力地说："我肚子痛得受不住了，怕有个三长两短，若能查明原因，为我申冤报仇，也不枉你我夫妻一场……"俊秀说到这里，高叫一声，"哎哟！"便七窍流血，气绝身亡。

秋英抱住丈夫的尸体高声哭喊，恰巧在这个时候，张俊生搀着俊秀的母亲回家来，一看这种情况，顿时目瞪口呆。秋英看着婆母，纵然有千言万语，一时也难以表达，只是痛哭不已。

张俊生连忙扶婶母坐下，一看桌上壶中有余酒，碗中有剩菜，便对婶母说："看来我兄弟是中毒而死，这毒药不在酒中，就在菜中！让我试试看。"说着，他提了一只鸡，扳开鸡嘴，把剩下的酒灌了下去。鸡放掉后，抖抖翅膀，继续吃食，只是酒性发作，叨食不准，不像中毒。俊生又把剩菜倒在地上给狗吃。那只狗闻到香喷喷的红烧黄鳝，几下就吃个精光。不到半刻工夫，就见那狗躺在地上打滚，七窍流血而死。俊生对秦氏说："婶母，这菜内有毒，但不知是谁放的毒，为何要害我兄弟一死？"说着，伤心地抹起泪来。

秦氏一想，家中只有俊秀和秋英两人，就指着秋英骂了起来："小贱人，你为何要在菜内下毒，害死我儿？"

秋英一听，婆母已认定是她下的毒药，"扑通"一声跪在地上，满腹委屈地说："婆母呀，媳妇自到你家，我的一言一行，您都看在眼里。再说，我和你儿子从来没红过脸，磨过牙，我怎么会做伤天害理的事呢？"

接着，秋英就把中午俊秀带回堂兄送的黄鳝之事说了一遍。

俊生忙插话："不错，是我送的黄鳝。我共买了两条黄鳝，一条给兄弟吃，另一条我和母亲婶母同吃，同是黄鳝，我们吃了无事，而兄弟吃了就伤命，这如何解释？"俊生略略一想，对秦氏道："婶母，你家之事，侄儿不便多说，只是

有一事,侄儿不得不讲。我兄弟既与弟妹是恩爱夫妻,为何这一碗菜弟妹没吃?这不得不令人怀疑呀!"

秦氏一听,觉得俊生说得有理,秋英为何不吃?秋英本想把怀孕之事向婆母说明,但因俊生在旁,又不便启口,只是支支吾吾地说:"我,我不想吃。"

婆母听了,顿时跳了起来:"什么?你不想吃,说得倒轻巧,分明是你有意下毒,害死我儿!"一气之下,秦氏央求俊生:"侄儿,快为我写张状子,呈报官府,为我儿申冤!"

俊生不肯写状子,他说:"这件事我可不能干。"秦氏急了:"侄儿呀,看在张家的份上,你要为我申冤啊!你再不肯,我就跪求了。"俊生连忙拦:"婶母,侄儿遵命就是。"

这天下午,日头已经偏西,杭州府衙的知府老爷还在堂上理事。知府姓王名敦,是王安石宰相的得意门生。

王敦看了张俊生呈上的状子,立即吩咐,打道张家庄。

只见三班衙役,前呼后拥,张俊生在前头带路,王大人坐着八抬大轿直奔张家庄。

进了张家庄,来到秦氏家中,这时秦氏已哭得涕泪满脸,秋英也哭得死去活来。婆媳两人一看来了这么多人,吓得止住哭声,呆呆地站在一旁。

王大人察看现场,当面问了秦氏状告儿媳的原由。秦氏一口咬定:儿子是吃了媳妇秋英烧的黄鳝而死,而秋英自己不吃,这凶手不是李秋英还会是谁?

王大人问李秋英:"你有什么话说?"李秋英"扑通"一声跪下磕头:"老爷为我做主,老爷为我做主!"就再也说不出别的话了。

王大人又问秦氏:"你侄儿张俊生待你怎么样?""老爷,我侄儿可是个好人哪。你到外面去打听一下,谁不说他好,施药治病,济困扶危,不是俊生,我孤儿寡母怎么能活到今天!"秦氏又恳求王大人,"老爷,你要为我儿申冤啊!"

王敦了解了案情,立即宣布:"秦氏、张俊生在家听传候审,带李秋英回衙!"

王大人回到府中,连夜升堂问案,灯笼火把照得府堂亮如白昼,三班衙役站立两旁如狼似虎,锁链板子摆在堂下,令人毛骨悚然。

王大人问来问去,李秋英一概不知,口口声声喊冤枉。王大人早就生气了,"这刁民抗供不招,岂能容忍!"大老爷把惊堂木一拍,高呼,"来呀!上刑!"

王敦根据案情判断,认定凶手必是李秋英无疑。其一,案发时没有旁人在场；二来，李秋英提不出申辩理由；第三，秋英年轻貌美，另求新欢不得不疑。至于张俊生，王敦看他忠厚老实，不像行凶之辈，差人在途中暗访，也都说张俊生待人厚道。于是把秋英当做杀夫的凶手主犯来审。

王敦审不出口供，就喝令用刑。

李秋英被凉水泼醒后缓过气来，想到如果自己再抗供不招，毒刑难挨，胎儿也难保，就含泪认罪画了押。于是，李秋英被打入死牢。

此时已过五更，东方已亮。王敦审案劳累，正要退堂休息，只见衙役来报："上差传递公文已到衙外。"王敦接过公文一看，原来是王宰相举荐，升他为安抚使，令他即刻上任。王敦看后，非常高兴，送走上差，封存宗卷，上任去了。

主教走后，接任的是苏东坡。苏东坡也是王安石的门生。

苏东坡上任之后，白天审理民间诉讼，晚上察看上任封存的宗卷，觉得李秋英一案疑点不少，虽然有画供，但一未供出奸夫姓名，二未供出毒药来历，说明证据不足，怎能定案？又一想，这是王敦亲审的，他现在是自己的上司，要是翻他审理的案，怕有不便。可再一想，民为重，君为轻，若是这样官官相护，怎能为民伸冤！想到这儿，苏东坡决定立即提审李秋英。

想不到在核实口供时，李秋英对答无误，决无反悔。

苏东坡低声说"李秋英，你这个供状是假的。你能骗过上任老爷，可骗不了我！赶快从实说来！"

李秋英忙说："老爷，供词是实，我不敢欺官！"

东坡见秋英面色不好，便走下堂来，用薄纱裹住自己的右手，替秋英切起脉来。

苏东坡坐回公案之后，对李秋英说："你已怀孕3月，若不说出实情，我怎能为你伸冤呢？"这话打动了李秋英，她双膝跪下，眼含热泪，把丈夫死前的情形原原本本说了一遍。

东坡听后，吩咐禁婆对秋英好好照料，对外只说秋英病重，不准探监。

退堂之后，苏东坡连夜察看药书经典，发现有一毒物，名叫"望月鳝"。于是，他又想到张俊生是当地的名医，肯定懂得这种黄鳝的毒性，因此，便对他有了怀疑。

苏东坡吩咐家人扮作客商，收买大量黄鳝，暗暗送进府衙，分放在几十个缸内。东坡趁着月色，细细观察动静。可是，一连三天，都不见有望月亮的黄鳝。

到第四天，天气晴朗，月朗星稀，东坡忽然发现在数千条黄鳝中，有一条身子伸出半尺以上，昂着头，在静观月色。

苏东坡一看，如获至宝，正要伸手去抓，忽然有人拍着他的肩膀说："你还有这样的雅兴啊？"东坡回头一看，是安抚使王敦。原来王敦是来接家眷的，东坡设宴相待，宴上，两人都没有谈起李秋英一案之事。

宴后，王敦就在东坡的书房安歇。半夜时分，王敦见苏东坡在庭院中围着几十只缸转悠，仿佛在赏花观鱼。他心中感到奇怪，就披了衣服，走出书房。王敦跟东坡开玩笑说："你真会消遣，半夜三更观鳝鱼！"东坡忙说："我哪有这份闲情逸致，不过是想从中看个究竟，理出案情罢了。"

王敦不信，他说；"我只听说黄鳝能预知阴晴，没听说能理案情。既然如此，我离开杭州时，遗下李秋英一案，尚未了结，你何不用黄鳝了结此案呢？"

东坡见时机成熟，马上接口说："我确信，李秋英并未下毒，问题怕是出在黄鳝身上。"于是，东坡就从袖中拿出药书，翻给王敦看。

东坡怀疑凶犯就是张俊生，王敦却认为张俊生与张俊秀无冤无仇，平时又对他家百般照顾，难以说明他有害人之心。东坡推测：张尚死后，张俊生早就想得到他家的产业，只是碍于秦氏和他的堂弟夫妻俊秀和秋英，才想出这条毒计。王敦半信半疑：既要谋夺家产，为何单单药死俊秀一人呢？苏东坡沉思半晌，说："他本想把张俊秀夫妇一起药死，哪知李秋英怀孕了，不想吃黄鳝。张俊生见李秋英没死，就挑动秦氏状告儿媳，以便杀人灭口！"

王敦听到这儿，顿然醒悟，拉着东坡的手说："您言之有理，如不是您精明细致，我将铸成大错！"

于是，两人一起捉起望月鳝。

王敦亲自看着把望月鳝做成菜，让一条黄狗吃了，片刻之后，黄狗七窍流血而死。王敦对苏东坡口服心服，连忙说："快命人把张俊生抓来审问！"

苏东坡摆着手说："慢，拘捕张俊生还为时过早，还要有足够的证据才是。"他想来个欲擒先纵。

王敦走后，东坡升堂，对秦氏、张俊生当堂宣判："张俊秀被毒死一案，业已查明，凶手乃李秋英，定为死罪，行文上报，秋后执行。"

秦氏回到家中，百般伤心。俊生又来探望，秦氏为了防老，定要俊生做他的继子。张俊生安慰秦氏说："婶母不要伤心，你的百年之事，一切自有侄儿承担。至于你家财产，我万万不能领受，任凭婶母处理。"

秦氏要俊生过继为子。俊生不肯。这事暂时搁了起来。

其实，张俊生哪有不愿过继之理，只是怕秋英还未处决，万一在刑前翻了此案，对他不利，所以这才静观不动。

苏东坡为了要引他出洞，对衙役作了周密的安排。

一天，张俊生正在秦氏家中，一个衙役抱着一个木匣子进来，对秦氏说："你儿媳李秋英在狱中得瘟病死去，尸体已火化。这是她的骨灰，大人命我送来。"说罢，放下木匣走了。

秦氏看着骨灰，更加伤心，一把抓住俊生的手说："侄儿呀，你可怜可怜我这苦命的婆子，快答应做我的继子吧！"

张俊生一看时机已经成熟，笑着说："婶母执意要我过继，我再推让就伤了婶母的心了。不过，这过继之事，必须同张家宗族立下字据，婶母意下如何？"秦氏一口答应了。

过了几日，张俊生获得了秦氏的全部家产。又过了两个月，不见有什么意外之事，张俊生把提着的心放下了。

这天，他正坐在客厅上，架起二郎腿，拿着算盘算家财，越算心里越高兴时，突然来了几个衙役，把张俊生捉到衙内。

原来，这全是东坡的安排。

这天，王敦安抚使也到了，东坡和王敦立即升堂会审，喝令张俊生把谋杀堂弟的罪行复述了一遍。秦氏听了，差点昏死过去。

张俊生在证据面前，只得从实招认了用望月鳝毒死俊秀，企图独吞张家家产、诬告秋英的全部罪行。张俊生被判死刑，打入死牢，听候发落。正当秦氏哭得死去活来的时候，东坡对秦氏说："不必悲伤，你看谁来了？"话音刚落，李秋英抱着婴儿款款上堂。

婆媳俩跪下给两位大人磕头谢恩。

王敦连忙拦住说："我险些害了你们，苏大人才是你们的救命恩人哪！"

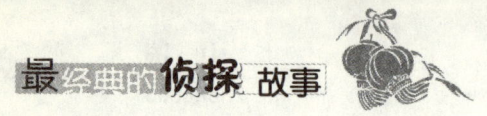

白纱巾

作者：程小青

有一年，7月底的一个午后，霍桑事务所来了位20岁左右的男青年。他叫郁海帆，家住宁波，因为父亲的不幸遭遇，特来请求这位有名的私人侦探相助。

原来，他父亲郁景周和贾春圃10年前同去东北垦荒，积累了一些财富，一年前曾写信说即将回家。不料，去年冬天贾春圃一人返回，说是遭到土匪抢劫，郁景周被害，自己只身逃脱。但是，贾春圃在上海很快购置了花园洋房、小汽车，又娶了太太、开了米行，拥有资产数十万。像他这样暴发，显然不像是遭抢劫的样子。郁海帆怀疑贾春圃害友谋财，为此他上门与贾春圃谈判，结果吵了一场，两人不欢而散。

霍桑觉得，这件事似乎不在侦探范围之内，建议他找律师办理。但这个宁波青年却说他不相信律师，住在上海的一位同学俞光照告诉他，只有霍桑大侦探才能主持正义，所以希望他能够接受委托。

霍桑和包朗听了郁海帆的话，很受感动。但霍桑仍然有点为难地说："就是接受办理，也得上东北调查，或请那里的朋友代为侦探，恐怕不是短时间内能有结果的。"

郁海帆说他不能久留上海，希望能尽早破案。他提出，能否请霍桑出面，直接去找贾春圃谈一谈。

霍桑认为，在没有掌握证据的情况下，他以私人侦探身份出场，好像是在以势恐吓，恐怕不太妥当。

包朗在一旁自告奋勇，说是自己与霍桑身份不同，他愿意先上门与贾春圃接触一下，看情况如何，再决定下一步怎么办。

霍桑和郁海帆都觉得这个办法好。于是，晚上7点，包朗穿着笔挺的细白夏布长衫，头戴黄草凉帽，来到银河路7号贾宅洋房门前。看门人问他贵姓，他应"姓包"。那人便马上接口说："包先生，老爷正在书房里等着你呢。"

包朗觉得奇怪，他既与贾春圃不相识，又没有事先相约，他怎么会等着自己呢？他一肚狐疑，来到贾春圃的书房。

灯光亮着，房门虚掩，包朗轻轻敲了几下，不见回音，便自己将门推开，一看，只见地板上躺着一个人。他毕竟跟着霍桑办案多年，已有经验，所以并不惊慌失措。

这是一个中年男子的尸体，前顶已秃，脸上有枪伤，污血满面，看得出是矮胖子。从外形上看，好像就是郁海帆说的贾春圃。

他怎么被人杀死了？什么时候杀的？是谁杀的？包朗一面飞快地思索着，一面观察着书房。他发现书桌边上有一只花色条纹丝带的黄草凉帽。

怎么办？包朗觉得自己现在处于危险的境地，犹豫片刻后，决定悄悄地退出，回去报告霍桑后再作打算。正要迈步，忽然看见门口站着一个穿黑马褂的高大壮实的汉子。包朗心头一惊，身子往后一退。只几秒钟，那大汉也转身退后，悄然离去。

包朗定定神，赶紧追上去，沿着花园小径直追到大门口。那人已不知去向，看门人也不在门房里。他只得先回寓所，把这件古怪而恐怖的凶杀案向霍桑叙述了一遍。

两人正议论分析着，南市警察局警探杨宝兴打电话来，请霍桑到贾春圃家协助侦破凶杀案。

霍桑想，这是个好机会，不能错过，便一口答应下来。他让包朗换上西装，戴副墨镜，跟随自己去贾宅。

杨宝兴已把贾家所有人集中在现场查问情况。

贾太太约30来岁，身材矮小，在哭哭啼啼。她身边有个25岁左右的女子，据说姓陶，是贾太太的女友，一直在劝慰着。此外还有看门人，一个汽车司机，一个女保姆和一个小使女。

杨宝兴把刚才了解的情况向霍桑介绍了一下。钟表指示7：30分的时候，女保姆来请老爷上楼吃饭，发现贾春圃死在书房里。事先她和太太、陶小姐在楼上，都没有注意到枪声和其他响动。但是，老看门人说，7点钟时有个姓包的穿细白夏布长衫的人来看老爷，年龄40多岁样子，进门时他见过，但因有事去隔壁4、5分钟，回来时已听到女保姆喊叫出事了，却没有看到这个姓包的何时离开。汽车司机则提供，前些天他们在虹口，老爷发现有汽车跟踪，疑心有人要绑票，就叫他开快车，并且在市中心兜了几个圈子，甩掉了跟踪的车子才回家。小使女说，昨天晚上有个姓郁的男青年上门找老爷，她去送茶水时，发现他们吵得很凶。

霍桑也不多问，让贾太太和她的女友陶小姐上楼休息后，便仔细察看现场。

子弹从死者左太阳穴打进，右面穿出，显然一枪毙命，开枪者是个熟手。实际上贾春圃也有防身手枪，此刻还插在腰间，子弹上膛，但一粒未发。可见，行凶的人先发制人，死者连拔枪都来不及。

霍桑注意到桌上的那顶草帽，便问贾家的人，草帽是否是死者的。老看门人说，老爷用的是比较考究的龙须草凉帽，并不是这种普通的黄草帽。他认定这顶帽子是那个姓包的留下的，因此，他认为这个姓包的嫌疑最大。

包朗这时哭笑不得，不便上去辩解。其实他戴的黄草凉帽是纯白色丝带，现在还在自己头上，桌上的那顶则是花色条纹丝带。

霍桑看了看草帽，看到草帽里的衬皮反面有"Y·K·T"三个英文字母，便说："这只帽子肯定不是姓包的人的，因为Y·K·T三个英文字母拼不出包字。再说帽子里有一些短发，发黑油光，粗壮且硬，涂过生发膏，肯定是青年人戴的。"

杨宝兴对看门人说："你刚才说草帽肯定是姓包的，因而肯定那人是凶手。但草帽的主人不姓包，戴帽人是青年而不是你讲的40多岁，这又怎么解释呢？"

老看门人无话可说，脸涨得通红。

霍桑忙打圆场，安慰了看门人几句。说着，他又走到书桌的座位那边，看了看摊在桌面的散乱着的文件，又拉开插着钥匙的抽屉，忽然"呃"了一声，拿出一块白棉纱织的手巾来。

包朗问："是不是女子用的手巾？"

杨宝兴说这块手巾尺寸大，又不喷香水，不像是女子用的。

霍桑把白纱巾用纸包好，塞进自己的口袋，看得出他对这件东西非常重视。

抽屉里还有200块银元、两大扎钞票，共2500元。霍桑判断凶手的目的并不在于钱财，否则，放在这里的钱不可能分文不动。

现场检查完毕，霍桑和包朗离开贾宅之前，约杨宝兴在花园里单独谈话。霍桑表示，他从这块廉价的白棉纱手巾上分析出：第一，它是行凶者的，此人打死贾春圃后搜查抽屉时遗忘在那里；第二，手巾上还有汗迹，可见当时行凶时凶手很紧张；第三，手巾上有头发渣，可见这人刚理过发。所以，他希望杨宝兴多从这些方面着眼破案，说罢便告辞先走了。

可是，霍桑走出贾宅后，并不朝自家方向走，而是拉着包朗，跳上附近一条线路的电车。包朗奇怪了，他问霍桑要上哪儿去，却不见他回答。直到下了车，霍桑才告诉他，现在要去夜访郁海帆。

包朗立刻猜测出，霍桑是怀疑郁海帆与贾春圃被杀案有关。

霍桑按照郁海帆留下的联络地址，寻到和平路元吉里3号，看见一块"鄞县俞"的铜牌，便叩了门。这时虽然已十点半钟，但因天热，一般人家都未入睡。不一会儿，便有个23岁左右的男青年来开门。

这人听霍桑说是来找郁海帆时，便回答说他已不在这里，开始说是坐船直接回宁波了，后来又改口说应同学邀请，下午就乘火车到杭州，玩两天后再回宁波。而且，他也不问来人姓名，堵着门没有一点请来访者进去的意思。

包朗看出他说话、行动很不自然，正想要闯进门去，却被霍桑扯了扯衣角拉住了。霍桑即向这青年告辞。

离开元吉里后，霍桑对包朗作了解释：这人看来就是郁海帆的同学俞光照；他不问我们姓名，实际上已经知道我们是谁；他说郁海帆已离开上海，可能此刻还藏在家里；看他行为反常，估计和贾案有点牵连。他要精通英文的包朗拼出俞光照的英文名字，看看是否和"Y·K·T"三个字母配得上。

包朗一想，马上欢叫起来，说"Y·K·T"就是俞光照名字的缩写。

显然，遗留在贾春圃书桌上的草帽就是俞光照的。难道是他去贾宅行凶替朋友报仇？霍桑觉得疑惑的是，俞光照的头发并不是新理的，和沾有头发渣的白纱巾也对不上号。

两人带着沉重的心情回到寓所，整夜都还在苦苦思索着。

第二天早上，霍桑看了报纸后说："包朗，看来你有危险了！"因为报纸上报道说，那个穿黑色马褂的高大汉子，昨夜已被警方查明，此人是米市掮客鲍俊卿。他确认傍晚时到过贾宅书房，是应贾的约请前去闲谈的，只是到了门口便看见贾春圃死在地上，房内有个穿细白夏布长衫的中年男子，想必就是凶手。他因为害怕，拔脚就走。他觉得凶手的面貌很熟悉，以后再见到，一定能认出来。

包朗说："虽然麻烦缠上来，但终究不是自己干坏事，被人怀疑也不怕。问题是要不要有意避一避，以免纠缠不清，耽误了正事。"

霍桑认为，这鲍俊卿没有当场报案告发，又说去贾宅只是闲谈，好像不合常理。再说他是米市掮客，和作米行生意的贾春圃熟悉，要破这起凶杀案，倒是需要找他了解一点情况。既然如此，他请包朗一起去见见那个大汉，鲍俊卿也未必能认得包朗就是那个穿细白夏布长衫的"凶手"。

正在商量着，就见一个人急匆匆闯进办公室来。两人一看，竟是昨夜见过的俞光照。

霍桑慢悠悠地问道:"俞先生,这么早来找我们,是不是为了草帽的事啊?"

俞光照点点头,一五一十地说开了——

"我听了同学郁海帆述说他父亲的遭遇后,确实怀疑贾春圃谋财害命。因为是我推荐的,郁海帆才来委托霍桑帮助调查处理。但听郁海帆说,霍桑先生觉得证据不足,难以断案。我听了很着急,瞒着海帆,自己带着刀子去贾宅找这个家伙论理。去时天刚黑,老看门人正在打瞌睡,我乘机溜了进去,摸到书房,见房门开着,屋内昏暗,我开灯后一看,只见一个穿白衬衫的矮汉子血流满面,倒在地上。我跑过去俯身看去,顺手把自己头上的草帽放在书桌上,而这人早已经断气。我寻思自己一定会受到别人的怀疑,赶紧逃离现场。幸亏看门人这时没有醒来,所以并未被看见。可是,草帽就此遗留在那里了。

我回家后把情形告诉郁海帆,郁海帆觉得仇人已死,心中畅快了些。不过,郁海帆想到难免被人怀疑,不如早点回宁波,所以昨夜坐船走了。因为怕被纠缠,推说是下午乘火车走的。"

霍桑见俞光照说完,就要求他实话实说有没有开过死者书桌的抽屉,拿走过什么或还遗留下什么物件?郁海帆有没有手枪?他昨天有没有理发?

俞光照说:"我决没有动过房内的其他东西。除了草帽之外,也没遗落其他东西。至于郁海帆,肯定没有手枪,昨天并没有想到理发之类的小事,只是在家里匆匆整理行装。"

霍桑向俞光照要了郁海帆宁波的通信地址,便让他先走了。

霍桑显得有些懊丧,对包朗说,自己先前对此案判断错了。

包朗明白,这是指他估计行凶者在郁、俞两人之中,现在,应该排除对眼前这两人的嫌疑,案子似乎更加难以侦破了。他向霍桑建议,考虑考虑其他的可能性,凶手会不会是绑匪或那个鲍俊卿?

这样一说,霍桑便想上鲍俊卿家走一趟。两人仍按原定方案,一起出动。

没想到,走到鲍家所在的弄堂口,远远看见贾太太的女友陶小姐进了鲍家的石库门。霍桑眼珠一转,迅速跟上,到了门前,轻轻一推门,随即闪身入内。包朗也和他一前一后,进了屋子。

这幢房子,进门是天井,正面是客厅,左右是厢房。天井很宽敞,两旁摆着一溜黄杨、扁柏之类的大盆景。两人隐在盆景后面,不一会就听到陶小姐在东厢房和鲍俊卿的谈话声。

原来，陶小姐是代表贾太太来谈一笔生意的。贾春圃前几天和鲍俊卿签好转买20万石新米的合同，现在贾太太要求对方3天之内交货。他们谈了一通后，商定第3天晚上，鲍派人用小火轮拖载米驳船到吴淞口三夹水，由贾太太安排大船装运。

鲍俊卿起座送客，霍桑和包朗闻声赶紧起身，悄悄溜出大门，一路小跑出了弄堂。

路上，霍桑说他有事要去国民救国会一次，让包朗自己先回寓所。

包朗正想回家，忽见陶小姐走过，便上去盯梢。结果，反被陶小姐抢白了一通。

2小时后，霍桑回来，说是又到贾家去过一次。他告诉包朗，等会儿有位女客人要来。

不一会儿，女客果然登门求见，包朗一看傻了眼，此人就是陶小姐！

霍桑先开口道："陶小姐，因为我受救国会之托，正在调查鲍俊卿违法外运大米的事，今天偶然之间碰上你在鲍家。经向总部了解，才知道你也是在执行秘密使命。"

包朗这才明白是这么回事！

"现在，我想请陶小姐讲清另一件事。"霍桑话题突然一转，从口袋里掏出贾宅中带出的白纱手巾，放在桌上。"这块白纱手巾是怎么回事？"

陶小姐顿时脸露窘态，愣了好几分钟，终于开口回答——

"那天傍晚，我下楼到花园采花，想乘机去书房查看贾春圃私贩大米的合同文件。屋内较暗，我没看见贾春圃弯腰在书桌下翻查什么东西，便闯了进去。这时贾春圃突然站起来，以为是歹徒进屋，忙伸手掏枪要打。我为了自卫，先开枪把贾春圃打倒，然后翻查抽屉，找到那些合同后迅速离去，但因心急慌忙，把手巾遗忘在书桌抽屉里了！"

霍桑说，他原先以为行凶者是男青年，直到在鲍家看清陶小姐理着短发，又是新近修剪过，这才想到白纱巾的主人是女性。现在终于真相大白！

恰巧郁海帆的父亲郁景周一路行乞从东北返回，又揭发出贾春圃勾结土匪劫夺他钱财的事。法院查明所述属实，便将贾的遗产分割一半还给郁景周。

半年后，陶小姐参加抗日战争，不幸牺牲。包朗这才把这一案子的侦破过程写了出来公之于众，也表示对陶晓东女士的永久纪念！

浅指纹

作者：万寒

（一）

利群副食品商店的7000多元现金不翼而飞！侦察员金采一接到高经理的电话就赶来了。

高经理说了半天也没说明白，还是业务股杜股长讲得清楚：昨天他们外出展销回来晚了，7200多元现金没及时送银行，便存在保卫干事李兵平时放枪支弹药的保险箱里。哪知早上李兵去开保险箱，一袋封好的现金全都不见了。

"知道上述经过的还有谁？"金采问。

"只有我和李兵，锁好后他收起钥匙串……"

金采又问参加展销的有几个人，杜股长说，除了他和两名营业员外，还有采购员沈富林和一名司机。

李兵为什么晚上到商店里来呢？金采看了看值班表，上面明明是杜股长值班嘛。

杜股长说，他展销回来晚了，李兵是为他顶班的。正说着，政工股于股长也赶来了，她是位性格冷峻的女同志。她说，已经找李兵谈了，对李兵说："你是搞保卫工作的，出现这种事，不说你也明白。"话没说完，李兵目瞪口呆，脸色蜡黄……

"人呢？还在政工股？"侦察员黄力权没等她说下去，急忙插问，"把他一个人关在那里？"

"是呀，还在那里。不要紧，他要出去必定要从我们这办公室路过。"

黄力权"哗啦"一声推开政工股的门，一看呆了：李兵已跳窗逃走。

在这之前，采购员沈富林又突然出差去了。

（二）

市公安局三楼。金采望着在现场拍摄的照片，默默思索着。保险箱约半吨重,箱壁厚度200毫米。要打开它,必须有钥匙,必须牢记4位数的密码,必须知道使用方法,三者缺一不可。在检查保险箱时,使用了放大镜和显印粉,发现在右上角的地方,有一个清晰的手印。从指端纹络分析,这是一个女人右手的手印。印上的时间不会超出十小时,而这正是案件发生的限定时间。

至此,金采脑际闪过一系列疑问:这个手印的主人是谁?和盗窃有什么关系?这位"主人"和李兵又是什么关系?除了作案还能干什么呢?

金采有一个初步假设:有一个神秘的女性和李兵共同作案!她出于惊慌或其他原因,无意中用手按了一下保险箱的右角……对,这个推理是可以成立的。

还有一张照片摄自政工股办公室靠近窗户的桌面上。这张办公桌似乎平时无人使用,积下一层薄薄的灰尘,有人随意在桌上涂写了一些数字:

5624　7.55　8.00?　8.35　9.30?　11.15……

9.00?　　(7.50 追!!!)

第一组数字5624,显然是开保险箱的密码,这个数字除了于股长听李兵说过以外,没有别人知道。经笔迹鉴定,桌面上的字确实是出自李兵之手。这就是说,这些数字决非随手乱涂,而是一次缜密思维的全过程。最后一个"追"字表明了他的决心。追什么呢?还是一个谜。

会不会是钱的数字呢?或者是时间记录——从晚上7:50五分到次日早上9点。忽然,他发现这组数字与采购员沈富林的行动时间有关:八点和九点半是沈富林所乘车次发车时刻。这就是说,李兵——神秘女人——采购员沈富林三者之间,有种微妙的关系。

(三)

金采刚把分析报告写好,和照片一起放进卷宗夹,侦察员黄力权就兴冲冲地进来了。

"狐狸尾巴被夹住了。"原来,他在驯犬员的配合下,带上警犬去搜查李兵的住所,虽然在房内没找到可疑东西,但在院子里的小煤堆里,警犬叼出了一只包款子的钱袋。他把钱袋交给了金采。

黄力权正在汇报时,民警进来报告说,今晨9时从本市火车站发往上海的特快列车上并未发现李兵和沈富林。金采点点头,要他继续寻找。

片刻,高经理、于股长和杜股长应召而来。

金采说,请各位来,一是确认一下眼前这只钱袋是否是失踪的那只,二是谈谈自己的想法，请大家进一步提供线索。

杜股长一看钱袋上有个黄豆般的烟洞和一条红印油迹，忙说："就是那只，就是那只！"高经理和于股长也点头称是。

"根据现场勘查，在案发时间内曾有一个女人进入作案现场，所以除李兵外，还有一个女性同谋者。"金采说，"根据手印和保险箱的高度算，这个女人身高大约1.60米上下，根据指纹分析，她可能常常和水接触……"

"是她，一定是柳影，要不是她同谋才怪哩！"没等金采说完，于股长激动地插话道。

"谁叫柳影？"金采吸了口烟问。

于股长说："我们店里一个女营业员呀，水产组卖鱼的，25岁，1.60米左右的身高，打扮可时髦啦，被公安局收容过。这些日子，小李正和她谈恋爱呢！"

金采又问了几句，就把三位店领导送走。他吩咐黄力权，立即到店里把柳影的指纹搞到，并派人秘密监视她。

半小时后，黄力权气喘吁吁地回来了。金采看了一下他带来的指纹化验报告，立即要通了王局长办公室的电话，要立即传讯重大嫌疑者柳影！

（四）

柳影被传唤进公安局，态度很不以为然。

金采先教育她一番，接着问道："听说李兵窃款外逃了？"

"不是，不是，他不是那种人……"

"你和他是什么关系？"

"……我是他的未婚妻……其实我俩早该结婚了，就差在……"她突然闭住嘴，嘴唇变得苍白。

在金采的一再追问下，她才说出差在组织手续上，于股长说，小李是个共产党员，不该和她结合。

"昨天晚上23点多钟，你和李兵到值班宿舍干什么？"

"我、我没去过……"她几乎带着哭声说。

金采把手印照片在她面前一晃说："保险箱上有你的指纹，你还想抵赖吗？"

柳影闭上眼睛，浑身簌簌发抖。

金采要她端正态度，交待清楚从昨晚七点到半夜里23：15的全部情况……

柳影晃晃荡荡地倒下去了。两名民警立即进来，把她送到局医务室。

金采跑到局长室汇报了这一切。

一种迹象似乎证明李兵与柳影合谋犯罪，李兵又畏罪潜逃了。但是，监守自盗后，李兵的表现蠢得不合理，他要扮演个受害的傻子就不必逃跑；他要逃跑就不必装做在保险箱面前目瞪口呆的样子。而且，柳影的供词，留在桌面上的数字，他和沈富林的关系……所以，另一种迹象也说明这决不是单纯的盗窃案件……

王局长听了他的汇报后决定采取以下措施：一是迅速派黄力权同志找到李兵和沈富林的下落；二是深入店里开展隐蔽的侦察工作；三是发对李兵的通缉令，造成只有李兵和柳影两人作案的假象，以利各种隐蔽问题的大暴露；四是反复查询李兵和柳影的关系。

电话铃响了，是河北沧州公安局打来的。他们说，在沧州车站发现一个乘客极像李兵。王局长立即派黄力权乘直升飞机去核实。

（五）

柳影清醒之后就成了"哑巴"，任凭金采提多少问题，她都一声不吭，只当没听见。

金采决定另辟蹊径，然后再回到柳影这条主线。他带几名干警深入商店调查。

金采在水果摊上认识了团支部书记兼苹果组长小刘姑娘。他一边和她分拣苹果一边聊起来。

她对柳影的印象并不坏，说她调皮任性，好唱好玩，但品质尚好。说着说着她压低了声音，说3周前店里出了件怪事。正是土豆上市旺季，柳影来帮小刘去卖土豆，晚上关店后，柳影刚去换高跟牛皮鞋，发现里边有300多元人民币。她马上报告小刘：“快去叫李兵，你就做见证人吧！”李兵不在，她正碰到杜股长就汇报了，杜股长不但不表扬，反倒连声叫："活见鬼！活见鬼！"后来这事就不了了之。当时帮助店里值勤的孙大爷说："糊涂庙，糊涂神，养着一批糊涂人。"

晚上侦察员们纷纷向金采汇报情况，除去验证了7：55分、8：55分两个时间发生的事外，还了解到沈富林是晚上8点离开店的。9点孙大爷去值勤，听到有声音，用手电照照并没看到什么，他对李兵说了这件事。到了11：15分，电视节目播完,有几个职工离去,李兵和柳影到值班室呆了几分钟……可能这就是几组数字的来历。

　　金采想,如果找到李兵,弄清手印的来历,也许他的犯罪嫌疑就可排除了。而沈富林窃款栽赃的可能性增大了:他先装着回家,然后又越墙回来,九点左右窃款而去,并乘李兵家无人之际把钱袋埋在煤堆里。于股长找他谈话时,已得知沈富林出差走了。这便是李兵写"追"字的用意。可是,沈富林怎么会弄到保险箱的钥匙呢?这就是说,他必须有一个同伙。追查下去,这个同伙极有可能是业务股杜股长。因为展销那天是杜股长坚持多装货的,多装货必然回来晚,回来晚,他就顺理成章地叫李兵为他顶班,实际上这是一个圈套。可是,他们为什么这么憎恨李兵和柳影呢?金采在睡前思考良久,他隐隐感觉到有一个隐藏很深的犯罪集团,这两个无辜青年是被诬陷的。

(六)

　　黄力权果然在停靠沧州站的火车上发现了李兵。他一点也不像逃犯,泰然自若,十分镇静。

　　李兵在泰安下了车,然后来到泰安旅社,出示了自己的工作证,办好手续住下来。他一连3天都在走访饭店和旅馆,开口就是:"沈富林同志住哪个房间?联合贸易公司在什么地方办公?"

　　侦察员们也花了很久才找到联合贸易公司。原来它是在市郊一间半石半土的瓦房里,招牌是用纸写的。这一情况自然引起了当地工商局和公安局的注意。

　　李兵终于在一天下午找到这家公司。一个广东女人告诉他,沈富林已来3天了,一直住在山顶上……一名侦察员巧妙地听到了他们的谈话。

　　李兵不停地向山上爬去。黄力权悄悄地跟在后面。当已经爬到半山腰时,黄力权突然听见头顶上有响动,忽见一个人影闪现,磨盘大的石头朝李兵身上滚落下来,他大喊一声"不好",向李兵扑去……

　　李兵受了重伤,被送往医院治疗。

　　金采接到黄力权的电话汇报,当即决定到店内宣布两条消息:第一,李兵在潜逃中被石头砸死;第二,柳影已被拘留,正在审讯之中。

(七)

　　在金采的反复开导下,柳影终于开口了。

她和李兵本来并不十分熟悉。有一次她去跳舞，凑巧有个流氓混杂其中。民警来捉流氓时，混乱中把她的收录机砸了，柳影骂了两声，就被民警带进公安局去教育了半天。当时，于股长接到电话就叫李兵去公安局领她回店并进行批评教育。这次接触，竟成为他俩萌发恋情的开始。

9月初的一天，柳影买了些鼠药准备放在水产组的仓库里，刚走进屋，突然听到隔壁有人低语："……泰安……脱手……最少20万……这5万先分……""别说了，你先走吧！"一个是沈富林的声音，一个是杜股长的声音。

柳影自然将这情况告诉了李兵。李兵嘱咐她绝对保密，说这事肯定和一桩重大经济犯罪案联系在一起……后来，李兵装作无心的样子问杜股长本店有无跟泰安联系，他很想去泰山玩玩，没想到杜股长尷尬地说："没有，没有"紧接着就发生鞋窠藏钱、栽赃陷害的事。至于这次保险箱存款，李兵本想堵塞漏洞的，没想到正好钻了坏人设的圈套，使他有口难辩，唯一的办法只有抓住沈富林……而爱他的柳影，只能以缄口不言来保护他。

保险箱上的指纹也搞清楚了。金采叫柳影做模拟试验，正是她不留心时按上去的。

当天，黄力权就回来了。他带来的消息不少，兴奋的心情无法按捺。

沈富林在山顶上用石头砸了李兵就匆匆回到"公司"和"家"里通电话。他告诉"家"里，他那里的问题已解决了，显然是指砸死李兵一事，"家"里告诉他，"客人"还没走，显然是指金采他们，所以第二批货晚点发等等。

这次通话自然被当地公安局录了音。

金采认真听了几遍，吃不准"家"里是谁给沈富林打的电话。说是杜股长吧，嗓音似乎有些尖细，说是……难道就是她吗？她也参与了这个犯罪团伙吗？

他和黄力权交换了一下意见，立即拎起了电话机。

"我是金采，你们第一侦察小组立即安排于股长外出两天开会，对她的居所和财产彻底清查……"

"我是金采，你们第二侦察小组严密监视沈富林的行动和联合贸易公司所有人员。如果沈富林南下，即可将其密捕……"

挂完两个电话，他舒服地叹了口气。

（八）

高经理、杜股长、于股长到齐了，店里的职工除李兵和柳影外也全都到齐了。

金采点着烟，慢条斯理地讲他的破案故事："可以说我们犯了错误，因为我们曾按着狡猾的犯罪分子制造的假象进行了一段追索；但是也可以说并没有犯大错误，因为我们毕竟发现罪犯制造的假象的种种破绽……"

"这些家伙既阴险又愚蠢！"团支部书记小刘插话说道。

"说得对！"金采瞥了一眼脸色苍白的于股长和杜股长，又谈起来。他严肃地说："于股长自以为干得很漂亮，靠奉承拍马当上了政工股长。原经理下台后，她觉得日子不长了，于是，她又拉拢业务股杜股长，利用采购员沈富林干起了不可告人的勾当。要使人不知，除非己莫为。不久，他们的犯罪行为被柳影和李兵察觉了，于是他们就密谋陷害柳影和李兵，一计不成，一计又来。她仿制的保险箱钥匙早就暗藏在家，终于在关键时刻启用了。"。

金采说到这里，大部分职工都觉得十分惊愕，不约而同地把目光射向于股长和杜股长。金采厉声说道："我代表公安局，依法逮捕于凤岚和杜方良。沈富林已先行拘捕了。"

高经理一谢再谢，他紧握住金采的手久久不放。

李兵康复回来了，柳影扑在他怀里，有千言万语要对他倾诉……

宝剑出鞘

作者：王均

（一）

夕阳消失在赫德森河口一望无际的水面上，黑夜悄悄降临纽约港。

当木村下了飞机，随着人流来到大厅的时候，突然感觉到，大约离他20米左右的地方，有双眼睛在偷偷注视着他。那是个20多岁的漂亮女人。他不由暗暗吃了一惊，但他很快就镇静下来，若无其事地走出大门，跳上一辆出租车。

那女人也跟着跳上一辆出租车，尾随在后……

（二）

厚厚的窗帘一直拖到地毯上。水晶吊灯的光线柔和而神秘。

卡尔盯着怀特那宽大而结实的脊背等他发话。老头子怀特沉默了良久之后说道："你是说日本人木村一下飞机就被跟踪了？"

"是的。"卡尔不以为然地嘟哝了一句。

"我想，应该立即停止这次行动。"

"让木村回来？"

"是的，不必把货交给田老板了，叫他马上回来。"

"为什么？"

"木村手上那批货数目太大了。"

"卡尔，我们已经欲罢不能了。"

"危险的不是这批货，而是我们。"怀特看了卡尔一眼说，"那个'宝剑'终于出现了。"

"什么'宝剑'？"

怀特说："'宝剑'是国际刑警组织近年来新出现的一个中国侦探。看来，他已经盯住我们了。"

"干脆把他干掉！"卡尔恶狠狠地说。

"没那么容易！"怀特吸了口烟，"中国参加国际耐警组织不久，我们掌握的情况不多，像他们的太极拳一样，不可捉摸。不过，我给这个中国朋友安置了一个老对手。"

"谁？"

"日本的木村。"怀特笑笑，"日本人对付中国人比我们西方人更有办法。正巧，这次送货就是木村。你去通知他，先不忙向田老板交货，让他先找到那个跟踪他的女人。我会安排一场好戏的！"

（三）

刺眼的灯光和猥亵的目光射向乔燕那袒露的双肩和娇艳的面庞。

她只有羞辱和恐惧。在一阵骚动下，一个肥胖高大的混血女人开始同她摔跤。天哪，她怎么办？

那女人慢慢向她逼近。几乎没法弄清是拳是脚，她便感到胸口一阵疼痛。乔燕刚要后退，又挨了几拳。当那女人第3次扑来时，她情急生智，以一个舞蹈演员的灵活和柔韧，轻轻一跳，让那个女人扑了个空。

观众中传来一阵欢呼。

那女人发疯似地抓住了她，一下将她双脚提起来。

乔燕绝望之中将双腿轻轻一屈，膝盖竟重重地击中了那女人的眼睛。没等女人清醒，她双脚箭一般朝女人乱蹬，那女人倒地不起了。

观众呆了。乔燕也呆了。她做梦也没有想到，她好不容易辞掉了国内那个颇有名气的艺术团体的公职，到了美国，竟是这种下场。她急忙转过身，向台下跑去。

乔燕刚跨下台阶，那肥女人已挡在她面前："怎么，想溜掉？"

说时迟那时快，又一个黑女人冲向她。这次她招架不住了，任凭黑女人乱打。打了一阵，那黑女人居然用双腿将她骑在胯下。

乔燕忍无可忍。在黑女人用力撕扯乔燕裙子时，乔燕用力把她掀了下去……

当乔燕失魂落魄地逃离比赛场地时，突然听见有人用中国话喊她："小姐！"她两脚一软，不由地瘫倒在街上。那男人拦了一辆出租车，把她扶上车。

这个男人是菲比中校。

夜幕降临，菲比中校回到国际刑警总部办公室。

"中校先生，看来你有点过于偏爱这个漂亮的中国女人了。"

"不，不是偏爱。"中校说，"事实上中国人干得并不坏。"

"我仍担心她难以胜任。"上尉笑笑说。

中校生气了："我们是在同一条战线上，歹徒的子弹决不会只找中国人！"

"请原谅，"上尉连忙解释，"中国人几乎没有什么反缉毒的经验。"

"不，没有什么人比她更合适。我们第一个猎获的目标就是住在华人区的中国人——田老板。"

（四）

百老汇大街娱乐中心。木村和田老板坐在寥寥无几的观众之中。

"到目前为止，我们还一无所知。"田老板望着木村。

"有一点是清楚的，"木村说，"那个'宝剑'，确实是位中国人。"

"什么样的中国人？年纪呢？"

"不清楚，像一团雾。"

"雾？"田老板不满道，"让我们去捕捉一团雾？"

"老头子自有安排，"木村道，"老头子也许抓住了这团雾。"

田老板不解地皱起了眉头。

乔燕从昏迷中醒来。她这才发现自己上了汽车司机的当。刚才，她被人扶上一辆出租车，却让司机送到一个黑窝。她的床前站着一个黑姑娘，叫黑妞。她告诉乔燕："是田老板指使胖女人导演了那场女子摔跤，那胖女人叫波勒，为的是让你落入他早已设计好的陷阱。"

乔燕不寒而栗。黑妞说，还有更可怕的事，他们已给乔燕注射了可卡因毒品，目的是使乔燕吸毒成瘾，然后再用色相去勾引设在流氓场所的吸毒者买毒品。

"这太可怕了！"

"你并不是第一个。"黑妞说，"已有好几个中国姑娘误入此门了。"

"你们在杀人，你们是刽子手！"乔燕吼叫道。

黑妞平静地说："我有个妹妹也是被他们逼着走上这条路的，最后吸毒死了……"

乔燕呆住了。黑妞继续说："一见到你，就想起了我可怜的妹妹。"

（五）

虽然离开那座可怕的房子已经整整一个星期了，乔燕仍然为黑妞的安全心神不定。是黑妞冒着生命危险帮助她逃出魔窟的。黑妞说她自己有办法逃脱,可至今仍不见她的踪影。她后悔极了,她担心这个非洲姑娘会遭到比自己更大的不幸。

使她不安的另一个原因是,就在前天晚上,她仿佛又看见了那个扶她上车的人。尽管他化了装,但凭着女性的细腻,她认出了他,可是,一瞬间,他又消失了。

木村猫似地翻过花园围墙,无声无息地落在松软的草坪上,走进田老板的书房。

一个黑影悄悄跟在木村的背后。

田老板朝他看了一眼,问:"有什么事要你自己跑到这儿来?"

木村说:"一个姑娘逃跑了,还失踪了一个女仆,她们可能带走我们全部的秘密。"

田老板大吃一惊:"会有这等事?"

说话间,窗外发出了一声沉闷的枪响。

木村掏出了手枪。田老板已经跌倒在地上,断了气。子弹是从窗外射入的。

木村身后闪出一条黑影,原来是卡尔。

卡尔从被击毙的田老板手中取过手枪,打开枪膛,一粒子弹跳了出来。他说:"再晚一步,躺在这里的就是你木村了。"

田老板是翻脸不认人的,他心胸狭窄,不信任一切人,连木村也不例外。卡尔乘机杀了田老板。

木村叹息道:"'宝剑'是冲田老板来的。你杀了田老板,'宝剑'就断了线。"

"不。'宝剑'既然能盯上田老板,同样也能盯上你。"卡尔道,"挑明了说吧,老头子认为田老板已经派不上用场了,所以,叫我把他干掉。另外,除掉田老板,'宝剑'就不得不把注意力转移到你身上。"

木村想起了那个神秘的中国女人。"你是说干掉田老板,并不是为了躲开'宝剑',而是为了引出'宝剑'?"

卡尔点点头:"你很聪明。"

"是让我当诱饵?"

卡尔又点点头:"不错,我们都可能为这种事送命,这是一种荣幸。"说着他向外走去,"听着,明天夜里11点去找西蒙,他会安排交货时间和地点的。你现在代替田老板的角色，应感到荣幸！"说完他消失了。

乔燕恳求地看着写字台对面的经理——一位秃头美国人。她要求在这里打工。

"很遗憾，我不能帮助你。"

"求求你啦！"

"机会并不属于你一个人。"美国人拉开门，做了个送客的姿势，"小姐，请原谅。"

乔燕灰心地回到住所。

她拨通了那个电话。这是黑妞留给她的，她说，一旦逃出来，打这个电话便可以找到她。

几天来她都落空了。这次居然是黑妞接起了电话："是的，是我。"

"亲爱的……"乔燕高兴地说不出话来，黑妞在电话里也激动得泣不成声。

她俩终于又联系上了。黑妞告诉她新的联系地址，并要她马上去。

尽管黑妞在电话里叮嘱她，田老板的人随时会找上门来，要处处小心为好，但她还是按捺不住一颗激动的心，马上就要见到这位在异国他乡的唯一亲人了，她什么危险也不在乎。

（六）

"菲比先生，'宝剑'的处境似乎不是很妙。"

"上尉先生，先别忙下结论，有些事要看看再说。"

"我担心把握不大。"

"把握大的不一定成功，我相信这位漂亮的中国'宝剑'会掌握机会的。"

"什么机会，事实上，坏蛋已经掌握了'宝剑'的情况。"

中校沉默了。

"所以，目前最安全的办法就是让'宝剑'立即截下那批货，然后就回来。"

"回来？如果仅仅为了那批货，这件事早已了结了。"中校说，"我们的目的是破获那个向怀特交货的国际贩毒集团。"

上尉终于明白了中校的意图。

（七）

经过打扮的乔燕，坐在夜总会墙角一张桌子边，神色紧张地端着一杯咖啡，眼睛左顾右盼。

黑妞气喘吁吁地跑来了："等急了吧。见到你真高兴！"

她俩愉快地交谈起来。

忽然，乔燕的眼睛一亮。那个坐在另一头的年轻男子，怎么也出现在这里？他过去曾经是乔燕的好朋友。

夜总会的另一角。木村和西蒙对完了暗号，交头接耳地叙谈着。西蒙问："田老板为什么不来？"

"他上西天了。"

"真的？"西蒙眼睛睁大了。

"快点，把东西交出来！"木村命令道。

西蒙掏出一只烟盒扔到桌子上。木村拿起烟盒，打开，取出一支，迅速看了一眼，大步流星地走了。

不远处，出现了黑妞和乔燕的身影。

所有这一切，又都映入到躲在暗处的卡尔眼里。他把这一切都向藏在另一间小屋里的上司——怀特报告了。

"还是那两个女人，黑妞和乔燕。"卡尔道。

"再没别人？"

"是的。"停了片刻，卡尔又道，"到目前为止，除了这两个女人之外，再没有别的女人跟踪过木村。换句话说，要么'宝剑'至今还没有发现木村，要么这两个女人中有一个就是'宝剑'。"

怀特不置可否地哼了一声。

卡尔主张立即把这两个女人干掉，怀特骂他胡闹。他说，别乱动，一切按计划行事。

下半夜，木村提着一只箱子走进一座即将被推倒的危楼，来到一间破烂不堪的屋子里。他刚点起一支烟，就听见一阵由远而近的脚步声。他回过头想看个究竟，不料乔燕出现在面前。

"你是什么人？"木村阴森森地问。

乔燕大吃一惊，站在自己面前的人，不是她以前的好朋友吗？

"你到底是谁？为什么跟踪我？"木村似乎一点不认识她。

"我，我以为……"她不知怎么表达自己日夜思念的心情，"我看出你是我在国内认识的一个朋友。"

"我不懂你说什么?"木村一直说着英语。

木村抓起箱子转身就走。

"先生!"乔燕急叫一声。

木村站住了,但没回头:"你赶快离开这里,一分钟也不要停留。"

突然暗处又响起一个女人的嗓音:"知心话刚开头就想分手啦?"

木村猛地掏出手枪。

"别动!"那女的命令木村把枪扔给她。

"黑妞!"乔燕惊叫道。

黑妞一把抓住乔燕的头发,同时用枪指着木村,气势汹汹地说:"你说吧,'宝剑'!"

"宝剑!"乔燕不解地看着木村。

黑妞嘿嘿冷笑道:"'宝剑'!你伪装得妙极了。可是,你骗得了乔燕,却骗不了我!"黑妞又趾高气扬地说:"我根本不是田老板的女仆,而是老头子安插在田老板身边的暗探!"为了对付"宝剑",老头子怀特让黑妞首先对付乔燕,他们起初还以为乔燕是打进来的"宝剑"。

"你这条毒蛇!"乔燕大喝一声,猛一弓腰给了黑妞一击。黑妞没防备乔燕这一手,手里的枪被打掉了。木村一个箭步跨上去。

"都不许动!"这时,在他们身后发出一声吆喝。

三个人一起转过头去,田老板举着枪站在高处。

"你,你怎么没有死?"黑妞惊讶不已。

"我死了,真正的'宝剑'才会露面呀!"田老板对木村笑笑,"宝剑先生,你说是不是?"

木村不以为然地说:"这一切我都料到了。老头子怀特不可能派人把你打死,他不会让别人代替你去向对方交运这批货的。他这样做不过是想利用我来找出谁是那位'宝剑'。但是,你在关键问题上失误了。你们没有想到'宝剑'并不是一位中国姑娘!"

"现在知道了!"

"可惜太晚了。"木村说,"你和黑妞不是都现显出了原形么?现在,想要逃脱太晚了,这座楼已经被包围得水泄不通了!"

"别来这一套,只要我一扣扳机,你就没命。"田老板凶相毕露。

木村说:"你不敢开枪。"

田老板说:"不敢开枪的是你,枪声一响,接货的人就不会来了,你们的围捕就会落空。"说着,他举起枪。

木村腾空而起,一个飞跃,把田老板的手枪踢掉。黑妞就地一滚,抽出匕首飞身而来。木村并不躲闪,待她刀尖将近咽喉之际,一个扳腕挡住了黑妞手腕,匕首旋即落地,跟着一个"顺手牵羊",黑妞跌了个嘴啃泥。可是,红了眼的田老板高举起一把尖刀向木村背部掷去……

乔燕不由惊叫起来。

黑妞忽地跳起来,双腿凌空向木村心窝踢去,木村一闪身,田老板的尖刀正巧斜插进黑妞的胸脯。

田老板急红了眼,又拔出一把飞刀。乔燕发疯似地扑向他,狠狠地咬了一口。

田老板一甩手将乔燕推到旁边,又一把拾起地上的手枪,扣动了扳机,没响,他又扣了一下,仍然不响。

"别费劲了!"一个宏亮的声音从天而降,田老板的司机出现在面前。他说:"子弹早被我退掉了。"

田老板傻了眼,垂下了头。几名美国警察冲上来将田老板铐起来。

"你是木村的朋友?"乔燕问司机。司机点点头:"木村向我说起过你!"

"说起过我?"乔燕看着木村,呆住了。

"是的。"木村跑上来说,"我的中文名字叫凌华!"

"凌华!"乔燕一下子扑到他的怀里。她现在才明白上次他没有公开自己的身份的缘故。"没想到,在异国他乡,终于找到你了。"她的眼睛湿润了。

原来,木村是他的日本名字,"宝剑"是他的代号。去年他应日本和美国的国际刑警组织的邀请,打入国际贩毒组织。这一点,连菲比中校都不知道。

一个贩毒集团,终于被一网打尽了。

日 本

　　日本侦探小说创始人江户川乱步给侦探故事下的定义是："主要着眼于运用逻辑推理，逐步解开有关犯罪的秘密，描写破案过程的有趣的文学。"1925年左右，日本文坛先后出现了两位侦探小说家：江户川乱步与横沟正史，他们各自开创了"本格派"与"变格派"侦探小说。从他们开始，日本逐渐形成推理小说的风格。具有神奇色彩的侦探作品，给日本侦探小说的发展带来了深刻的影响。

五岛·福江之行

作者：石泽英太郎

在东京繁华的麴町街，发生了一起凶杀案。

死者名叫山本隆藏。他是麴町街一家理发店的老板，今年50岁。

理发店的伙计不多，加上山本隆藏才5个人，二楼的4间房间，成了他们的卧室。山本隆藏身边有个养女，名叫玻璃子，7岁那年她随生父从大阪到东京。一天，街上天色昏暗，行人拥挤，父亲把玻璃子带到东京繁华的街市，说是给她买衣裙和皮鞋，可是到了麴町，父亲转眼溜走，把玻璃子扔下了。

山本隆藏收养了她，把她当做自己的女儿。10岁那年，玻璃子害了一场大病。病愈后，她的眼睛失明，话也不能说了。她失去了自由和欢乐。山本隆藏年轻时妻子就死了，他尝到过孤独和空虚的煎熬，于是更加疼爱幼小的玻璃子。

玻璃子长大了，出落成一个皮肤白皙、身材匀称的大姑娘。

就在玻璃子17岁生日的那天深夜，山本隆藏突然死在二楼女儿的房间里。

那天晚上，夏目武正在二楼卧室里看电视。夏目武是山本隆藏的远房侄子，在理发店里干了整整5个年头了。他的理发技术好，对客人耐心热情，成了山本隆藏最赏识的人。

他一边靠在床头抽烟，一边观看电视连续剧。正当电视剧里那个绑架犯，用匕首朝尾随其后的便衣警察捅击而结束了第一集时，门外传来一声急促的脚步声。

这么晚了谁还在走廊上走动，而且脚步显得十分慌乱？夏目武警觉起来，打开房门，朝叔叔山本隆藏房间瞅了瞅，房里没有一点动静。

他又贴近森冈信雄的房门听了听。森冈信雄是店里的一位学徒，才20岁。房里也静悄悄的。

他走过玻璃子的房门。无意中，他看到门把手上沾满了血。

他猛烈地敲击房门。门被反锁上了，推不开。

他以为是玻璃子被谋害了，赶紧打电话给警察局。

警察赶到将门撬开，仰面躺在床上的山本隆藏已经断气。

他是被人用小刀捅死的。

床上没有玻璃子的人影。床下留着她穿旧了的绿绒拖鞋。

房角里传出微微的呻吟声，那儿的落地窗帘在不停地晃动。

警察撩开窗帘，见玻璃子蜷缩在墙角里瑟瑟颤抖。

她的神情极度恐惧，脸色像白纸一样。她不能说话，用手势表示：是她杀死了山本隆藏。

17岁生日使她快乐，也勾起她的痛苦。她迷迷糊糊睡去。

突然，她从梦中惊醒，见一个大汉饿狼似地向她扑来。她不能忍受欺侮，神志慌乱中，用小刀朝那个大汉刺去。

她几乎吓昏过去。恍惚中，她发现倒在床上的竟是自己的养父山本隆藏！

她能"说"的就是这些。慌乱和惊吓使她记不清别的细枝末节。

经法医检验，山本隆藏因心脏受到匕首的猛烈戳击而毙命。

第二天，东京各大报纸都报道了这件凶杀案。

令人惊疑的是，案子发生的第二天下午，那个叫森冈信雄的小伙子竟去向不明。

他在卧室的桌子上，留下一张字条，上面写着：是我杀死了老板，数天内来自首。

沾着血迹的小刀放在桌子上。

一下子跑出来两个杀人犯！

不过从死者的伤口看，匕首刺入心脏达3公分，如果不是一个臂力过人的家伙，是绝没有这样的力量的。从这点上讲，森冈信雄比起双目失明的玻璃子，作案的可能性更大。何况，森冈信雄交出了作案凶器。

3天后，从五岛列岛的福江警察局获悉，森冈信雄已经自首。这之前，他在福江渔村逗留了半天，探望了母亲之后找到了警察局，供认了他谋害山本隆藏的详细情况。

东京警察局决定派刑警津田良雄去福江将犯人押回。

出发前，津田良雄详细了解案情，并又一次审讯了玻璃子。

玻璃子的情绪比以前稍稳定了些，案情"讲"得也比以前具体。

她用笔补充描述了作案时的种种细节。津田良雄问她会不会是别人嫁祸于她，比如是森冈信雄？

她睁开那双失去光泽的眼睛，摇摇头。

会不会是她在袒护森冈信雄，把罪责揽到自己身上？

似乎缺少令人信服的理由。

津田良雄满腹疑团离开了东京。

海上，波涛汹涌。轮船在浪谷浪峰间颠簸。旅客们都躺在床上，因为稍一走动就会晕船呕吐。

津田良雄年轻力壮，在警校又受过特殊训练，乘船在风浪中穿行，对他来说就如同在平地上行走一样。

他走出船舱，穿过长廊来到弹子房。职业的敏感使他感觉到身后有两道目光在注视着他。

他回过头去。那双目光顿时一闪而过，不知去向。

风浪渐渐平静。旅客们纷纷走上甲板，观赏浩瀚无边的大海。

海上茫茫一片，没有往来的船只。几只海鸥在船尾盘旋，寻觅从船上倒进大海的食物。

津田良雄走回船舱。再有五个小时才能到达福江码头。他仰面躺在床上沉思。也许他们是同龄人，也许都是渔民的儿子，他想起那个年轻的杀人犯森冈信雄。他不明白森冈信雄出于何种目的拿性命去开玩笑。是为了保护玻璃子，为了发泄私仇，还是因为对玻璃子心起歹念而害怕暴露真相才去杀了撞进来的山本隆藏？

船靠上码头。阵阵鱼腥气从岸上飘散开来刺入鼻息。眼下就是五岛之一的福江，这儿是有名的捕鱼区。

岸上站着一位红脸膛的英俊警官，他叫尾谷，奉命来迎候津田良雄的。

他们坐上轿车。在这一瞬间，津田良雄又感到一双陌生的眼睛在车后面看着他。

他没有时间去追踪那双可疑的眼睛。他要马上见到犯人。

在审讯室里，森冈信雄默默地坐在椅子上，蓬乱的黑发下遮掩着一张黝黑而粗糙的脸。津田良雄在路上听尾谷警官说，据调查，渔村里的老人都说森冈信雄老实厚道，性子直，脾气倔，从没安过坏心。

也许到了大都市就沾上恶习了。人是复杂的，年轻人涉世不深容易变坏。

"你叫森冈信雄吗？"津田良雄说，"我是来押你回东京的。"

"是。我知道。"他很泰然，说完又低头不语。

"你回答，你是怎么撞进玻璃子的房间去杀人的？"

森冈信雄说，那天深夜10：45分，他听到门外有脚步声，便出去看了看，走廊里没有人。

一阵微弱的挣扎声把他引向玻璃子的房间。门没锁，他推门进去。那时大约是10：50分。他看见老板山本隆藏正走近床边要欺侮玻璃子。他上去阻拦，不料山本隆藏一脚把他踢倒。他捡起掉在地板上的小刀，向老板狠狠刺去。

他杀死山本隆藏，又逃回了自己房间。

"还有什么情况吗？"

"都说了。"森冈信雄用手背擦了下鼻子，"还有，把小刀也拿走藏进抽屉里。"

尾谷把森冈信雄带了出去。

津田良雄又放了一遍刚才录下的供词磁带。他脑子里忽然又重现出前几天玻璃子交代的供词。

"你当时被惊醒了？"

"是的，被吓醒了。我发觉有人朝我扑上来。"

"后来呢？"

"我就打他，踢他，可是他力气大。我举起手里的一把小刀。过了一会儿，他死了，竟是爸爸。"

"你为什么要把门反锁上？"

"我当时心里很乱，自己也不知道做了些什么。"

两个人的供词里都提到山本隆藏！凶手是谁却各说各的。

第二天下午，津田良雄和尾谷一起押着森冈信雄到了机场候机大厅。他戴上了手铐，津田良雄在上面盖了一件大衣。他朝津田良雄看了一眼，那双单眼皮细长的眼睛里闪着光。

大厅里在放闭路电视，吸引了许多旅客。津田良雄和尾谷分坐在两边，森冈信雄夹在中间，头埋在双膝里。

看了一会电视，津田良雄忽然觉察自己的小腿被一个坚硬的金属轻轻叩碰了几下。他俯身看去，是森冈信雄在用手铐招呼他。

森冈信雄两眼瞅着脚边一块白底红花的手帕。

津田良雄捡起手帕。森冈信雄又将目光瞅着对面一位女孩。

女孩正蹲在地上找东西，寻找那块被人踢开的手帕。

津田良雄将手帕塞到女孩手上。她抬起头，微笑地看着他。

她的眼睛又圆又大，眼珠却蒙上了一层淡淡的白翳，失去了常人所有的光泽。她是个瞎子！

津田良雄看了一眼森冈蓬乱长发下掩藏着的那张黝黑而粗糙的脸。他寻思一个用匕首杀死一个50多岁的老头的凶犯，有时会比别人更有一颗恻隐之心！

大厅扩音器里传出一位女人委婉轻柔的声音："今日班机由于浓雾的缘故停航，改为明天起航。请旅客们多多原谅。"

津田良雄和尾谷押着森冈信雄走出候机大厅。

一双陌生的眼睛又在人群中忽隐忽现，注视着津田良雄。就在这时，森冈信雄"啊"地叫了一声，那双眼睛马上消失了。津田良雄问他："你看到了什么？"

森冈信雄摇摇头，一头钻进了计程汽车。津田良雄和尾谷又将他押回警察局。

津田良雄回到旅馆，侍应生告诉他有人在等他。

"我叫栗原静子。"一位40岁上下的中年女子从沙发上站起来，向津田良雄自我介绍。

津田良雄端详着这位陌生女人。那双既陌生又熟悉的眼睛不正是在轮船上和候机大厅里出现过的吗？

"我是森冈信雄小学里的班主任。"栗原静子面带歉意地说，"这样冒昧地来打扰您，很不好意思。"

她说，她在报上读到了关于自己的学生谋杀理发店老板的消息，感到十分震惊。"他不可能干出这种伤天害理的事！"

"为什么？"

"因为他是我的学生，"栗原静子注视着年轻的刑警，"他是一个懂得尊重和保护别人的人。"

那还是小学四年级时发生的事。一天，教室里放着的家长会会费失窃了。同学们都怀疑是一个名叫信子的女孩偷的，因为她家里很穷。

她死不承认。

那时才10岁的森冈信雄站出来说："是她偷的，我还看见她拿了钱到书店买了一本画册！"

她的书桌里果然放着一本崭新的画册。

信子急得一句话也说不出来。她哭得眼睛通红，午饭也没吃。

一天，森冈信雄找到栗原静子，对她说："会费不是信子偷的！"他一边说一边从口袋里掏出那失窃的50元钱。

"是你拿的？"栗原静子睁大了眼睛看着他，"信子再也不到这儿来读书了，因为是你伤害了她！"

森冈信雄旷课一星期。他走遍大街小巷，没有把信子找回来。他一边哭一边叫："是我伤害了她……"

"只有伤害过别人的人，才最懂得尊敬别人！"栗原静子的话很有哲理。

"这是个很动人的故事。"津田良雄叹息了一声，"可是我不能凭这个就说他现在是个普度众生的菩萨！"

栗原静子走了。

津田良雄回到房间，耳边响着栗原静子刚才的话。为了她的学生，为了向津田良雄叙述那个故事，她一路奔波一路跟随，在她认为最适宜的时候，才出现在津田良雄面前。

"办案首先要尊重科学，尊重事实，但也要注意尊重人！这是以往常常被忽略的。"想到这，津田良雄坐不住了。他赶到警察局，请尾谷将森冈信雄叫到审讯室。

津田良雄开门见山地问："森冈信雄，那把杀人的小刀是谁的？"

"玻璃子的。"森冈信雄低着头，语调很平静，"她常用这把小刀削水果皮的。"

"你怎么知道是深夜10：45分的时候，走廊里发出了脚步声？"

"我房里有电子钟。"

"以后发生的事你再说一遍！"

"是这样的……一进到房里，老板正要……我去拉……最后我用小刀捅死了他。"他的话说得结结巴巴，显得很吃力很迟钝。

"你向山本隆藏捅了几刀？"

"记不清了。好像是3刀，不，是4刀。"

"没记错？"津田良雄站了起来。他显得很激动。

森冈信雄点点头，拖着沉重的步子走出了审讯室。

"事情并不像我想的那样！"津田良雄对尾谷说，"死者身上明明才刺了1刀，凶手为什么说3、4刀呢？"

尾谷笑笑："当时情势很紧急，对于这种细节常常是记不太清的。对凶手来说，只要他杀了人，不管是捅了1刀还是10刀都一样！"

"不。"津田良雄要尾谷再把森冈信雄上次的供词拿出来。津田良雄从供词中排出一张作案前后的时间表。

深夜10：45分——

森冈信雄听到了脚步声。假定那是出本隆藏的脚步声。稍后，他推开玻璃子的房门（时间已过去了5分钟）。

深夜10：50分——

森冈信雄看到山本隆藏正要欺侮玻璃子（这与玻璃子讲的不完全一样。她看到的是一个人影）。他杀死了老板。

深夜11点——

夏目武说，他听到了脚步声，可是与森冈信雄听到声音的时间不一样。

玻璃子看到的那个人影究竟是谁？

津田良雄的思路一下子打开了。他对自己作出的新设想信心十足。他认为凶手既不是玻璃子，也不是森冈信雄。

他立刻给东京警察局挂了电话，向上司提出自己新的看法。

电话里回答说，请将森冈信雄立刻押回东京。

飞机在东京机场着陆。

津田良雄和尾谷押着森冈信雄走出机舱，登上了停在飞机旁的警车。

上司热情地接见了津田良雄和尾谷。他笑嘻嘻地说："多亏津田君的提醒，否则我们几乎上了夏目武的当！"

那天深夜10：45分，夏目武钻进了玻璃子的卧室，他对这位瞎眼姑娘早就起了坏念头。他趁玻璃子熟睡时图谋欺侮她。玻璃子被吓醒了，慌了手脚。

老板山本隆藏早看出夏目武心存歹念。他悄悄地跟在后面盯住夏目武，看到他那丑恶的面目时便去阻拦。夏目武见事情败露，觉得已无退路，便一刀刺死了山本隆藏。他拔出小刀又放到吓得六神无主的玻璃子手里，回到自己的房间。

　　玻璃子举着小刀，恍惚中认出被她捅死的是养父山本隆藏。

　　森冈信雄冲进卧室，见到自己所爱慕的玻璃子杀死了老板，决定以自己的生命去保护她……

　　森冈信雄重新获得了自由。他离开警察局向津田良雄告别时，深深地鞠了一躬，久久地站着，不肯离去……

大海的请帖

作者：笹泽左保

（一）

小早川是位年轻英俊的小伙子，大学毕业后找到了一份很不错的差事——在一家艺术杂志社当助理编辑。

听流行歌曲和阅读侦探小说，是他的业余爱好。用他自己的话说："这是当代最时髦也是品味最高尚的志趣。"

阅读和回复读者来信，是他上班的重要工作之一。再新鲜的活计干多了也会令人生厌。他拆读了一上午的信，不禁打了个呵欠。他到室外抽了支烟，似乎精神了些，于是走进办公室又埋头在一堆书信中。

一封字迹娟秀的信映入小早川的眼帘。他拆开信封，里面是一张装帧精美的请柬。上面写道——

诚恳邀请您到河津之滨，在新开张的"东都饭店"，与您共度欢乐之夜。务请在8月1日（星期六）下午5时屈驾光临。

附赠旅费20000元！请查收。

编辑部收到宾馆、饭店开张免费招待的请柬，是常有的事，无非是要编辑为他们做广告吹捧一通而已。

小早川觉得这封请柬非同寻常。如果是饭店老板为了替自己壮壮声势，为什么不邀请主编，而点名请他这个小小的助理编辑呢？

信上附来一笔旅行费，这是以往从未见到过的。20000元，恰好是往返双程的路费。主人是计算好了的。

落款没有署名，只留下"大海"两个字。准是主人不愿意暴露自己的真实姓名，而随便用了一个代号。

从那端庄秀丽的笔迹来看，"大海"是个女人，一个有心计的女人。

"要不要去赴这次神秘的旅行呢？"小早川自语道。女主人请他赴约真的是一起共度欢乐之夜吗？

不去的话，20000元钱退给谁？

猎奇和探秘的心理驱使他想去见见这位盛情的女主人。

不过，他又有点担心。倒不是担心东都饭店有什么可怕的事等着他，而是杂志社的主编会不会又指责他不务正业？

大约一个月之前，也是，好奇心的缘故，他参加了一次与业务毫不相干的采访活动。那一天，他带了摄影记者赶到白滨温泉的忘归庄旅馆。

他们要采访一位自称结过8次婚的70岁的新郎。

到了忘归庄旅馆，压根儿没有这个老家伙的人影。他们自叹晦气，只好在这儿过夜，明天赶回编辑部。

凌晨2点左右，楼下甬道上传来了呼救声。摄影记者鼾声如雷。小早川没去惊动他，自己跑下楼。

呼救的是位汽车司机。他指指水泥地上的一具女尸说："刚才，我出车回来，看到一个黑糊糊的东西从空中落下来，着地时发出一声沉闷的声响。我打开车灯一看，地上躺着一个年轻女子。"

于是，他大声呼喊："救人呀，救人。"

死者是投宿的旅客，住515房间。床上留着两封遗书，一封是给乡下姑妈的，一封是留给在国外旅行的姐姐的。信主说，她十分感谢姑妈和姐姐给予的关怀和资助。她爱上了一位有家庭的男人。现在，她失去了他，感到空虚和厌倦……

她因失恋而坠楼自杀了！

她叫久留米铃子，和姐姐一起住在东京一所公寓。姐姐在旅行社当"伴旅"，护送旅客一路观光，这次去了瑞士。

从旅馆电话室的记录上发现，久留米铃子死前给住在乡下的姑妈打过电话，而且通话的时间有一小时之久。从自杀的心理推断，很有点蹊跷。

久留米铃子给姑妈留下了遗书，为什么死前还要打去这么长时间的电话呢？耐人寻思！

死者身上没有留下任何贵重的东西，右手握着一条手绢，是她自己的，上面绣着"S·K"——久留米铃子的英文字头。

第二天，久留米铃子的姑妈从乡下赶到忘归庄旅馆，看到自己一手抚育大的侄女惨死的情景，不由得失声痛哭。

小早川对她作了详细采访。

回到编辑部,主编狠狠训了他一顿:"花了3天时间,光采访了这类乌七八糟的东西,这样下去我们的文艺期刊不是要变成新闻杂志了吗?"

这次小早川对主编撒了个谎,说身体不舒服,早早溜出了编辑部,乘汽车向郊外疾驶而去。

(二)

东都饭店傍山依水,风光秀丽,乳白色大楼深隐在绿色的山腰间,像起伏山峦中的一颗明珠。

电梯把小早川送到十楼。他取出请柬,账台上的领班十分热情,告诉客人:"房间已预订在15楼。现在先请到10楼贵宾室稍事休息。全部费用已由主人支付。"

疑云又笼罩在小早川心头。那位阔气的主人请他来到底用意何在?

长长的走廊上铺着天蓝色绒毯。小早川随着女招待走到长廊中间一扇豪华的玻璃门前。门上标有"贵宾室"三个字。女招待敲了敲门,即鞠躬退去。

门里没有动静。小早川有点犹豫,他已迟到了半小时,主人一定等得不耐烦了。

小早川推开了门,随后将门关上。他转过身来,不由得吃了一惊。

大厅里竟有4张陌生面孔,一双双惊疑的目光都移向他。

彩饰的枝形吊灯下,设了一张圆桌,周围放了5张皮面椅子。那张空着的是留给迟到的小早川的。

小早川看着那4位第一次见面的朋友,两男两女,不知谁是发出请柬的主人。他有点窘迫,向那4位朋友点点头,悄然无声地坐到皮椅上。

没有人向小早川招呼,一个个表情漠然,空气因沉闷而几乎凝滞。5个人面面相觑,互不相识。小早川怀疑自己是不是走错了地方。

玻璃门开了。3名女招待用手推车送来了名酒和几道冷菜,"这是主人特为各位预备的。"女招待说罢又推着车走了。

大家的目光又碰到一起,却没有一个开口说话。小早川想:这4位朋友会不会和自己一样,都是被那位至今未曾露面的主人请来的?大家一定中了主人的圈套了!

一小时过去了,还没见主人出来主持这个见面会。小早川试探着问:"非常感谢主人的邀请。遗憾的是,我坐了近一小时,尚未见上主人一面。不知道在座的哪位是东道主?"

"哪位是东道主?"那4位客人也不约而同地重复着问。

大家又相互看了一眼,他们都收到了署名"大海"寄出的请柬。请柬上的话不多,但那股热情诚恳感染了每一位客人,使他们无法拒绝参加今天的见面会。

一位富有绅士气派的50岁老头说:"请柬上说主人要找我密谈一件重要的事!"

一位打扮高雅的阔太太说:"请柬上说一定要来参加这个与我切身利益关系重大的密谈会!"

留着长发的小伙子说:"请柬上说我到了这儿将会认识一位年轻美丽的姑娘!"

"我会见到一位值得爱慕的意中人!"那位27、8岁的姑娘说,"请柬上说得明明白白。"

小早川想到请柬上对他说的那句话,不觉暗自好笑。有心计的主人完全掌握了几位客人的特殊爱好和心理状态了。

五个人互相通报了姓名。他们不明白,未露面的主人为何要请他们而又不说明真意呢?

(三)

海面上升起了白色烟雾,山影渐渐黯淡,暮色中显出几分苍凉和沉寂。

已经7点,5位客人烦躁而忿懑。

那个27、8岁的姑娘,名叫驹井忍。她喝了一口葡萄酒,脸色微微变红。"我们不能干坐在这儿傻等呀!"

阔太太说:"我要走了。"

"我们明天一起走!"绅士是一家公司的董事,说起话来有一股咄咄逼人的派头。

长发小伙子一声不吭,独个儿喝闷酒。

"这是一场恶作剧!"长发小伙子把酒杯往地上一掷,高声叫道,"仗着几个臭钱来耍弄我们,看我不好好调教调教他。"他扬了扬拳头。

"我看不像恶作剧。"小早川朝大家扫了一眼,"主人花了这许多钱,单把我们5个请来,就为了寻开心?肯定要干一件不平常的事!"

"什么事?"另4位感到诧异。

小早川若有所思地说："我们5个人不是随意被邀请来的。主人是个有心计的人，不是我们之间相互有什么关系，就是与主人有牵连。"

大家越听觉得越玄。他们来自各地，素不相识，有什么关系？

"至少有一点是共同的：职业、爱好、地址以及姓名都让主人了解得清清楚楚！"小早川说到姓名，突然醒悟道，"我又找到了一个共同点，我们每人姓名的英文字头都是'S·K'！"

大家一寻思，不禁一起惊叹道："啊！"仿佛有一股凉气从背上传遍全身，几个人都冻僵似地呆住了。

大厅里一片宁静，谁也不再说话，可脑子却像飞轮般转动着，思索着。

阔太太说："天下英文字头是'S·K'的，成千上万，凭什么找我们几个？"

又是一片沉默。驹井忍小姐朝阔太太看了一眼，那眼神是赞赏还是轻蔑？小早川看在眼里却难以判断。

阔太太的话不无道理。这正是小早川脑袋里一个没有解开的"疙瘩"。

他念头一转，望着大家问："你们都去过忘归庄旅馆吗？"

大家都觉得问得没头没脑。忘归庄旅馆地处环境幽静的山林中，那是度假休息的好去处，谁一年不去几趟？

"我今年上半年就去过3次！"董事说。

接着，几位客人都说光顾过不止一次。

"我是说一个多月前，也就是6月24日那天你们是不是在那儿住过？"

这一问大家都怔怔地望着小早川。他们不明白，那一天和今天这个见面会又有什么必然联系。

小早川联想到那一天发生的事，自己也愣住了。

（四）

那天夜里，发生了久留米铃子跳楼自杀的惨案。

那块绣着"S·K"英文字头的手绢，像镌刻在金石上的字一样，铭记在小早川的记忆里。主人把他们5位聚到一起，不光是他们姓名的字头都是"S·K"，还有一个不可忽视的共同点——他们6月24日那天晚上，都在忘归庄旅馆留宿过。

"是不是这样？"小早川仿佛用主人的口气在审问大家。他站起来，向阳台走去。他需要给客人一个思索的时间，他自己也需要保持冷静。

山下已是一片灯火，像无数星星从天而降，只有远方的大海和天空，隐在黑暗之中。

小早川回到大厅，大家没有说话。从那一双双眼睛里，小早川已经看出，他们已经默认，6月24日晚上，都住在忘归庄旅馆。小早川提醒大家：那天夜里有个年轻姑娘跳楼自杀了，她叫久留米铃子，打头的字母是"S·K"。

驹井忍梳了梳披肩长发，向小早川问道："一个姑娘跳楼自杀，同一天偶然有人住在同一个旅馆，因为和死者的名字是同样的英文字头，就可以由你随便审讯吗？"

"你别忘了自己。我们沾上边的，你都有份！"阔太太情绪很激动。

这句话，顿时使大厅空气缓和了许多。几位客人又感到自己和小早川是可以平起平坐的。他并不比别人"清白"，也是被请来的怀疑对象。

小早川采访过死者的亲人，情况比其他几位客人知道得多些。他说："我确实和大家一样，被怀疑，同时又怀疑别人。有一点我很清楚，是谁把我们请到了这儿！"

"谁？"

"我寻思，是死者的姐姐。她回国后一定见到了妹妹留给她的那封遗书。"

驹井忍脸上的神色不安，她不明白小早川还会提出什么离奇的问题。

小早川并不理会驹井忍的情绪，继续说："死者的姐姐发现手绢上那个英文字头，一定产生了疑惑，于是发出邀请我和大家一起聚会的念头。"

"请你讲具体点。"董事似乎越听越糊涂。

小早川认为，死者姐姐的疑点就是妹妹手上那块绣着"S·K"的手绢。这些相同的字样是手工绣的，但字体、大小、颜色，却因人而异，各有各的特征。

死者的姐姐一定发现，从字体、大小或颜色上看，这块手绢不是死者本人的，而是属于另外一个人……

"那么说，她不是自杀，是被害？"

"我想是这样。"小早川问大家，"一个人跳楼自杀，手里捏着一块手绢总不大合乎情理吧！"

小早川的推断是：久留米铃子被人推出窗口时，求生的意识使她去抓对方的手。可惜，她抓住的却是罪犯手中的手绢，于是不幸坠楼身亡。

死者姐姐从住宿名单里，找出所有名字英文字头是"S·K"的旅客姓名和通讯地址。她确定这些客人中，必有一个是谋害她妹妹的凶手。

客人们听了开始坐立不安，他们低垂着头，各想各的心思。

大厅里又显出沉闷的气氛，比刚开始那会儿更有一种令人窒息的气势。

"依我看，凶手确实在我们中间。"小早川读过许多侦破小说，现在还真派上了用场。

小早川一口气讲了许多，他觉得很累，颓然坐进皮椅里懒得动弹。

（五）

桌上的下酒菜几乎没人动过。大厅里鸦雀无声。

"凶手八成是个女的！"小早川突然打破沉默说道。

目光一下子集中到阔太太和驹井忍的脸上。驹井忍面色发白，神情异常。她说了声"我去一下厕所"，便走出大厅。

大家盯着她的背影，目光中带着警惕和憎恶。

"她不会走远的。"小早川说，"主人一定暗中派人监视着她，也监视着在座的每一位。"

驹井忍又回到了大厅。

小早川说，凶手是女人的理由很清楚：久留米铃子是个青春少女。如果凶手是个男的去找她，她一定不肯轻易开门。如果是女的，情形就不同了。

凶手可以随便找个理由说是向久留米铃子借样东西，于是她便打开了房门。此外，手绢上绣字，男人是没有这种习惯的。从这两点来推断，凶手是女的不会有错。

至于女凶手是谁，小早川看着驹井忍和阔太太说："这就该由你们两位来说了。"

她们两个对望了一眼，都没吱声。

"我再提醒一句，"小早川说，"我曾问过死者的姑妈，她侄女在电话中说，她到忘归庄饭店来，是想自杀的。但这毕竟是件痛苦的事，犹豫中她打了电话给姑妈，听了姑妈的劝说，她又表示这样轻生不值得。可是最后又怎么自杀了？关键，是因为她爱上了一个有妇之夫，而那位妇人在劝说和威吓不成的情况下，便将她推出窗外……"

那位爱上年轻姑娘的男子，已经五十岁。推算起来，他的妻子不会很年轻。

"也许是您吧！"小早川目光停留在阔太太脸上。

（六）

当天晚上阔太太给警察局挂了电话，承认自己40多天前杀害了久留米铃子。不一会儿，她被警车押走了。

小早川疲惫地回到15楼单人套房里。床头上放着一张纸条，他有点惊奇，纸条上写道——

我寻思几位客人中一定有一个是杀害我妹妹的凶手，也必然有一位具有侦破才能的人。谢谢你帮助我找到了凶手。我认识了你很高兴，不要问我的真实姓名，"大海"就是我的代称。

"一定是她！"小早川想起刚才有人离开大厅，准是溜号出来写下这张字条送到了他的房间。

这个有心计的女人！

显灵的照片

作者：佐野洋

《三叶草周刊》编辑部成员三村正在办公，忽然来了一个刑警，叫吉野龙一，他自我介绍后，便提出了一个十分尖锐的问题："三村先生，你相信心灵这种东西吗？"

"心灵？指的是灵魂吗？"三村还不明白刑警的意思，感到有点莫名其妙。

"对，据说你对这方面很有研究。"吉野龙一说，"老实说，在拜访你之前，我就看过你十来篇谈有关心灵的大作。"

"谈不上有什么研究。"三村苦笑着说，"最近，青年人对灵魂啦、占卜啦等不合理的事物特别有兴趣。我写那种文章，纯粹是为了迎合读者，以推销刊物。至于那种显灵的现象，我自己是根本不相信的。"

"唔，是这样。"吉野龙一点点头，然后掏出工作手册，拿出夹在里边的一张照片给三村看，"三村先生，你认识这位妇女吗？"

"她不是在附近酒亭里工作的友子吗？"三村感到吃惊，"她出什么事了？"

"这还不能告诉你，因为，我们知道你和她关系甚为密切，会去通风报信。"吉野龙一狡黠地笑笑。

"你们误会了。"三村解释说，"友子是比我小两届的同学，我们以前很少交往，最近她来请教我关于灵魂的事，才开始熟悉起来的。如果她真出了事，我决不会包庇她的。"

"那好！"吉野笑了笑说，"我希望能得到你的协助。"

"什么事要我帮忙的，请说吧。"

吉野翻了一下工作手册，问："三村先生，你知道友子的丈夫现在在哪里？"

"这我怎么会知道？"三村感到惊讶，"她的丈夫叫小田原友子，原来在一家小公司里当营业股长，一次去收债，卷了40万元潜逃了。这事2、3个月前报纸上报道过，大家都知道的。"

"可是，我不以为他是携款潜逃。"吉野说，"一个已经年近40岁的人，事业上没什么挫折，又有一个温暖的小家庭，仅仅为了那么一点点钱而潜逃，也太不值得了。三村先生，你的看法呢？"

听这么一说，三村也感到其中有问题，说："我的看法跟你有一致的地方。"

"这就好办了。"吉野随即拿出一张照片，递给三村，说，"先生，你一定看到过这张照片吧？"

这是张复印的彩照，友子微笑地站在白桦树旁，一手扶在树干上；在浓密的树叶中，隐隐约约有一个人头，那正是她丈夫的脸！

照片是友子和一个同事去郊游时拍的，那时，她丈夫已经失踪好几天了。胶卷冲洗出来时，友子和同事们都发呆了。大家都说这是照片显灵，可能意味着友子的丈夫在那棵白桦树上躲藏过，或者是，他已经被杀死，尸体就埋在附近。究竟是什么意思呢？友子便到杂志社去请教三村了。

三村听了将信将疑，但是，想到这又是写作的好素材，表现出了极大的兴趣，并要求友子带他到拍照的地方看一看，还开玩笑说，这确实是照片显灵，如果在附近挖掘，一定能找到小田原友子的尸体。听了三村的话，友子还伤心地哭了一阵子，弄得三村十分尴尬。

"是的，我不仅见到过这张照片，还对它细细研究过呢！"三村对吉野说，接着，把自己到白桦树去察看的经过讲了一遍。

"研究出了什么名堂？"吉野追问道。

"只是觉得奇怪，简直不可思议。"三村耸耸肩，摊摊手说，"或许灵魂的事是有的，只是现代科学还不够发达，不能作令人信服的解释罢了。"

"我倒不以为这样。"吉野说，"不过，你说白桦树附近有尸体，那确有其事。"

"友子真的找到了她丈夫的尸体？"三村感到有点惊讶。

"不，不是她丈夫的尸体。但是，她却说是的。问题就麻烦在这里。"吉野侃侃而谈，"根据友子的要求，我们进行了挖掘，结果发现了一具尸体。尸体已经腐烂，面目难辨，不过，衣服还尚好。友子一见衣服，就失声大哭，说死者是他的丈夫。可是，经检验，那尸体根本不是小田原友子。"

"这是怎么回事？我越来越糊涂了。"三村毕竟是个文人，思维方法和刑警不一样。

"这问题，你暂时不会明白的。"到此，吉野觉得谈话可以结束了，就站起身礼貌地说，"三村先生，打扰了！您忙吧，我先告辞了。谢谢您的合作。再见！"

离开编辑部，他便去找正在酒亭工作的友子。

"杀害我丈夫的凶手找到了吗？"友子当然是不知道验尸报告的。

"还没有。"吉野没对她实说，接着，装出十分有兴趣的样子，说要看看那张显灵的照片的底片。他怀疑是在印片时出了什么毛病，或者是做了什么手脚。

友子把他带到了家里，从抽屉中拿出了底片。吉野左看右看，都没发现破绽。一般说来，出现这种情况，要考虑两次曝光的可能。那次用的照相机是友子的同事的，上面有防止重复曝光的装置。

"那么，胶卷是谁买的？"吉野突然问，接着，用目光紧紧盯住友子。

友子显然有点慌乱，说："胶卷是我买的，那次郊游是我提出来的，我当然要多破费一点。"

"又是谁把胶卷装进相机里的。"

"是我。"

"为什么不用自家的相机？"

"我家的相机老掉牙了，性能又不好，所以，我就没带。"

"唔，是这样的。"吉野点点头，似乎明白了什么，便把底片还给了友子，说，"打扰你工作了。请放心，案子一定会破的，那时，我会再找你。再见！"

友子看着刑警渐渐远去的身影，深深地嘘了一口气。她觉得有点不安和恐慌。

回到警察局，吉野又细细看了验尸报告，知道被害人是患肝癌而死，再到附近的几家医院一查，很快找到了死者的家属。死者是土葬的，家属还不知道被盗挖了墓呢！

盗了墓，又把尸体运到树林里埋起来，这决非一个女人所能办到的。这个人应该力气很大，而且还能驾驶汽车。而小田原友子恰恰符合这两个条件。很显然，友子也做了帮手。

那么，友子把死尸当做丈夫，这搞的又是什么名堂呢？

吉野立刻赶到保险公司，终于发现了其中的奥秘。

接着，吉野又到照相馆去了一次。在摄影师的指导下，他亲自动手，也拍摄出了一张显灵的照片。这是破案工作的关键性突破。

他还到了电报局，在那里又有可喜的发现。

吉野觉得可以逮捕友子了，就来到了小酒亭。

"友子，你知道你丈夫有一笔巨额人寿保险金吗？"吉野没说一句多余的话，立刻切入了主题。

"保险金吗？嗯，这个……"友子感到太突然了，显得惊慌失措。

"你不必隐瞒了。我们已经得到了有关情报。"吉野一字一句地说。

"我并不打算隐瞒，况且，那笔款子最多也不过3000万元。还有，我连手续也没去办理。"友子觉得，此时再扯谎，对自己反而不利。

"不错，只有3000万元。虽说金钱的数目不大，可也够一个三口之家花几十年了。"吉野冷笑了一声说，"动动脑筋，就可以拿到这么些钱，也许还是很合算的！"

"你这话什么意思？"友子故作镇静，"照你这样说，是我杀死了我的丈夫啰！"

"我并不是这个意思，"吉野顿了顿说，"杀人的不是你。被杀的，也不是你的丈夫。"

"我听不懂！你能说得明白点吗？"

"当然可以。"吉野十分坦然地说，"这个案子的一切，就是为了3000万元的保险金。要想得到它，这并不奇怪，问题是，必须本人死了或者失踪了30年以上，他的家属才能去保险公司领取。等30年，那太漫长了，也不现实。于是，玩个花招，从什么地方去盗个尸体来，让人们认定小田原友子已经死了。当然，你丈夫没有死，现在躲在何处，也只有你知道。大致情况是不是这样？"

"你这是信口胡言！"友子声嘶力竭地叫道，"你要是没有证据，我要告你诽谤！"

"我跟你无怨无仇，为什么要乱说呢！"吉野一点也不生气，"你要证据吗？好，我会马上给你看的。"说着，从包里拿出一卷胶卷给友子看："你以为只有你才能弄出显灵的照片吗？我同样也能！"

友子拿过胶卷看了看，知道阴谋已经败露，但还想抵赖，说："这算什么证据？"

吉野大声说："你耍弄所谓照片显灵的这种复杂伎俩，可以说，它本身就是你犯罪的证据。"

"这就是证据？笑话！我不明白！"

"你实际上心里是很明白的！"吉野说，"你们夫妻俩经过精心策划，搞了一个很大的骗局。第一步是，你们盗了刚下葬的尸体，然后埋在林子里让它腐烂。接着，你丈夫找个借口失踪，你再利用照片显灵，寻个理由把尸体挖出来。当骗过我们警察后，你就可以去领取保险金，然后离开这里，去跟你已经改换姓名的丈夫过日子，尽情享用这笔款子。这一切，我想都是你丈夫的主意吧？你只是照着办罢了。"

"可是，我的照片确实是我丈夫失踪后拍成的，跟你拍的毕竟不一样。"友子有气无力地说。

"这不难解释。"吉野说，"这当然是在你丈夫失踪前就安排好了的。比如，把胶卷装进标准规格的35毫米相机中，镜头用黑布蒙好，然后一张张地按快门，当照到第12张时，拍上小田原友子的脸部。在一片漆黑之中，用不太亮的蒙光灯只照在他的脸上，就能拍成了，这张底片的其他部分没曝过光，就像前11张和后24张一样。然后，把胶卷退回到开端的位置，在所留的片头上，如果最初也做好记号，就不会有差错了。把这胶卷装到其他相机里，拍到第12张时就形成了两次曝光。当然，别人拍时，一定是按照你的要求去做的。这样，一张显灵的照片就成啦！其实，这一点也不难，只是稍稍麻烦了些。"

情况的确是这样，友子哑口无语了。

"你认罪了吗？"吉野把手铐拿了出来。

友子吓得脸色苍白，闭起了眼睛，并把手抖抖索索地伸了出来。

可是，等了许久，冰凉的手铐仍没戴到她的手上。友子觉得有点奇怪，慢慢睁开了眼睛。

"怎么样？立刻去蹲监狱呢，还是先领我去见你的丈夫？"吉野严厉地问。

"不！不！你们是抓不到他的！我也决不会出卖我的丈夫！"友子大声叫道。

"咔嚓！"吉野把手铐锁住了友子的两只手说，"本来是想给你一次机会，让你少蹲两年监牢，可是，你却不要。老实告诉你，你的丈夫已经在警察局等你了！"

"什么？"友子瞪大了眼，"不可能，这是不可能的！"

吉野笑笑，说："你给一个叫龙太七郎的人拍过电报吧？他，就是你已经改了名的丈夫。对不对？"

友子两眼直呆呆地望着吉野，脑子里"轰"的一声，腿嗦嗦发抖，再也站不住了……

黑手帮

作者：江户川乱步

在那个年代，说起"黑手帮"，日本东京的老百姓就会吓得魂飞魄散。因为，那是一帮神出鬼没的强盗，他们肆虐横行，无恶不作，就连警方也感到头痛。

黑手帮杀人放火，样样都干得出来。这回，他们绑架了我伯父的女儿富美子，要价10000元。我伯父收到恐吓信后，吓得面无人色，为求太平，就没敢去警察局报案，在强盗指定的日子和时间，去指定的地点交了赎金。可是，那帮强盗不讲信用，竟拒不放人。

伯父一家人急得像热锅上的蚂蚁，都束手无策了。富美子现年19岁，长得楚楚动人，十分漂亮，所以，伯父担心她遭到强盗们的毒手。如不是这个原因，那便是强盗们以为伯父容易勒索，1次不满足，就来2次3次，要更多的赎金。

伯父着实慌了，就找我去商量对策。我对犯罪、侦探这类事情有点兴趣，甚至还想去考侦探学校，所以，伯父对我寄于很大的希望。可是，强盗们作案非常巧妙，没留下一点蛛丝马迹，这使我这个业余侦探完全丧失了破案的信心。实在无法可想，我们就去警察局报了案，但是，两天过去了，却毫无消息。看来，要靠那些吃干饭的警察破案，是没指望了！

我便想到了我的一个同学明智小五郎，他是一个私人侦探。现在，我们虽然不大来往，但是，以前我们关系不错。看在这个份上，他欣然同意帮忙。

明智立刻赶到了我伯父家，双方寒暄后，就言归正传。

"先生，您能讲一讲事件的经过吗？讲得越详细越好。"明智要求伯父道。

"那是六天前，也就是13日那天中午。"伯父想了想说，"那天，我的女儿富美子说到一个朋友家去玩，可到了晚上也没回来。我的妻子急了，就往女儿的那个朋友家打电话，对方说，富美子根本没去过。后来，把家里人和佣人、车夫都召集起来，四面八方去寻找，但毫无结果。第二天中午，黑手帮的恐吓信就来了，信上写，富美子的赎金10000元，于15日晚上11点，到T草原的一棵松树下交款。送款人只限一人，如报警则杀死人质。收到赎金后第二天即放人。大概

内容就这些。"

"这封信经警察检验，发现了什么线索吗？"明智问道。

"据说没发现什么有价值的线索，就连笔迹也没有什么特征。"伯父回答。

"那么，邮戳是哪个局的？"

"这信是投进门口的信箱里的，所以没有邮戳。"伯父解释道。

"又是谁把信从信箱里取出来的？"明智不放过任何一个细节，这是他多年做侦探养成的习惯。

"是我家的仆人牧田取出后交给我妻子的。"

"是谁把信投进箱里的呢？"明智陷入了沉思，他好像要从这些没有意义的简单回答中努力发现什么。

"以后又怎样了？"他继续问道。

伯父回答："我觉得没有什么比女儿更宝贵，就准备了钱，决定去交赎金。妻子不放心我一个人去，说仆人牧田虽然矮小，但机智能干，让他跟着，交货时隐藏在附近，以防万一。我想这样也好，就特地买了一支手枪给牧田，叫他暗中保护。"

"离草原500米的地方我们就下了车。我打着手电照路，终于找到了信中说的那棵松树。足足等了半个多钟头，一个高头大马的蒙面人，从我对面一步一步地慢慢走来。他的手电光特别强烈，照在我眼上，使我看不清东西。同时，我怕强盗生气，把自己的手电筒关了。就这样，我默默地把钱包交给了他。本来，我想问问女儿的事，刚要开口，那个强盗就怪吼了一声。我吓得不敢再问，浑身直哆嗦，就眼睁睁地看着强盗用手枪对着我，退着走去，渐渐消失在黑暗中。"

"说来不怕笑话，我从来没经历过这种恐怖的场面，吓得腿酥脚软，连路也走不动了。过了好一会儿，我想强盗已走远，就轻轻叫了一声牧田，想叫他扶我回去。牧田应声出来，安慰了我几句。后来他说要检查一下强盗的足迹，以防事情弄糟了，报告警察时可作为重要线索，便往前寻查了一阵子。但是，令人惊讶的是，竟没有强盗的足迹。听说刑事警察也去勘察过，说除了我和牧田的脚印外，没发现任何别的可疑脚印。"

"难道强盗会腾云驾雾吗？"明智想打破一下沉闷的气氛，半开玩笑着说，"那实在太有意思了！不过，那里有没有什么类似动物的足迹？"

"啊！您说什么动物？"伯父不解地问。

"比如说有没有熊、狼、狗的足迹。"

很显然，明智怀疑到强盗把野兽的蹄子绑在脚上，因此现场就没有留下足迹。

"这我可没留意。"伯父回答。

"那么，你注意到了吗？"明智问牧田。

一直站在旁边的佣人牧田，挪动了一下细弱瘦小的身子，想了想说："好像没有。再说，那松树附近几乎都是草地，因此，我想即使什么动物走过，也不会留下足迹。"

"唔。"明智又陷入了沉思。

我想，这个案件最令人头疼的就是现场没有强盗的足迹，叫人无从着手。

长时间的沉默后，明智突然问："最近，你家小姐收到过什么可疑的信件吗？"

伯父家教十分严格。自从富美子上中学以后，凡是寄给她的信件，都由伯母先看。

伯母的回答很干脆："没有。"

"那么，一般的信件有吗？"明智追问。

"当然有呀。不过，我以为都跟案件没有什么关系。"伯母回答。

"那请你说说。"明智十分认真地说，"有些情况，常常会给我们提供意想不到的破案线索。"

伯母略作思考，梳理了一下头发说："大约1个月前，有人给女儿寄来了一张明信片。我问过女儿，来信的是不是你学生时代的朋友，她'嗯'了一声就跑开了。我怀疑信中隐藏着什么秘密，本来想找个机会跟女儿好好聊一聊，可现在却发生了这个案件。喔！对了，女儿失踪的前两天，好像又收到过同样的一张明信片。"于是，伯母把它从女儿的抽屉里翻出来，递给了明智。信是怎样写的：

早就想看望您，但始终没有机会，延至今日，非常抱歉。连日来，天气转暖，最近一定前去拜访。前赠小物，不成敬意，蒙您礼赞，深感不安。手提包是我闲来无聊，为了解闷才拙手绣成的，甚至会担心受到您的批评呢。请多多保重身体。再见！

明信片上盖有某邮局的戳记。明智看了半天，最后十分郑重地提出，能否借用一下。

伯母当即同意了。

明智的问话结束了。在归途中，我问他有无收获，他竟异常兴奋，说案子有了点头绪，至于以后将怎么做，却不肯对我说。

可是，我回去后苦思冥想，发现此案仍在一片浓重的迷雾中，连一点亮光也看不到。我不知明智的葫芦里卖的是什么药，第二天一大早，便赶到了他的住所。

然而，他已经出门了。我问他邻居的一个老妈妈，她也感到意外，说："明智是出了名的懒虫，早晨不睡到9、10点钟是不会起床的，今天一大早跑哪儿去啦？"

我想，明智准为案子去奔波了，便回到家去。谁知，这天他竟没有回家，直至第二天中午，仍杳无音讯。我担心起来，怀疑黑手帮把明智弄走了。

我觉得应当把情况告诉伯父。伯父、伯母知道后大吃一惊。是呀，万一明智有个三长两短，该怎样向他的家里人交代呢？

这时，伯父、伯母争吵起来。伯父责怪伯母，说她不该让牧田跟着自己去交钱，以致违背了恐吓信上的条例，所以强盗收到了钱也不放人。伯母则怨伯父，说他不该去报警，更不该去请私人侦探，把事情反而弄得更糟了。

我也心烦意乱，就坐在客厅的沙发上抽闷烟。黑手帮神通广大，说不定警察局里就有他们的内线。现在，已经有两个人失踪，说不准第三个该轮到我了。我有点害怕起来。

伯父家正闹得鸡犬不宁的时候，来了个邮递员，说有一份电报。

大家都呆住了，以为这电报凶多吉少，大概又是黑手帮的杰作，要伯父用钱去赎明智。

伯父哆哆嗦嗦在邮单上盖过章，接过电报看了半晌，也没有勇气启封。

我终于忍不住，要过电报拆了开来，一看，情不自禁高兴地叫了出来。原来，电报是明智从总带千叶拍来的，说他已经找到富美子，现已买好火车票，估计傍晚就可以回来。

喜讯来得太突然了，这倒使大家有点不相信，怀疑黑手帮又在玩什么花招。

大家焦急不安地等待着。

夕阳早已西下，夜幕开始徐徐降落。大家正感到万分失望的时候，明智带着富美子回来了。

此时无声胜有声。大家默默相对，竟谁也不说一句话。

伯母见女儿一副疲倦不堪的样子，就让她回卧室休息。

这会儿，死气沉沉的伯父家才一下子变得活泼热闹起来。为了表示祝贺，伯父让明智坐上座，拿出了最好的酒，端出最好的菜，来招待他。伯父和伯母好像顿时年轻了许多，满脸红光，有说有笑，称赞明智是个神探，还表示愿意出资在东京的几个大报上登广告，为明智宣传，以便提高他的知名度。伯父这样做，当然也是为了气气那些吃干饭的警察。

明智轻而易举地破了案，让我这个业余侦探爱好者钦佩得五体投地。于是，我让明智讲讲他侦探的过程，顺便了解一下黑手帮究竟是怎么一回事。

"非常抱歉，有关黑手帮的事，我什么也不能讲。"明智十分平静地说，"你们想，我一个人赤手空拳的，怎么能制服那些凶狠的强盗呢？于是，我想了个办法，迫使黑手帮跟我订了一个和约，让他们送回富美子和一万元的赎金，而我今后保证不对任何人讲黑手帮的事情，将来也不参与逮捕他们的所有行动。我只能这样做，否则，事情反而会弄得不可收拾。"说完，他从包里拿出装着10000元的一个纸包，郑重地交给了伯父。

既然明智已经这样讲了，我们就不便追问下去。对于伯父来说，只要一家平安，逮到不逮到强盗，是无所谓的。还有，伯父也根本没想到过强盗会退赎金，因此硬不肯收那一万元钱，说权当是明智破案的酬劳。

明智再三推却，伯父固执己见，这样，倒反而弄得很难堪。后来，我打圆场，说酬劳是应该要的，只是10000元好像多了些，明智这才勉强收下了2000元。

宴席散后，我和明智便告辞回家。

我想，明智有些话不便对伯父一家说，而对于我这样的朋友，或许会开诚布公的。于是，我用试探的口气，问他究竟跟黑手帮有什么秘密的协定，又是怎样找到富美子的。

出乎我意料，明智爽快地答应了，于是，他讲了侦破这个案子的全过程。

这个案子的要点是现场没有强盗的脚印，那么，就产生如下六个可能：

一、我和我的伯父以及警察，都没发现强盗的足迹，因为，强盗可以用动物的足迹来骗人。

二、强盗用一种可以不留下足迹的办法来到现场，比如吊在一个什么地方或是走钢丝。

三、伯父和牧田，把强盗的足迹踩掉了。

四、伯父和牧田的鞋子和强盗的一样。

五、这起绑架的事根本不存在，而是伯父出于什么需要，自导自演了一场戏。

六、牧田和强盗是同一个人。

明智第二天就去了现场，经过仔细观察，他发现草地里有许多被什么尖硬的东西扎了似的痕迹，乍看很不清晰，难怪别人都没发现。这就可以推断，作案者是踩了高跷来的。

踩了高跷，还跟常人一样高大，说明此人本来很瘦小。作案者这样做，除了要在现场不留下足迹外，还有个目的是扰乱人的视线，使警方在高个子中搜寻案犯。

从现场的情况分析，前四种可以排除，而第五种可能似乎也不成立，因此，最值得怀疑的便是伯父家的佣人牧田了。当伯母要他陪着伯父去交赎金时，他真是求之不得呢！否则，他也得想方设法赶到那里。而当伯父等在松树下时，牧田完全有足够的时间用事先准备好的藏在附近的"道具"把自己乔装打扮一番，以强盗的面目出现，而作案后，又完全有足够的时间恢复自己的原形。他对伯父说，要检查一下强盗的足迹，以便报案，那不是真的，而是要看看自己踩高跷时是否留下了痕迹。还有，那封所谓的"恐吓信"又是他交给伯母，这就使明智更坚定了自己的看法。

从现场回去后，明智又对那张明信片作了细致的研究。他发现，那好像是一篇密码文章，破译出来是"聚会定于后天一时在新桥驿"。信上的笔迹可确认是出自于女孩子之手。18、9岁的女孩最浪漫，几个人约了去玩上几天，这是常有的事。伯父家教严格，富美子如果说明真情，那肯定去不成，因此，她推说去一个朋友家而溜之大吉。不过，她必定会留下纸条什么的，怕家人着急，而这纸条被牧田拆开偷看后毁了。牧田知道真相后，便导演了这出强盗绑架良家女的戏。

于是，明智立刻打电话给牧田，骗他上了一家咖啡馆。明智因势利导，并保证为他保密，甚至还可以给予必要的帮助，前提是，只要他说实话。

牧田也知道摆在面前的只有一条路，就作了坦白。最后，他一把鼻涕一把眼泪地哭起来，说乡下的母亲住医院急需一笔款子，自己出于无奈，才干出了这种糊涂事。

根据有关线索，明智火速赶往新桥驿，又经一番小小的周折，终于找到了玩得晕头转向的富美子，她对家里发生的事情一点也不知道，居然表示十分惊讶。也难怪，她留给母亲的纸条以及这些天写回去的几封信，都被牧田看过后撕掉了。为了让我伯父一家人早日得到安宁，明智立刻拍了电报，并劝富美子提早结束游玩，带她回到了东京。

　　明智是个绝对讲信义的人，为牧田着想，他决定不报警，也不把真情告诉伯父一家人，这当然也包括富美子。至于富美子，她本来就横下了心，在外痛痛快快地玩，回去准备挨一顿骂，甚至于吃皮肉之苦；而现在，家人既然以为自己被绑架了，那就将计就计，岂不更好吗？不过，她毕竟懂事了，觉得这样只顾自己贪图快乐，而使家里人担惊受怕，实在是太不应该了。她暗暗下定决心，以后不管小姐妹们怎样怂恿，绝对不能再做这样的傻事了。

　　我认为明智这样处理事情确实是十分明智，对于伯父、伯母，对于富美子，对于牧田，都是有好处的。尤其对于牧田，这决不是姑息养奸，而是一次真诚的挽救，不然，他吃官司后会永远抬不起头，以至破罐破摔，很可能走向犯罪的深渊。

　　在分别的时候，明智忽然想起了什么似的，他把从伯父那里收到的2000元交给我，说："请你在方便的时候，把这钱给牧田。对于我，这钱根本算不了什么，他却太需要了。他是个可怜的人，我答应过要帮他忙的。"

　　"好，我一定把钱带到。"我愉快地答应了下来。

　　明智真是一个好心肠的人，他的为人，在当今这个社会里，是很难找得到的。如果刚才我只是对他的破案本领表示钦佩的话，那么，现在简直是对他万分的崇敬了。

神秘的五角银币

作者：横沟正史

驹井不二雄的叔叔驹井启吉，是当时一个颇有名气的小说家，一次，他写了篇《我的保护神》的文章，发表以后，便引出了一桩惊人的案件。

现在，先介绍一下那篇文章的大概内容。

那是几年前的一个寒冷的夜晚，驹井启吉有点小事到街上去，看到有个看手相的，就凑了过去。

他按看相人的吩咐，摘了手套，伸出左手。

看相人吃惊地望着启吉，端详了老半天，然后叽哩咕噜地说了一通，末了，启吉拿出一元票子给他。看相人找了他一个5角银币，眼睛贼溜溜地扫视着，意思是叫他快点离开。

当时，启吉戴着个口罩，大衣领子又竖着，看相人肯定看不清他的面孔，于是，把这个银币错给了他。弄错的原因是启吉的左手缺了个小指头，而看相人约定那天晚上把这枚银币交给一个左手缺小指的人。

启吉觉得事情有点蹊跷，回到家里就拿出银币摆弄，觉得它份量似乎轻了点，敲了敲，声音也不对劲。他往地上一扔，这银币就分了家，更奇怪的是，那空凹处有张薄薄的纸片，上面写着许多阿拉伯数字。

启吉横看竖看，觉得那数字是密码。他认为，总有一天能用得上这个银币，于是就把它小心地保存了起来。

日本人有个迷信的说法，小偷拿了别人忘在那儿的东西，就要交好运。于是，启吉就把这银币当做保护神一样珍藏起来。在日本，保护神即为福神。

就这样，启吉把自己的这次奇遇全部写了出来（只是把密码的具体数字略去了），题目取为《我的保护神》，发表在《北极光》杂志上。

杂志出版一个星期后，便有一个奇怪的客人来访。他自称山田进，是某杂志社的一个小说编辑，是来约启吉写稿的。

启吉跟某杂志社关系十分密切，他一眼就看出来客是个冒牌货，但是，却不揭穿，只是推说近来太忙，稿子一时写不出来。

"那就算了。"山田进通情达理地说,"最近,你发表的那篇作品,我拜读了,写得太好了,所以,我想约你给我们杂志写稿。近来你没空,那么,以后你一定要为我们写。哈哈,那小说中谈到的银币,是真的,还是虚构的?"

"当然是真的呀。"启吉说着,便从桌子的抽屉里拿出银币,"我写的就是这个银币。"

"这银币果然与众不同,可以让我看一看吗?"

"可以。"启吉递给了他,"把面儿朝上,向右拧,就能打开。"

"啊,这银币虽然是假货,可做得太精巧了,远远超过了它本身的价值。"山田进打开了银币说,"里面的这张纸,是不是写着密码?我学过这方面的知识,要不要我帮忙破译一下?或许,我会发现有价值的东西呢!"

"不!"启吉把银币收了过去,随手放回桌子抽屉里,"这个密码,谁也没让看过。能译出密码当然好,只怕解开了会给别人带来许多麻烦,反而变成一桩坏事。"

"对,对,你讲得不错。"山田进连连抱歉,"我冒昧了,请多多见谅。"

"没事,没事。"

两人又东拉西扯谈了一会儿,山田进便告辞了。

"叔叔,这家伙到底干什么来了?"启吉的侄子不二雄终于开口了,"他是不是专门来看银币的?我看,他约稿只是个借口。"

"我也这么想。"启吉笑笑说,"不二雄,你留神了吗?他一直戴着手套,这意味什么,你明白吗?"

"这……"不二雄抓了一阵子头皮,仿佛哥伦布发现了新大陆那样兴奋地说,"难道他也缺了一个左小指头?"

"对,九成是的。"启吉说,"这个银币的真正主人,应该就是他。"

"那么,我们该怎么办?要不要报警?"不二雄显得有点紧张。

"不用。"启吉语调轻松地说,"叔叔是个专写侦探小说的作家,难道还不如那些小警察?我写那篇文章发表,就是想引蛇出洞呢!我们准备一下,这几天夜里,山田进或什么人,肯定会来我们家偷银币的。"

启吉料事如神。就在当天夜里,山田进便迫不及待地行动了。

当然,启吉和不二雄没去惊动小偷,只是隐藏在暗处细细地观察。

山田进在桌子的抽屉里摸到了那个银币,检查了一遍,便塞进衣袋,照原路逃去。当他从屋顶上跳下去,还没站稳的当儿,屋檐下窜出个黑影,对准他就是一刀。

"啊!"随着一声可怕的惨叫,山田进像抽去了骨头似的,一头栽了下去。

那个黑影,猴子般地灵活,搜了山田进的身,然后一溜烟跑了。

启吉见出了人命,这才打电话报了警。

等等力警长来了。

启吉把情况向他作了扼要的介绍,说:"这一切都是我引起的,因此,我会义不容辞地协助你破案。不过,现在此事不宜声张,否则,我的努力就会前功尽弃。"

破案是警方的事,而一个小说作家也要插一杠子,并且还以主角的身份出现,这使等等力警长有点不高兴。不过,碍于情面,警长还是答应了启吉的要求。

于是,一切按照启吉的思路去办。

第二天,当地各家报纸都刊登了这样一条消息:昨晚,一无名男子被杀于小说家启吉家附近,案子全无头绪,这使警方大伤脑筋。

这是为了迷惑凶手,否则,他就会停止行动。

接着,又弄清了死者的身份。那家伙根本不叫山田进,而叫小宫三郎。他的哥哥小宫让治是偷盗宝石的专家,后被捕,病死在监牢里。他被捕时,租了一个看相人的房子住。

"对!"启吉分析道,"让治被捕前,急于想告诉弟弟三郎什么事,就写了密码藏在一个特制的银币里,托看相人转交给三郎。"

"那么,让治要告诉弟弟什么呢?"不二雄问道。

"告诉他宝石放在什么地方。"启吉说。

"叔叔,现在我们该怎么办?"

"我们该到警察局去查一查档案,看看这些年来,谁家失窃过珍贵的珠宝,至今还没破案的。"启吉说。

正这时,一个叫香山由纪子的姑娘来了。

由纪子今年18岁,家里本来很富裕,近年渐渐没落。她就住在附近,是启吉小说的热心读者,时常来这里玩。

不过,今天她的神色好像不对劲。

"怎么啦?由纪子姑娘。"启吉问道,"今天不舒服吗?"

"不。"由纪子说,"我想请你帮个忙,拿拿主意。"

"发生什么事了？"启吉说，"姑娘，你别急，慢慢说吧。"

"是这样的。"由纪子稳稳神说，"昨天来了个老头子，问我家是不是有个漂亮的大衣柜，有的话，他想买下。我觉得那老头来路不明，就不理他。他纠缠了个把钟头，临走说，明天他还要来。真是太可怕了！"

"是个什么样的人？"启吉问道。

"那老头60岁左右，好像在什么地方见到过，只是想不起来了。"由纪子回答。

启吉沉思了一会儿，说："是不是摆看相摊的老头？"

"好像是。"由纪子答道。

"晤，对了！"启吉恍然大悟，"由纪子，你们家丢过宝石之类的东西吗？"

"丢过的。"由纪子表示吃惊，"先生，你怎么知道的？那是8年前的事了。一天晚上，我父亲招待一大群客人，举行舞会。舞会上，我母亲胸前佩着的钻石别针不翼而飞了。每个客人都有嫌疑，可是，当场搜身时，那别针始终没出现。别针上嵌的钻石价值连城，妈妈常说，如果还有它，我们的日子一定还十分富裕。"

启吉听了由纪子的话，心里高兴地说："哈哈！看来鱼就要上钩了。"于是，他对由纪子如此这般地交代了一遍。

"谢谢先生！"由纪子高兴地回去了。

接着，启吉打了个电话给等等力警长，要他做好准备，以擒拿凶手。

第二天，那个要买大衣柜的老头，又缠上了由纪子。由纪子照启吉说的，坚决回绝了他，说家里穷得揭不开锅也不会卖的。老头死了心，悻悻地走了。

老头一走，由纪子就去找启吉。

刚才，启吉在由纪子家门口附近隐藏着，认出了老头就是那个错把银币给自己的看相人了，于是就对由纪子说："姑娘，说不定今天晚上，那个老头就会到你家里去当小偷。"

"真的？这可怎么办？"由纪子非常惊慌。

"没你的事。"启吉说，"我一切都安排妥了。你们一家只管早早地关了灯，高枕无忧地睡就是，不过，你们不可能睡得着，那也没关系，只是千万别吓跑了小偷，知道吗？"

"嗯。"由纪子点了点头。

事情照着启吉预料的那样发展着。

这天深夜,一个黑影溜进了由纪子的家里。黑影先镇定一会儿,察看了周围的情况,然后打亮手电筒,来到一只大衣柜边停下来。

黑影刚拉开柜门抽屉,等等力警长和启吉就从背阴处跳出来,把黑影掀翻在地,并迅速给他戴上了手铐。

这时,由纪子立刻拉了一下电灯开关,屋里霎时便一片通明。

"这家伙是什么人?他来偷什么?"等等力警长并不知道事实的真相,觉得奇怪。

"他是个看相人。"启吉解释着,"他是来取钻石别针的。"接着,他笑呵呵地对看相人说:"先生,多年不见了,你忘了我没有?那回,你错把我当成了小宫三郎,给了我一枚五角银币,是不是?"

那看相人"啊"地一声,恶狠狠看了启吉一眼,咬咬牙,没再说话。

"啊!你就是小寓让治的房东?"等等力也认出来了,表示异常的吃惊。

"那么,杀了小宫三郎的也就是他。"启吉说,"搜搜他的衣袋,或许会搜出银币来的。"

警长果然从他衣袋里搜出了那枚特制的银币。

看相人当即如实招供。他本来只是给小宫兄弟俩传信的,后来起了黑心,便杀了三郎,想独吞那颗价值昂贵的钻石别针。

"由纪子姑娘,你还发什么呆呀?快去拿钻石别针吧!"启吉大声地说,"8年前被人偷的钻石,还在你们家里。呶,就在那架钢琴右腿里藏着呢!"

"真的?"由纪子蹲到琴前,摸着琴腿上的雕花,忽然有一处花瓣动了,用手一抠,木块脱落了下来。她从里面取出了一个小物件,正是那枚光彩夺目的钻石别针。原来,让治偷了后,怕搜身,就把它藏在这里,准备以后再盗出去。不料,他来不及行动就被捕了。

由纪子把钻石别针给大家看,竟两眼泪哗哗的,连语调都变了。

看相人发呆了,喃喃着:"难道我把密码翻译错啦?"

"没错!"启吉笑嘻嘻地说,"看相先生,你只是上了我的一个小当而已!哈哈,跟你直说了吧。那天夜里,小宫三郎偷去的银币当然是真的,但是,原来的密码纸早被我换了。其实,当年我就解开了密码,可是,光知道钻石藏在琴腿里又有什么用,还得知道这是谁家的琴才行呀。我想,银币的真正主人会知道的,于是考虑再三,写了小说发表,并强调故事并非虚构,以引诱盗贼找上门,再顺藤摸瓜,找到那架钢琴。谢谢,你为我指了路,并使由纪子一家重新富裕起来。

80

从这一点来说，你是有很大功劳的……"

"可是，叔叔，那假的密码，你是怎样写的？"不二雄听得心里痒痒的，就插嘴问。

"这样写的，钻石在大衣柜右边抽屉后板夹缝里。"启吉有点得意，"我想，有钢琴的人家一定也有大衣柜，就诌了几句，想不到这位看相先生信以为真了。哈哈！"接着，他又对由纪子说："姑娘，你没白白做我小说的热心读者，是不是？我回报你的可是一颗钻石别针呀！哈哈，世界是广阔的，也是狭小的，八年来我要寻找的钢琴，想不到就在你的家里。"

"先生，我该怎样谢您呢！"由纪子说着，扑通跪了下来。

启吉连忙扶起她。

当等等力警长要押看相人走时，启吉突然想起了什么，说；"警长，那枚银币呢？请还给我。"

"还要它干什么？"警长不以为然。

"它可是我的保护神呀！"启吉乐呵呵地说，"我想永远保存它！"

深夜来客

作者：保篠隆绪

私人侦探山崎龙太郎是个古董迷，这次，他出高价买了一只古色古香的红木桌子，于是约了好朋友盐野，到家里来一起欣赏。

两人正看得兴致勃勃，有人来敲门了。

山崎连忙去开了门。

来客是一位年轻妇女，长得非常漂亮，她很有礼貌地问："这里是山崎先生的家吗？"

"是的。"山崎打量了一下来客，"请问，您找我有什么事吗？"

"您就是山崎先生？"那妇女惊喜地说，"我叫叶山久子，想请先生帮个忙。"

"那好，进屋说吧！"

叶山久子进了屋，把外衣脱了放在桌上说："我是为我丈夫有田的事来的，他是无辜入狱的。"

"究竟是怎么回事，您能详细地说说吗？"山崎指指一旁的沙发，"请坐。别着急，慢慢说吧。"

于是，叶山久子坐到沙发上，把事情的经过说了个大概。

那是2年前的一天深夜，有田在一家酒馆里喝了点酒回家，经过一家大公馆时，看到一间卧室里有一个姑娘手拿烛台，失神地站着。她的脚下倒着一个男子。正巧，窗开着。有田见出了人命，就不顾一切地跳了进去。那姑娘一头扑向有田，哭诉说，那男子想偷东西，正好被她看到，结果一时情急，失手打倒了他。正在这时，卧室外响起杂乱的脚步声，姑娘表示不能连累了有田，催他快跑。有田想也没想，跃窗就跑，但跑出不远，就被追来的人抓住，一搜身，口袋里竟有一颗价值昂贵的珍珠。有田有理说不清，被送到警察局，后被法院判了2年徒刑。

"唔，说的是这件事。"山崎听完叶山久子的话后，捋捋下巴上的小胡子说，"法院在审判你丈夫有田的时候，我也在场。我觉得他是无辜的，但是，我的努力没起作用。"

"求求您了！"叶山久子扑通跪了下来，"您一定有办法帮助我丈夫的。只要您能抓获真正的盗宝贼，我什么样的代价都肯出。"

山崎连忙扶起她，说："请放心，我一定会尽力而为的。其实，那次公馆里被盗走了一批宝石，现在只有一颗没着落。那是颗红宝石，价值连城。我想，只要抓住那一男一女，又夺回红宝石，案子就自然破了。这个案子，我一直留心着，而且已经有了目标。您回去吧，过些天，您会听到好消息的。"

叶山久子一再道谢，高高兴兴地回去了。

山崎是个讲究时效的人，他把客人打发走后，就着手破案工作。经过整整两天的奔波，他终于掌握了一些至关重要的线索。不过，他觉得一个人单独干不行，就又叫来了盐野帮忙。

"盐野君，我想拜托您给我看家，今晚，我要出去一次。"山崎交代说，"今夜，肯定会有人来，谁要来，现在我不知道。不过，无论是谁，都一律闭门不见，除非我例外。"

盐野着实有点不明白山崎的话，说："就让我帮你看家吗？你家里不是还有佣人吗？"

"佣人？他们是没用的。"山崎神秘地笑笑，"而只有你，才能帮我忙。"

"那么，你究竟什么时候回来？"

"过2、3个小时就回来。如果我到了明天凌晨1点钟还不回来，就说明我遇到麻烦了，那么，请你跟警察局联系，让他们派人赶到富谷良道公馆，凌晨2点正式动手。不过，你本人绝对不要离开我家。千万小心，拜托了！"

"我一定把你的家守卫得好好的。"盐野拍拍山崎的肩膀说，"你放心去办事吧。"

像往常一样，山崎梳理打扮一番后就从从容容地出了门。一会儿，他便来到了目的地。

这是一座漂亮豪华的洋房，本来是富谷良道的，由于他经营不善，又加上被盗了一批宝石，很快破了产，就把它租给了松公。而松公就是那个盗窃珍宝的家伙。此人是"黑社会"的一个头目，心狠手辣，且诡计多端，所以，山崎明明知道他偷了珠宝，却又拿不到证据，只能让他逍遥法外。不过，今天山崎来，决定要把事情弄个水落石出。

山崎围着公馆转了一圈，对环境作了细致的观察，然后走进大门，拿出自己的名片交给了看门的人，并说明有要事来拜访主人。

等了不大一会儿，屋里走出一个女秘书，把山崎领到了一间接待室。

这间接待室很狭小。山崎警惕地观察四周,然后迅速站到房门对面的墙角,靠着窗,两手插进口袋,准备应付突发事件。

大约过了5分钟,房门轻轻地开了。进来的那个人便是松公。

"哈哈!"山崎先开了口,"松公先生,想不到我会真的来吧!"

松公愣了一下,然后仰天大笑,说:"山崎先生,你真是个聪明人。既然你已经什么都明白了,那么,我们就坐下来好好谈一谈吧。"

"好呀!"山崎迈着悠闲的步子,然后坐到一把椅子上,开门见山地说,"我受人委托,正在调查2个月前在这个公馆里发生的那起盗宝案件。说实在的,我知道那是你松公先生和阿芳两人干的。我的话没有错吧?"

"对,没有错!"松公十分平静地说。

"不过,"山崎微笑着说,"当时你们嫁祸于人以后,又没敢把那颗红宝石带在身上,藏到屋里的什么家具里了,以后又没有适当的机会取走,所以,那颗红宝石至今还未得手,我的话又没说错吧?"

"对,确实是这样。"松公显出十分坦然的样子,然后又恶狠狠地说,"其实,我们还是挑明说了的好。我要的那颗红宝石,现在就在你家里。你把它交出来,就没事儿,否则,你就休想走出这间接待室!"

"何必制造紧张气氛呢?"山崎耸耸肩说,"我真不明白那颗红宝石怎么会在我的家里,难道盗宝的不是你,而是我山崎?"他假装糊涂地说。

松公盯着山崎看了好半晌,以为山崎真的不知道红宝石的着落,冷笑一声说:"大侦探先生,反正你是送上门来的,既然这样,也就别指望出我的公馆。不过,让你带着遗憾去西天,总不太好吧。哈哈!我告诉你,那颗红宝石,当时我确实没敢带走,藏在公馆的一张红木桌子的夹层里了。这次,富谷良道破产,要出租公馆,我就住了进来,一看,原来的那张红木桌子不见了,经打听,被主人卖到了一个古董商手里,后来又几易其主,最后到了你的府上。哈哈!这故事说起来真是曲折而离奇……"

"于是,你就派了个密探,冒充叶山久子到我家里来,想核实那张红木桌子究竟是不是富谷良道的,对不对?"山崎说,"不过,那个冒充叶山久子的女人,讲的倒是事实!"

"不错。不过,你怎么知道的?"松公感到吃惊。

"你做事太疏忽了,松公先生!"山崎说,"真正的叶山久子,我是看见过的。"

"这么说,你对我的计划已经了如指掌?"松公故意说。

"不。只知道一些。"山崎十分平静地说,"你派密探来的另一个目的,就是要引诱我来找你,这样,你就可以把我作为人质。我家里设置了许多机关,陌生人是轻易进不去的。可现在不同了。我想,你一定已经派人到我家去取红宝石了。"

"你又猜对了。"松公得意地笑笑说,"待一会儿,你就可以大开眼界,看看那颗红宝石有多么地美丽迷人了!"

"松公先生,你高兴得太早了。"山崎哈哈笑着说,"其实,那红宝石我已经看到过了。不错,确实非常美丽迷人。"

"这么说,你已经得手,又把它藏起来了?"松公异常吃惊地说。

"这回,你算猜对了。"山崎狡黠地笑笑说,"我毕竟是个侦探,考虑问题会比你更周到。否则,我会来白白送死吗?松公先生,我心里太明白了,如果现在红宝石在你手里,你一定会把我杀死的。"

"不!"松公的脸一下子变得和善起来,嘿嘿笑着说:"我们本来就无冤无仇,我又怎么会置你于死地呢?刚才,只是跟你开个玩笑而已,请不要介意。山崎先生,你开侦探所是为了做生意赚钱,我嘛,干那个行当也是为了钱。从这一点来说,我们是一致的,你说对不对?"

"有一致的地方,你说得不错。"山崎十分平静地说,"但是,又不尽相同。你是危害人家而发财,我则是为被害人伸张正义而获取应有的报酬。"

"我们还是别斗嘴了,那毫无意义。"松公说,"怎么样?我们合作一次吧!"

"怎么合作?"

"你把红宝石给我,我则给你红宝石价值60%的钱;换句话说,我们四六拆账,你拿大头。这总算我松公大度了吧?"

"别忘记,红宝石还在我手里!"

"但是,我提醒你,你还在我公馆里!"

"松公先生!"山崎的语调变得严厉起来,"你那样的合作,我是不会干的。我提一个合作的方案,你看行不行?"

"行呀,行呀!"松公有点迫不及待。

山崎看着松公,半晌才说:"我的条件可能苛刻了些,但是,是真心地为了你好。我把红宝石给你,你明天再到我侦探局来自首;同时,你保证以后洗手不干,那么,我保证叫律师帮你忙,让法院判你最多两年的徒刑。你不必马上答复,可以考虑半个小时。"说着,抬腕看了看手表。

此刻,时间是凌晨一点半。

听了山崎的话,松公好久好久不回答,只一个劲地抽烟,连抽三根后,终于开口了:"山崎,你的条件确实太苛刻,我不能接受。要知道,我松公也是社会的名流。我自首了,还去坐牢,不是全毁了吗?"

"但是,你必须明白,"山崎一字一句地说,"照你本来的罪行,你至少得判15年!"

"哈哈哈!"松公狂笑起来,"不是夸口,我做事从来手脚干净,不会留下蛛丝马迹的。哼!现在,该是我开条件的时候了!我还是那句老话,你把红宝石给我,咱们四六拆账!"说着飞快地摸出手枪,对准了山崎,"你接受这条件吗?否则,别怪我心狠手辣!"

"这……"山崎装出一副害怕的样子,哆哆嗦嗦地说,"这问题……让我考虑一下……可以不可以。"

"当然可以。"松公得意地说,"这是你一次发财的机会,错过了,再也没第二次了。告诉你,不许耍滑头。只要我开第一枪,墙孔里就会飞出无数子弹!"

山崎当然知道自己的处境,他现在是在使缓兵之计:只要一到2点,他就什么也不怕了。此刻,他装作考虑问题的样子,在松公的枪口前踱着步,边偷偷看了一下手表。

2点正!

"松公先生!"山崎站停下来说,"我可以跟你合作。不过,有个条件。"

"你总算是个明白人。"松公说,"什么条件?你说吧!"

"你不能利用这次合作,以后来缠我,并拖我下水。"

"哈哈哈!这好说,这好说!"松公得意地大笑,"此事了结后,我本来就打算离开这个城市,所以,你的顾虑是多余的。"

趁松公思想松懈的当儿,山崎飞起一拳打落了他的手枪,并操起一把椅子,向松公脑袋上劈了过去。

松公摇摇晃晃地倒了下去。

紧接着,山崎用椅子砸了窗,又飞快地跳了出去。

"砰砰!砰砰!"他的身后响起了一阵密集的枪声。

好险哪!要是在屋里多逗留1、2秒钟,山崎就会遍体是弹孔!

这时,盐野叫来的警察早已包围了这里,经过一场短暂的枪战,松公一伙人全部被抓获。

松公是个老奸巨猾的惯犯,他当然不认罪,把偷红宝石的事赖了个精光。

山崎笑着从口袋里摸出一只微型录音机，取出一盒磁带，说："松公先生，你想听听自己对我说过的话吗？"

松公狠狠瞪了山崎一眼，便低下了头。

山崎回到家里，已经是天亮了。

"你总算回来啦！"盐野迫不及待地问，"事情怎么样啦？都把我快急疯了！"

"我不是好好的吗？"山崎笑笑说，"辛苦你了，为我看了一夜的家。昨晚有人来过吗？"

"有两个男人来过，被我哄走了。"盐野疑惑地问，"他们是什么人？"

"当然是松公派来取红宝石的人啰！"山崎解释说，"如果把他们放进屋，你的生命也就危险了。当然，我也回不来了。"

"我还有一个问题搞不懂，"盐野问，"你为什么要亲自去找松公，直接叫警察去抓他不是更好吗？那实在太危险了！"

"为了获取他的罪证，否则，法院就无法判他的罪。"接着，山崎走进密室，打开保险箱，取出那颗红宝石，对盐野说，"瞧！这可是货真价实的稀世珍宝呀！来，我们好好欣赏一下。等一会儿，我可要把它缴到警察局去了。"

"晤，对了，我还有一个问题。"盐野说，"你怎么知道红宝石藏在红木桌子里的呢？"

"我是猜的。"山崎说，"那天，我一眼看出叶山久子是个假货，就对她的一举一动都作了细致的观察。她一进门，就把视线投向红木桌子，并脱了大衣放在上面，还倚在桌上，一只手又伸到大衣下边去摸什么。我想，她来必然和这桌子有关。她走后，我就派了个人盯梢，发现她去找松公了。这样，我就自然而然想起了有田那件事，于是，着手调查了这张桌子的来历。我估计这桌子里有什么秘密，就拆开看了，发现夹层里原来藏着这颗红宝石。哈哈，谜就全部解开啦！"

"晤，原来如此！"盐野笑笑说，"到底是大侦探的脑袋，和我们一般人不一样。"

"哪里，哪里？我只是有心，而你是无意罢了！好啦，我们还是抓紧时间欣赏红宝石吧！"山崎显得十分兴奋，说，"这次破案，确实冒了点风险，但是，够刺激，回味无穷！"

残酷的视野

作者：森村诚一

已经深更半夜了，可是，志贺邦枝还在床上辗转反侧。这些日子，她在公司里工作很不顺心，因此干脆托病不上班，整天把自己关在屋子里。心情不好，神经衰弱的毛病便接踵而来。

于是，她爬起床，拿起高倍数的双筒望远镜凭窗眺望起来。

她住在九楼，而且，这幢公寓是座落在高岗上的，因此，附近的景色，可以通过望远镜一览无余。

邦枝是个老姑娘，32岁了还一个人过日子。她脾气也有点古怪，没有一个要好的同事和知心朋友，又从来不到热闹的地方去玩，一下班就钻进自己的房间，再也不出来。她感到寂寞、孤独，便买了这架望远镜，以偷看人家平静生活的内幕来取乐和消遣。

这时，邦枝把镜头对准了公寓楼下的天园车站，那里，灯光昏暗，晃动着两个人影。

一个是中年男子，在站台上踉踉跄跄地走着，大概是喝醉了。

一名车站服务员走过去，扶住他，把他送到站台一旁的长椅上，然后走开了。

"卡嚓嚓！卡嚓嚓！"一辆电车风驰电掣般地开进车站。

邦枝知道，这是班快车，是不停此站的。

那醉汉却从长椅上爬起来，朝站台边沿走去。他一定以为电车是靠站的。

正这时，忽然从黑暗处跳出一个人来，猛地一拳，将醉汉击倒。醉汉从站台上滚下去，摔倒在路轨上。

"不好啦！"邦枝惊叫一声，慌慌张张地把眼前的窗户碰得"乒乓"作响。

凶手也许听到了声音，回头看了一眼。

邦枝被那张可怕的脸吓坏了，连忙关了窗，拉上窗帘，熄灭灯，蒙头躺到了床上……

第二天，当地的各家报纸都报道了昨晚车站发生的事情：

被害者名叫大泉武勇，在一家银行工作。2月2日那天，他到一个朋友家作客喝了点酒回家，不幸被电车轧死。而车站服务员根岸正人，肩负带领、引导乘客及预防乘降中发生人身事故的任务，因此，有玩忽职守之责，被检察官起诉了。并且根岸正人被查明跟大泉武勇有旧仇，很可能是蓄意杀人。

"胡说！"邦枝把报纸一扔，自言自语地说，"根岸正人是无辜的，他肯定被真正的杀人凶手陷害了。"她为受害人打抱不平。

现在，只有邦枝才能帮根岸正人的忙。

"要不要去报告警察呢？可是，我又不知道凶手是谁！"邦枝拿不定主意。她几次拿起了电话机的话筒，但是，最终还是放下了。她觉得还是不管闲事的好，否则那个凶手说不定也会对自己下毒手。那天，她的一声惊叫，凶手肯定听到了，并且凶手凭此，可以查到她的住所。

想到这里，邦枝真有点害怕，打算立刻搬走。可是，又怕自己这样匆忙搬走，反而引起凶手对自己的疑心，说不定真会勾起他杀人的念头。

"这件事，我决不能去插手，否则，很可能有杀身之祸。"邦枝打定了主意。

然而，凶手为了自己的绝对安全，还是把她杀死了。

一星期后的一天早晨，邦枝的尸体出现在车站的草丛里，那架望远镜则完好无损地跌落在一边。

大贯警长立刻赶到了现场。

从种种迹象看，死者是从楼上坠落的，死亡时间为2月9日晚11时至12时之间。

是自己不当心坠楼的，还是被人推下去的，这无法确定，因为，在邦枝的房间里没有一点搏斗过的痕迹。

大贯假设死者是他杀，就叫来了公寓的管理员，问他昨晚有没有见到过可疑的人。

管理员说，昨晚附近的另一幢公寓发生火灾，本公寓的人都把注意力集中到那边去了，他自己也不例外，所以，就没在意。

"那么，失火的公寓是哪一幢？"

管理人员用手指了指，然后说："邦枝小姐会不会用望远镜看火灾，看得入神了，因而摔下楼的？"

"你别乱说！"大贯觉得他缺乏常识，因此，语调比较生硬，"邦枝是在与火灾相反方向坠楼的，她怎么可能是在看失火？"

管理人员哑口无语了。

大贯见一时弄不出个名堂,就回警察局去了。这时,邦枝的验尸报告已经出来。她死亡的时间,跟大贯推测的一样,另外,她的两肘和颈项上有异常的挫伤伤痕,并有少量内出血。据此,大贯估计,邦枝是被人掐死再推下楼的。

现在,邦枝自杀的可能已经排除。

那么,邦枝跟谁结下了不共戴天之仇呢?

大贯再也坐不住了,便急急来到邦枝工作过的公司。人事股长说,邦枝的工作是不错的,但是,自命清高,连上司都不放在眼里,因此,跟同事之间的关系也处不好。不过,那只是些鸡毛蒜皮的事,还不至于谁想杀死她。

是呀,其实邦枝是个非常不得志的女人。像这样的人,有谁非要杀死她不可呢?

大贯忽然联想到那架望远镜。

对于一般人来说,高倍数的望远镜用于旅游和观看足球,而邦枝对这些都没兴趣。因此,大贯推断,邦枝买望远镜的目的,多半是为了偷看人家的私生活。像她这种性情怪僻的人,有这样不合情理的爱好,是完全可能的。事情就可能出在她的爱好上。比如,邦枝看到了绝对不允许别人看到的秘密,而那个人又察觉自己的秘密被人发现,于是就起了杀人灭口的念头。

而"那个人"是谁呢?

大贯思来想去,决定还是去勘察一下现场,在那里,说不定会有意想不到的新发现呢!

来到邦枝的房间,大贯就用那架望远镜凭窗眺望起来。

无限风光,尽收眼底,大贯的确感到赏心悦目。视野中房屋挤挤压压,像大浪一般从城市的中心汹涌而来,呈现出东京拥挤膨胀的惨景。

"邦枝在这里究竟看见了些什么?"大贯这样想着,便把视线转向附近的住宅和公馆。透过镜片,那住宅和公馆里的人面目清晰可辨,甚至连一举一动都看得分明。

"我看,邦枝多半是看到了人家的秘密才遭杀身之祸的。"大贯更坚定了自己的设想,"那么,她究竟看到了什么?想必在她的日记或备忘录上会有记载的。"

可是,大贯搜遍房间,却不见日记本和别的什么本子,只发现台历上写着下列数字。

星期一：（早）8点45分（晚）5点15分

星期二：（早）8点45分（晚）5点15分

星期三：（早）8点45分（晚）5点16分

星期四：（早）8点56分（晚）5点30分

星期五：（早）8点45分（晚）6点01分

星期六：（早）8点46分（午）1点15分

这些数字意味着什么？

是天园车站的电车时刻表吗？邦枝这些天根本不出门，记这些干什么？况且，时刻表应该是一分不差的。

"这很可能是某个人每天早晚在天园车站上下的时间。"大贯分析着，"对，星期六一般的公司和厂家都上半班，那人自然午后就乘车回家了。"同时，大贯又有了突破性的发现：上个星期天的晚上，天园车站上轧死了大泉武勇，邦枝便开始在台历上作记录，直到她星期六坠楼为止。

"邦枝会不会看到了那次车祸的真相呢？"大贯心里想。他曾着手调查过车祸的案件，认为怀疑车站服务员根岸正人蓄意杀人是证据不足的。

大贯认为，那次车祸的制造者，很可能就是杀害邦枝的凶手。邦枝当然知道车祸制造者的面孔，第二天又发现了他，便把他上下车的时间记了下来。而凶手也发觉邦枝注意上了他，于是，在失火的那天夜里混进公寓，把邦枝杀死了。这凶手，又可能是个纵火犯。

可是，知道凶手的只有邦枝。这可怎么办？

大贯当然有办法。他立刻吩咐手下人，说："看来，凶手是个每天要上班的人，而且，每天的来往时间几乎像钟表一样地准确。他杀死大泉武勇后，每天装作没事的样子照样上班，自然，杀了邦枝后也不会例外。去吧，给我拿两架摄影机来，安到这屋子的窗帘背后。"

"安那玩艺干什么？"手下人不明白。

"按邦枝记录的时间，拍摄天园车站的站台。"大贯解释，"凶手心中有鬼，他肯定会对这里看。经常朝这里看的那个人，就是罪犯。"他胸有成竹地说。

部下虽然将信将疑，但还是照命令去办了。

两台8毫米的摄影机安在窗口两侧，通过镜头，天园车站全在视野之中。

根据观察，一个年龄40岁光景、穿一套深色西装、一副憨厚样子的男子，每当上下车，总要往窗户望一眼。

最经典的侦探故事

第1天,他满不在乎的样子;第2天,他表现有点迟迟疑疑;第3天,他诧异的目光一直盯住窗户,在站台上不动,足足立了半分钟;第4天,他的神色有点惊恐不安;第5天,他躲进了站台的小卖店里,用望远镜对窗户看了足足有一分钟;第6天,他去公寓管理员办公室察看了空房指示盘。

大贯没有立刻抓他,但是,通过部下对他的盯梢,弄清了此人的身份和住址。

这人叫岩田修作,48岁,是M信托银行的职员,而且,跟大泉武勇同事过,并有不寻常的关系。

本来,大泉武勇是岩田修作的部下,后来他耍了个手段,使岩田修作摔了个大跟头,结果,反而成了岩田修作的上级。

"岩田怀恨在心,所以就杀了大泉。"大贯吩咐部下道,"现在,你们去查一查岩田'作案时在现场'的证据吧!"

经过几天的忙碌,破案工作有了明显的进展,大贯觉得该收网了,于是带了助手,来到岩田上班的银行。

岩田立刻觉得自己眼前一片漆黑。但是,他还存有侥幸的心理,以为警察是为别的事来的。

"我们是为了破一个案子,前来拜访你的。"大贯开门见山地说,"想向你了解点情况,不知能不能如实地作出回答?"

"什么事?只要我知道的,都能回答。"

"2月2日和2月9日,夜里11点到12点,你在什么地方?"

岩田明白这两个时间意味着什么,他是无论如何也忘不掉的。不过,他有思想准备,因此,显得十分平静,回答道:"突然问起这些事来,就不大好回答了。怎么啦?那两个时间里出了什么事?"

"我提醒一下,你就会想起来的。"大贯用目光紧紧盯着岩田,"2月2日夜里,你的上级大泉武勇被电车轧死了。2月9日夜里,一个叫志贺邦枝的小姐坠楼而死。"

"唔,"岩田若无其事地说,"那两件事都发生在附近,所以我还有点记得。这两天,我在九点半以前就睡下了。"

"你能提出证明吗?"大贯紧逼一句。

"我爱人知道。"

"除你爱人之外,还有别的证人吗?"

"那么晚，没人会来串门的。"这时，岩田觉得不发点火是不行了，总那么平心静气反倒不自然，于是就大声问："你这话到底是怎么回事？是怀疑我作了什么案吗？"

"对，你确实有很大的嫌疑！"

"哈哈！你胡说些什么？我有什么嫌疑？"岩田本想冷笑一通，可是，不知怎么搞的，嘴角却打起哆嗦来。他努力使自己镇静下来，顿了顿又说："不错，我是恨大泉武勇。不过，我有一个温暖的家庭，也有还可能步步高升的前途，冒那样大的风险去对付他，我可不干。大泉是个卑鄙的小人，仇人多着呢！他被人干掉，也是罪有应得。至于那个叫邦枝的女人，我跟她非亲非故，毫不相干，我杀她为了什么？"

"为了灭口。"大贯接过他的话说，"你把大泉推下铁轨时，正好被她看见了，所以，你又制造了一场火灾，混进公寓，把她杀了。"

"你凭什么胡言乱语，血口喷人？要知道，你这是侵犯人权，我可以到法院告你诬陷罪！"岩田大发雷霆。

"别演戏了！"大贯严厉地说，"直说了吧！我们在邦枝的房间里安了两架摄影机，对天园车站作了监视，在众多的旅客中，只发现你对邦枝的房间特别关心，每次上下车都要看一下，还躲在小卖店里用望远镜观察呢！这都是事实吧？既然你跟邦枝毫不相干，那么，你的所作所为该怎样解释呢？"

这下，岩田再也控制不住了，显得惊慌起来，连脸色都变了。是呀，警察早挖好了一个陷阱，他已经全部掉下去了，却还稀里糊涂的做梦呢！然而，他仍不甘心束手就擒，妄想跳出陷阱逃跑，就强词夺理说："我看一看公寓的窗子有何不可呢？而且，我又不一定就是看邦枝的那间屋。哼！真是神经过敏！"

"你别激动嘛！"大贯突然转了个话题，"不过，据我了解，你上个星期六和昨天星期一都没去上班。一连三天，你是去旅游了吗？"

"不。只是身体不太好，在家休息。"

"我看你的样子，怕要出疹子了！"大贯说。

"怎么可能？那种病，只有小孩子才有。"

"不。"大贯说，"如果没种过牛痘，那么，即使成年人也照样会被传染。"

"不可能。"岩田说，"我接触的人中没出疹子的，因此，绝对不可能染上这病的。"

"但是，你确实得了这种病！"这时，一直在边上的那个助手说话了，"请允

许我自己介绍一下,我是法医。岩田先生,你应该相信大贯警长的眼光。"

"奇怪,我怎么会得这病的?"岩田喃喃着。

"原因很简单,是被邦枝传染的。"大贯一字一句地说,"我们解剖过邦枝的尸体,发现她患了这种病,而你接触过她。这个病的潜伏期是两个星期左右,慢慢就要发病了。这就证明,邦枝是你杀的!"

又是一个套子!岩田糊里糊涂地把脖子伸了过去,这下再也挣脱不了啦!

岩田只好供出了作案过程。

那天深夜,他杀了大泉后,邦枝的一声惊叫,使他总惴惴不安。以后,他又怀疑邦枝在注意自己,于是,在那个星期六晚上,他纵了火,以转移人的视线和注意力,混进公寓,摸到了9楼。邦枝脖子里挂着望远镜,正好开门出来,想去看热闹。她一见岩田,就惊叫了一声:"你是……"岩田立刻把她推进房里,又关上门。岩田本来是不想杀她的,此刻见她居然认出了自己,就不能再犹豫,连忙掐住了她的头颈。两人的力气相差太悬殊了,邦枝几乎没作什么反抗,就被掐死。岩田把邦枝推下窗口,伪装成她不慎坠楼的现场,然后又匆匆混出了公寓。

案子终于水落石出了。岩田被判死刑,立即执行。根岸正人被无罪释放。最可怜的是邦枝,她无亲无眷,连尸体也没人收殓,最后,只得由大贯出面,将她火化,把骨灰撒到了她的故乡。

英 国

英国侦探小说在世界侦探小说中也占有举足轻重的地位。侦探小说的社会内涵是什么？侦探小说以破案为主线，其矛盾的双方是侦探与罪犯。罪犯的作案动机有各种各样，或因为财产，或因为地位，或因为名誉，总之，关系到自己的切身利益。作案者胆大包天、蓄意杀人。侦探则代表了正义，他要将作案者绳之以法，运用法律来严惩罪犯，这对于维护国家机器的危严，保护善良与无辜的百姓，是非常必要的。当然，不排除另一种情况，即被害者是真正的恶人，而作案者却是正义者，如《东方快车谋杀案》中所述，但这只是极个别的情况。因此，侦探小说的社会意义可以归纳为：惩恶扬善，使善恶获得应有的结局。读侦探小说，可以帮助读者认识社会制度的弊病，明确人间的是非观念。

三十九级台阶

作者：约翰·伯肯

1914年5月的一个晚上，汉奈正独自在伦敦的一所公寓里看报，突然听到一阵敲门声。汉奈打开门，门口站着住在顶层套间的斯卡德。斯卡德个子瘦小，神色有些慌张。进门之后，他说："对不起，我的处境很危险，想请您帮个忙。"

"有什么事，你就说吧。"汉奈随手给他倒了一杯酒，让他镇静下来。

"我是个美国人。"斯卡德说，"几年前我到欧洲来为一家美国报纸工作。在工作中，我了解到不少有关欧洲的政治情况，还发现了德国人的战争计划。现在，有一帮德国间谍正在搜捕我。先生，您如果了解欧洲政治动态就会明白，欧洲正处于大战前夕，只有一个人能阻止这场战争的爆发。"

"谁？"汉奈有点感觉到了事情的严重性。

"希腊总理卡洛莱兹，他应邀在下月15日来英国外交部。那帮德国间谍已决定在那天干掉他，只有我可以救他。"

汉奈说："你应该立刻去报告外交部，他们会帮助你，还能搭救卡洛莱兹。"

斯卡德说时间已经来不及了，那帮德国间谍正在这幢楼外面等着抓他。他希望能在汉奈家里躲一躲。为了证实斯卡德的话，汉奈机警地出楼转了一圈，回来的时候他说："斯卡德，你就住在这儿吧。楼外站着个很可疑的家伙，你的死对头可能就在街对面的房子里，我看见窗户里有张面孔，一转眼就不见了。"

斯卡德在汉奈屋里呆了几天。他时常在一个小黑本子上记着什么，有时还跟汉奈提起那帮间谍。他说那帮家伙中最主要的人物是个老头子，眼睛又小又亮，活像鸟儿的眼睛，让人看过就再也忘不了。

这天晚上，汉奈和一个朋友出去吃晚饭，半夜回到家里，见斯卡德仰面躺在墙角落里，胸口插了一把长长的刀子。这个可怜的人已经死了，眼睛却还睁得老大。

汉奈从惊慌中醒过神来，他想，那帮杀害了斯卡德的家伙会猜到斯卡德已把事情告诉了他，他们下一步就会来杀他了！事已至此，富有正义感的汉奈决定继续斯卡德的工作。

英 国

汉奈打算先离开这个危险的地方再说。在他拿钱的时候,发现了斯卡德的小黑本子,就把它揣进衣袋。为了摆脱楼外的监视者,汉奈借了送奶人的衣服和牛奶罐,装做送奶人的样子上了大街。拐过另一条街后,他迅速奔跑起来,直奔火车站,并跳上了一列已经启动的火车。

汉奈在南来北往的铁路线上换了几次车。第二天,关于"伦敦公寓里的凶杀案"的报道登上了报纸的第一版。不出所料,汉奈被当成了凶杀犯。当火车在一个小站上停下来时,汉奈看到有几个警察正在站台上,显然他们已经受命要搜寻他。

火车继续前行。说来也巧,列车开出一小时后,不知什么原因忽然临时停车,汉奈当机立断,打开车窗,跳了下去。他在荒郊野岭里走了一程,只见一架小型飞机向他飞来。汉奈立刻明白飞机里有斯卡德的对头,因为英国警察从来不用飞机搜寻人。汉奈赶紧躲到一块大岩石后面,看到那架飞机飞得低低的,在这一带上空兜了几个圈子,才升高飞走。

天黑前,汉奈来到了一所小旅店。旅店的老板是个小伙子,汉奈半真半假地讲述了自己的惊险经历,小伙子十分高兴地表示愿意帮助他。

汉奈住下后,就打开斯卡德的小黑本子看。本子上尽是些数字,还有一些奇怪的名字,显然是某种密码,让人难以捉摸。第二天,汉奈几乎用了一天的时间,才琢磨出破译密码的关键词,读懂了小黑本子上记的内容。本子上除了记着战争即将爆发、德国间谍计划杀害希腊总理卡洛莱兹之外,还提到一位法国军官将在6月15日来英国访问,同一天,"黑石头"也将到伦敦,他们将窃取机密情报送往德国。此外,小黑本子里多次出现了"三十九级台阶"几个字,还记着"那里涨潮的时间是10点17分"。但这"三十九级台阶"意味着什么,为什么这个地方那么重要,汉奈却怎么也弄不明白。

小旅店并不太平。下午的时候,有两个来历不明的陌生人装模作样地来打听汉奈的去处,被聪明的小伙子老板打发走了。第二天一大早,开来了一辆车,车上跳下3个警察。汉奈乘小伙子老板与警察周旋的当儿,悄悄钻进车内,以每小时50英里的速度疾驶而去。

一路上,汉奈冲过了警察的拦截,躲过了飞机的搜寻。可是当他开着快车向山下飞驶的时候,为了让过一辆从侧面开来的车,他的车向右边一倾,竟失去了控制,直往深谷里坠去。机警的汉奈在坠车的刹那间,不顾一切地跳出车。也算是不打不相识吧,侧面开来那辆车的主人是个叫哈里的年轻人。哈里救起汉奈,

把他接到自己家里，两人很快成了无话不谈的好朋友。

在交谈中，汉奈得到了一个激动人心的信息，原来哈里的叔叔沃尔特是外交部的首席秘书。汉条请求哈里给他的叔叔写封信，让沃尔特先生与他在6月15日之前会面，然后设法与外交部取得联系。哈里乐于帮汉奈这个忙，还热情地告诉了汉奈比较安全的路线和与沃尔特先生接头的办法。

汉奈骑着一辆旧自行车告别哈里，到了山里后又改为步行。他爬上一座山头，那架老是盯着他的飞机又出现了。飞机在山顶上空兜着圈子，汉奈清楚地看到了飞机里的两个人，他们都看着汉奈，可以肯定已经认出他来了。汉奈赶快从那里逃走，绕过一个小山头，飞快地跑着。但他发现，远处已经有人在搜山了。

汉奈在公路的一个拐弯处，遇到了一个正没精打采地干着活儿的修路工。他灵机一动，对这位呵欠连天的修路工说："今天让我替你干活吧，你回去好好睡一觉。"修路工对这天上掉下来的美事十分高兴，就同汉奈换了衣服，还把他的眼镜和旧帽子也给了汉奈，转身回去了。汉奈装成修路工，像模像样地干着活儿，不仅骗过了新来的公路检查员，连两个"黑石头"手下的爪牙经过时也没认出他来。

傍晚，汉奈搭上一辆车，到了另一个山坡。他在一片深草地里昏昏沉沉地睡去了。野外袭人的寒气使他醒来，他感到又饿又累，但心里还记挂着搁在修路工那儿的上衣，因为斯卡德的小黑本子还在那上衣口袋里。这时候，他发现有人正在山谷里搜索，这一回不是"黑石头"的人，而是警察，他们一定是来抓"杀人凶手"的。汉奈离开山坡，下山到了一条小河边，又穿过树林，闯进了一家农舍。出乎意料的是，这农舍里面仿佛是一个博物馆的展览室，书架上放满了书，还有很多古老的石器和瓶瓶罐罐。一个戴着大眼镜的秃顶老头正坐在书桌边读书。

老头似乎早有预料，抬起那双炯炯有神的眼睛，慢条斯理地说："啊，你在逃避警察的追捕。好吧，你到隔壁屋子里去，把门关上，就会平安无事了。"

汉奈进了隔壁屋子，心里却不免疑惑起来，那个老头和他素不相识，为什么要帮他？

过了一阵，门开了。老头对他说："警察走了，你是幸运的，汉奈先生。"汉奈看着老头那双又小又亮、像鸟儿似的眼睛，突然想起斯卡德的话："你要是看过他的眼睛就再也忘不掉了。"他一下子明白了，面前的这个人就是斯卡德的死对头！他已经落到了敌人手里了，身边还有两个握着枪的人正对着他。

98

英国

汉奈耸了耸肩，说："你说什么？我叫安斯里，不叫汉奈。我只是偷了那辆车子上的钱，想买点吃的填填肚子。谁知道警察一个劲地追来，可把我累坏了！"说着，汉奈掏出4个金币扔在桌上。

"尽管你装得很像，却骗不了我。"老头命令手下的人搜汉奈的身，而汉奈穿着修路工的衣服，他们一无所获。汉奈乘机喊叫起来："真见鬼，从出生到现在还没有人叫过我汉奈。早知这样，我还不如让警察抓去了呢！"

老头那双眼睛又冷酷又凶狠，这时他有些拿不准了。他从来没见过汉奈，顶多只是见过相片。可是现在汉奈的衣服又脏又破，神情憔悴，蓬头垢面，和在伦敦时相片上的那个人完全不一样了。老头说："我不能让你走。我很快就会查明一切。如果你是汉奈，我要亲手宰了你！"说完，他示意旁边的人把汉奈关进地下室。

汉奈在黑乎乎的地下室里到处摸索。他摸到了一个壁橱，橱里有许多奇怪的东西。令他又惊又喜的是，他找到了一盒带导火索的雷管，还有一大箱威力巨大的烈性炸药。汉奈决定冒着自己可能被炸死的危险，进行一次爆炸，这是他唯一有逃跑可能的机会。他取出一小管烈性炸药，安上雷管和导火索，塞进门上的一条裂缝里，然后自己躲进墙角，看着火苗沿着引线向前移动。

一阵可怕的爆炸之后，汉奈看见了一个大洞，他想也没想就向洞外冲去。在弥漫的浓烟和嘈杂的人声中，他机敏地躲藏在不易为人注意的鸽棚里。他看见秃顶老头和4、5个人出了屋子，有的驾车，有的骑马，向远处的一片空地走去。原来那里是一个秘密机场，那架曾经几次搜寻汉奈的飞机正停在那里。

汉奈一直等到天黑才出了鸽棚。他猛跑着，远远地离开了那座可怕的房子。经过艰苦的跋涉，他终于找到了那位修路工的家，并在修路工家里调养了好几天。

日子已经到了6月12日。汉奈必须在15日之前找到外交部首席秘书沃尔特，于是他搭上了去伦敦的火车。

第一天，汉奈按照哈里事先教他的方法，与沃尔特爵士接上了头。沃尔特让汉奈住在自己家里，很友好地招待了他。汉奈把斯卡德的被害以及此后他自己的种种曲折经历原原本本地告诉沃尔特，沃尔特说："从现在开始，你不必再害怕警察了，因为警察局已经知道你不是凶手了。"他说斯卡德曾为英国做过一些工作，是一个勇敢、能干的特工人员。

汉奈取出了斯卡德的小黑本子，开始向沃尔特解释密码。沃尔特很快就领会

到小黑本子内容的重要性。这时候，管家请沃尔特接一个从办公室打来的电话。沃尔特先生听完电话，脸色苍白地对汉奈说："斯卡德说的都是真的。3小时前，希腊总理卡洛莱兹被人用枪打死了！"

"黑石头"一伙确实耳目灵通，心狠手辣，原先认为是绝对保密的事看来也并不保险了。沃尔特马上想到斯卡德小黑本子上提到的，6月15日（也就是后天），法国军官罗伊将来伦敦商讨备战计划，而"黑石头"将窃取有关这次活动的机密材料送往德国。沃尔特不敢大意，忙了整整一夜。他和外交大臣、陆军大臣谈了话，和海军大臣通了电话，决定提前一天把法国军官罗伊请到伦敦来。

第二天早饭后，沃尔特和伦敦警察厅的警察专员麦吉利夫雷把汉奈送回了他原来住的公寓。沃尔特对汉奈说："现在没事了，你在伦敦会很安全的。不过这几天你最好少露面，要是'黑石头'的人看见你，会要你的命的。"

这一天里，汉奈总是心神不宁。他总是觉得，虽然沃尔特改变了会谈的时间，也加强了戒备，但那些混进了外交部或陆军部的德国间谍并不会就此罢休。汉奈的耳边总响起一个声音：快，你必须行动起来！

汉奈知道，此刻大臣们正在沃尔特家里会晤罗伊，他奔跑如飞地赶到了那里。管家让汉奈在客厅里等候，说沃尔特先生要等会议结束后才能见他。汉奈便在靠近电话机的一个角落里坐下了。

过了一会儿，门铃又响了。管家开了门，进来一位身材魁梧的绅士。汉奈经常在报纸上看到这张人所熟知的脸——长着一个大鼻子和一双锐利的蓝眼睛，他就是赫赫有名的海军大臣阿洛厄勋爵。阿洛厄勋爵走过汉奈身边，警卫人员为他打开了房门。

汉奈又在大厅里等了20多分钟。他一次又一次地抬腕看表，一次又一次地对自己说：不要走开，他们很快就会需要你。

终于响起一阵铃声，管家马上走进大厅。海军大臣从屋里出来了，从汉奈身边走过时，目光在汉奈身上停留了一下……这一切就发生在一瞬间，汉奈的心忽然突突地跳起来，因为汉奈注意到那人的眼睛一闪。虽然汉奈以前从未见过海军大臣，但他那一刹那流露出的眼神，意味着他认得汉奈。那人迅速移开视线向门外走去，一种不祥的预感涌上汉奈心头。

汉奈立刻拿起电话号码本，找到阿洛厄勋爵家的电话号码。电话通了，接电话的是管家。

汉奈问："大臣在家吗？"

"在家，先生。但他身体不好，从下午起一直躺在床上。您有事就请留个话吧。"

汉奈挂上了电话。事态万分严重，1分钟也不能耽搁。他穿过大厅，没敲门就闯进了会议室。面对着几张吃惊的面孔，汉奈说："先生们，别发火。我要告诉你们，刚刚离开这间屋子的人不是阿洛厄勋爵！"

"这不可能！""怎么会呢？几分钟前阿洛厄就站在我的身边。""你不是开玩笑吧，我们可正忙着呢！"

"先生们！"汉奈几乎喊起来，"阿洛厄勋爵从下午起就一直躺在床上，我刚刚同他的管家通过电话！"

圆桌边的几位要人们顿时愣住了，脸上露出不可思议和难以置信的神情。有人问道："那么，刚才来的那人是谁？"

"黑石头！"

沃尔特听了这话，立刻冲出房间去打了个电话。回来的时候，他的脸都变白了。他证实了汉奈的话是对的。

于是，屋子里的人马上研究起如何应付这意想不到的严重情形来。狡猾的德国间谍已经窃取了有特殊价值的军事情报，要改变制定好的军事计划是不可能的，唯一的办法是迅速抓住这一伙人。根据推测，优秀的间谍一般都是亲自递送机密情报的，这样比较可靠，还可以直接拿到一大笔酬金，而且德国人喜欢按计划办事，这伙德国间谍一定会按他们原来的打算行事。经过这样的分析，汉奈突然想起了斯卡德小黑本子上写的"三十九级台阶"和"涨潮的时间是在10点17分"的话，很显然，"黑石头"是要从海上离开英国，那个地方一定有台阶，并且那里涨潮的时间是10点17分。

大家立刻紧张地行动起来。他们在海军的潮汐时刻表上查到了有40-50个地方都是在10点17分涨潮。麦吉利夫雷又找来了熟悉东海岸情况的斯凯弗巡官，根据他提供的情况和一系列的分析判断，把目标集中到了拉弗的一片属于私人海滩的地方。

汉奈自告奋勇，和警官们驾车赶到了拉弗。那儿有6处台阶，通向6所不同的房子。斯凯弗巡官一处一处地查验，找到了三十九级台阶，而且查明房主是一位老年绅士。汉奈用望远镜观察那所房子，看见一个老头走出房子，一会儿坐下来看报，一会儿又用望远镜向海面瞭望。到了下午，海上开来了一条快艇，很显然那是来接应德国间谍们的。

汉奈决心到房子里去闯一下,逮捕那几个可恶的家伙。于是,斯凯弗巡官下达了命令,在房子四周撒下包围网。

一个女仆为汉奈开了门,汉奈进屋后单刀直入地说:"先生们,好戏该收场了,我是来逮捕你们的。"灯光下,屋里的三个人都露出了惊讶的目光。

"逮捕我们?这是为什么?"

"因为你们杀害了斯卡德,杀害了卡洛莱兹,又窃取了机密的军事情报!"

一个胖子站出来说:"这一定是个误会,这种事常有。先生,恐怕你搞错了。"其他两个人也做出若无其事的样子,口口声声地说什么凶杀案、间谍案都与他们无关。

汉奈注意到了那个老头儿,没错,他的那双眼睛看过就再也不会忘掉了!那个胖子,这张脸真是千变万化,那天假扮阿洛厄勋爵的就是他了!还有那个年轻人,一直驾着飞机搜寻汉奈的家伙,杀斯卡德的也是他!

汉奈高喊一声:"斯凯弗!"刹那间,屋里的灯灭了,汉奈的胳膊被人抱住,那年轻的家伙跑出屋子,赶到了台阶上。说时迟,那时快,一群警察冲了进来,制服了抱住汉奈的胖子。可那老头冲到墙跟前,揿下一个小按钮。一阵巨响,台阶随着烈性炸药飞向了空中。老头喊了起来:"你们抓不到他了!他已经走了!"

两个警官抓住了老头儿,给他戴上手铐。汉奈最后说:"你只说对了一半,他的确会顺利到达那艘快艇的,但是,那艘快艇已经掌握在我们手中了。"

全世界都知道大战开始于1914年8月初。整个战争期间,汉奈都以军官身份在英国军队中服务。但是他最引以为骄傲的,还是在战争爆发前约6个星期的时候,帮助英国政府破获了一起德国间谍案。

英 国

月亮宝石

作者：威尔基·柯林斯

几百年前，在印度有一颗珍贵而神奇的宝石，镶在印度神——四只手巨神的额上。它明亮清冷的光像月亮一样柔和，并随着月亮的阴晴圆缺而忽明忽暗——人们把它称为月亮宝石。

这样的稀世之宝，自然受到印度教徒的崇拜和信仰，而那些贪财的恶棍对它也就免不了垂涎三尺了。幸好在月亮宝石的周围，日日夜夜有三名婆罗门僧徒守护着，寸步不离，倒也平安无事。

1799年5月，印度遭到英军的进攻。他们很快就攻入了塞林加帕坦城堡。当战火的硝烟和军械的撞击声还没消散时，守卫着月亮宝石的三名印度僧徒已经倒在血泊中了。那位腹部流着鲜血奄奄一息的僧徒，指着凶手那沾满鲜血的匕首说："你抢去了月亮宝石，带给你的不是吉祥，而是灾祸！"随后，他发出一声痛苦的喊叫，倒在凶手的脚下死去。

这个杀人越货的凶犯，不久就离开印度回到英国，成了一名上校军官。他的名字叫约翰·亨卡什。

他回到国内，自然成了贵族富豪们眼中的大人物。他花天酒地纵情极欲地享乐了一阵子后不久，染上了一身重病，从此深居简出。

关于他的谣言也越来越多。有的说他骨瘦如柴，吃喝都在床上，活不长了；有的说他神经失常，胡言乱语；有的说他整天抱住那颗月亮宝石，夜里不肯睡，害怕家里遭劫。这些话反正不能全信，也不能不信……

（一）

在约克郡市郊，有一座豪华的别墅，周围花木丛生，山水环抱。它的主人叫裘丽亚·范林达夫人。她的丈夫病故多年，身边的雷茜小姐是她唯一的女儿。

女主人有几个亲戚，但已多年没有来往。听说她的外甥——弗兰克林今天从伦敦抵达约克郡。女主人早就通知管家贝里奇，让女佣人们清理卧室和操持晚饭了。

上午，女主人范林达夫人带着雷茜小姐上教堂去了。刚走不久，窗外忽然出现3个手里击着小鼓的印度人——这里从来没来过的陌生人。

他们身后还站着一个男孩。

主人不在家，3个印度人深深鞠了一躬走了。片刻，贝里奇的女儿潘尼——专门服侍雷茜小姐的女佣，气急败坏地跑来对贝里奇说："3个印度人是来谋害弗兰克林少爷的，他们知道他身上带着……"

潘尼喘了口气才平静下来。她说，她刚才在花园里看见那个黑脸高个子印度人，叫男孩停下伸出手。他在男孩的手掌里放了一滴黑色水珠，又在男孩头顶上空划了几道符，说声"看"，男孩顿时呆在原地不会动弹，两眼注视着手掌上的黑水珠说："看见那个从伦敦来的少爷了。"

黑脸高个子印度人问："他身上带着那个东西吗？"男孩说："带着。"

"他能在黄昏前赶到这儿吗？"

男孩揉揉眼睛，恳求道："我累了，什么也看不清了！"

贝里奇正要再问些什么，潘尼说："快开午饭了，怎么一上午都没见到罗娜的影子！"

罗娜也是女主人家里的帮手。她个子瘦小，而且肩膀一边高一边低，走起路来样子挺可笑。这倒不去说它，令人捉摸不透的是，她爱离群索居，宁愿把自己关在小屋里眼睛望着天花板发呆，也不愿意和别人搭话取乐。

贝里奇走出别墅，沿着山脚走到海滨。海滨是罗娜最爱去的地方，那儿有一个海湾，在岩壁之间，是约克郡海岸最险恶的流沙地。

罗娜坐在岩石上沉思默想。她低语道："这是我最留恋的地方，也是埋葬我的地方。"她发觉有脚步声，有身影晃动，便双手拢了拢散乱的鬓发，跳下岩石往回走去。

贝里奇奔上去要喊住罗娜，忽觉一只有力的大手按在他的肩上。

"弗兰克林少爷！"贝里奇惊喜道，"你怎么提前到了约克郡，上这儿来了？"

从伦敦上了火车，弗兰克林就发现一个黑脸高个子印度人盯上了他。他身负重要使命，万一出了差错，将要背上一辈子也洗刷不清的耻辱。于是，他中途下站，跳上一列特别快车，提前在上午到了约克郡，把印度人甩到了后面。他到海滨是来找贝里奇的。

"印度人也赶到了！"贝里奇说。弗兰克林却不理会，与这位老管家一路说说笑笑地走回别墅。

晚上，范林达夫人热情接待了她这位外甥。雷茜见到了阔别多年的大表兄，苍白的面颊泛起了红晕。

"明天，是你的生日。我没来迟吧！"弗兰克林吻着雷茜的手，随后从大衣口袋里掏出一个黑色匣子，交给雷茜。

他告诉范林达夫人，半年前，他在伦敦碰见了她的二哥约翰·亨卡什，他恳求弗兰克林将这只黑匣，送给他的外甥女，作为生日的礼物。

范林达夫人听后，不由得回忆起去年雷茜过生日那天，穷困潦倒的亨卡什曾赶到约克郡来访问，让守门人给拦住了。他要求向女主人传报一声，结果她传下话去："夫人不想见他。"

亨卡什突然仰面大笑，笑得那么令人毛骨悚然："我会记住外甥女过生日的日期的。"说完拖着沉重的脚步走了。

现在，他托外甥弗兰克林将匣子送给雷茜。雷茜心怀疑惑地打开匣子，里面竟是放射出熠熠光环的月亮宝石。

匣子里同时放着一张字条，那是写给范林达夫人的。信上说：我宽恕你过去对我的无礼，并将月亮宝石赠给雷茜，作为她的生日礼物。"

雷茜小姐捧着月亮宝石左看右看，爱不释手。

范林达夫人显得很平静。她既没有对过去的悔恨，也没有对现在的喜悦。弗兰克林自然很兴奋，因为这件礼物是自己亲手带给雷茜表妹的。

老管家贝里奇悄悄退出饭厅。他心里很不踏实，总感到这颗宝石的出现，将会给这个安静的家庭带来不幸。他说不清其中的缘由，但却相信自己的预感不会错。

（二）

生日晚宴上，除弗兰克林外，应邀参加的还有从弗利辛霍赶来的医生——坎迪先生、他的助手吉宁士、律师布罗夫、雷茜小姐的另一位表兄艾伯怀特。

艾伯怀特发觉弗兰克林对雷茜很热情。整个下午，弗兰克林都伏在地上，帮助雷茜用油漆在修饰卧室房门——把浅绿色的漆重新涂一遍。弗兰克林自然对油漆一窍不通，但与表妹形影不离，感到十分美好。艾伯怀特并不嫉妒，他觉得凭借自己的地位、声誉和潇洒的风度，一定能把雷茜吸引过来。

宴席间，大家把目光都注视在雷茜小姐胸前那颗闪亮的宝石上，并发出连声赞语。坎迪先生总是插不上嘴。一会儿席间突然安静下来，坎迪乘机和雷茜小姐开了个玩笑，说："为了宝石的安全，最好把它烧成一股烟保存在空气里，免得坏人为非作歹，大家说是不是？"

"俗话说，痴人说梦，"弗兰克林向席间扫了一眼，"现在，又让我碰上了。

真是大开眼界!"坎迪医生是位不善言谈的人,更缺少雄辩的口才。他明知弗兰克林在挖苦他,急得坐在位子上涨红了脸,却结结巴巴说不清一句话。他怒视着弗兰克林,眼里仿佛喷出火。

宴会的气氛一下子变得很沉闷。这时,窗外传来了击鼓声,大家自然而然地离开宴席,走向露天阳台。

老管家贝里奇听到鼓声,心里顿时怦然作响,担心会发生什么事。他第一个冲出门去,果然,站在草地的正是那3个印度人。

他们为主人演奏印度乐曲,眼睛却死死盯住雷茜胸前的那颗宝石。

贝里奇晴暗祈祷:愿上帝赐福给他的女主人。

弗兰克林想的却和贝里奇不一样。他看着3个印度人觉得很可笑。他们一路跟踪追寻月亮宝石,可是迟了一步。他已抢先将宝石献给了他心中的月亮女神。

淡淡的月色笼罩着约克郡海滨别墅。四周朦胧一片,寂静无声。

女主人范林达夫人送走了客人,进卧室休息了。她经过二楼雷茜小姐的房间,看到女儿将月亮宝石放进古玩橱的抽屉。

她嘱咐雷茜将门窗关紧。

雷茜向母亲和两位表兄道了晚安,将门轻轻关上。

弗兰克林和艾伯怀特住在楼下两间相邻的客房。老管家知道弗兰克林睡前总要喝杯掺水白兰地,侍候完了,见两位少爷都熄灯睡下,才退出房间。

罗娜走过客房,朝弗兰克林瞅了一眼,弗兰克林竟无察觉。罗娜轻叹一声走了。

像平常一样,海滨别墅在安宁和幽静中度过了一夜。

第二天凌晨,海滨别墅二楼里发出一声尖厉的呼叫。

潘尼冲上二楼,推开雷茜小姐的门,主人双手捂脸发出悲恸的哭声,瘦削的肩头在索索颤抖。

古玩橱门的抽屉被拉开了,月亮宝石不翼而飞。

消息像着了火似的一下子传开,惊动了两位寄居在这儿的少爷。

艾伯怀特拉着弗兰克林奔上二楼,看到月亮宝石遭劫的景象,不禁怔住了。艾伯怀特几乎昏倒,他是第一次目睹自己的亲人经受这种不幸的境遇。弗兰克林两眼惺忪,脑袋发沉,等喝了咖啡之后,脑子才清醒。他命令不准开启门窗,保持原样,并立刻派贝里奇到弗利辛霍去报警。

艾伯怀特说:"贝里奇,叫警察把住在旅馆里的三个印度人押起来。"

弗兰克林说:"会不会3个印度人中间,有一个预先埋伏在雷茜小姐的卧室里，趁她睡着时偷走了月亮宝石？"

"雷茜，亲爱的宝贝，"范林达夫人说，"半夜里你听到什么，看到什么了吗？"

雷茜一个劲地哭，什么话也不说。

女佣人聚在厨房里一起议论，却一点也找不到头绪。罗娜不搭话，坐在角落里在一针一线地缝补衣衫。

警官中午随贝里奇赶到海滨别墅。他给大家带来一个泄气的消息：昨夜整个晚上，3个印度人都没有离开过旅馆。但他已拘留了他们，并让他们多坐几天牢。

警官看了现场，摸了摸门窗的把手，问遍了所有在场的人，没有找到一点线索。

弗兰克林把警官送走后说："这是个无能的家伙。我立刻写信到伦敦，把克夫探长请来！"

（三）

克夫探长在走进雷茜小姐卧室的一瞬间，月光落在了房门上的一块漆斑——淡淡的极不明显的斑痕上。

克夫探长穿着一身黑色衣裤，脸庞又尖又瘦，那双眼睛却炯炯有神。他发觉漆斑上沾着植物纤维。他寻思这是裙子上的几丝麻，于是命令将女主人和女佣人穿的裙子全部交出来让他检查。

他的目光与女佣罗娜的目光碰在一起。罗娜随即把惊恐的目光移向别处。克夫探长立刻警觉起来，他觉得这个女人的神情很不寻常。他查遍了所有的裙子，没有发现上面沾着漆斑。

他要求查看雷茜小姐的衣裙。范林达夫人走进女儿的卧室，好一会儿才出来对克夫探长说："很遗憾，雷茜小姐不愿意把自己的裙子交给一个陌生男人看！"

房里传出雷茜小姐的声音："我没请你来，我不需要你。我的宝石丢了，你休想找得回来！"接着又是令人揪心的哭声。

隔了一天，弗兰克林见到克夫探长问："你还是看不出到底是谁偷走了宝石吧？"

"我不认为宝石是被偷的！"克夫探长说，"我只能说是它丢了。"他转身对贝里奇说："你能叫人把洗衣账册拿来看看吗？"

罗娜捧来了洗衣账册。她的面容比几天前更苍白憔悴。她默默离开时，克夫探长注意到她那畸形的肩膀。

"她以前偷过东西。"克夫探长对自己的记忆力从不怀疑。

"没错。"范林达夫人站在楼梯上说,"我是从感化院里把她找来的。她一直很忠诚。请你别疑心她才好!"

洗衣账册上与交出的裙子数字相符。克夫探长耸耸肩膀,向贝里奇要了一杯咖啡。

"宝石丢失之后,"他突发奇忽地问贝里奇,"你觉得这里的女人,包括女主人和小姐有什么不同寻常的举止吗?比方,离开过别墅或生过病?"

"有。"贝里奇回忆起宝石失踪的第二天,他发现罗娜从弗兰克林的客房里出来。弗兰克林告诉他,罗娜病了,找他要了几粒药片就走了。

"她要是请假出去,你不要阻拦。"克夫探长说,"不过,你要让我知道。"

"她有心上人吗?"克夫探长突然又问。贝里奇觉得自从弗兰克林少爷出现在海滨别墅之后,罗娜的情绪起伏很大,一会儿兴奋,一会儿沮丧。她暗暗地爱上了弗兰克林,可是弗兰克林却不动声色。贝里奇不想说这些,他摇摇头回答说:"没有。"

"据我所知,"克夫探长说,"罗娜曾离开过别墅,朝弗利辛霍的方向走了好长的路程。"接着,克夫探长分析道:"我看,那块漆斑是让一个女人的裙子抹去的。这个女人就是罗娜!"她声称生病的那天,躲在小房间里并没有休息。她正在手脚不停地缝制一件新裙子,布料就是她去弗利辛霍镇上买的。那件沾上漆斑的麻料裙子,怕烧毁时散发出焦毛臭,她必定要用别的办法毁掉罪证。

潘尼忽然冲进来报告:罗娜的小房子门关着,人不见了。

"走!"克夫探长拉着贝里奇说,"你不是说,她常去海滨吗?"贝里奇点点头。他越来越佩服这位料事如神的探长了。

沙滩上的脚印把克夫探长和贝里奇引向岩壁前的流沙——如果人陷进里面就再也出不来了!

贝里奇扯开嗓门大喊大叫,耳畔只有海浪拍击石岸的巨响,听不到罗娜的回音。

克夫探长让贝里奇把他带到附近一户渔民小房里。男主人郁兰不在家。据他女儿兰丝说,一小时半以前,罗娜来过,她向主人买去了一只铁箱子和两条拴狗的铁链条,好像出远门的样子。

从渔民家出来,贝里奇一直没说话。他不相信罗娜会干那种见不得人的事而一走了之。"我也不愿意相信,"克夫探长说,"然而,现在事情很清楚,罗娜把东西藏进铁箱，用铁链条拴紧沉到海底了。"

"铁箱里一定藏着月亮宝石！"贝里奇顺着克夫探长的思路说。

"不是宝石。"克夫探长说，"也许是那条沾上漆斑的裙子。"

海滩上忽然奔来一条人影，正是渔民郁兰。他说："我在海湾口上发现一具女尸。"

克夫探长说："一定是她！"

（四）

就在海湾口发现罗娜尸体的第二天，雷茜小姐吩咐潘尼打点行装备好马车，她要离开海滨别墅。

范林达夫人叫人把克夫探长请到会客室，对他说："你已经尽职尽责了。不过，案子未见分晓，罗娜却已命归西天。现在又把雷茜小姐给吓走了。她胆小脆弱，不想见到再有人无缘无故地死去。你可以离开海滨别墅了。"

"一切听夫人您的安排。"克夫探长说话时不动声色，"但是，您要明白，罗娜决不是因为月亮宝石才轻生的。她不过是当了别人的工具而已。"

"请您把话说清楚。"范林达夫人怒视着克夫探长。克夫探长点上一支雪茄，猛吸一口，眼睛看着从嘴里吐出的烟雾说："我相信雷茜小姐不会空着手离开这儿吧。"

克夫探长决定下午离开海滨别墅，去赶晚上六点那班开往伦敦的火车。贝里奇很舍不得他走，却又不能过于表露这种感情。

"老头，再见了！"克夫探长说，"有件事可以告诉你，伦敦有个出名的放债人，叫鲁克。你们这儿的人或许要去和他打交道了。"

就在雷茜小姐走后不久，弗兰克林和艾伯怀特也离开了海滨别墅。

他们去找放债人鲁克吗？

（五）

草坪上积满了落叶，渐渐散发出枯枝烂叶的臭味。眼下，很少有人再到这儿来散步、絮语，因为海滨别墅的主人——范林达夫人半年前离开人世后，谁也没有那份闲情逸致了。

范林达夫人下葬的那天，参加仪式的亲人寥寥无几。雷茜小姐在仪式结束的第二天就离开了约克郡。

她回到伦敦，住在波特兰广场她姑妈家，除了上教堂外，几乎闭门不出。

那三个神出鬼没的印度人,曾赶到伦敦寻觅雷茜小姐的踪迹。

"宝石的主人到了伦敦,东西也一定到了伦敦!" 3个印度人日夜出没在波特兰广场。他们发誓要找回那颗被掠夺的月亮宝石,让它回到印度王宫重放异彩。

他们终于等到了一次有利的机会——雷茜小姐陪姑妈到教堂去做祷告。他们摸进空无一人的住宅,翻遍了所有的衣橱箱子和可以藏东西的地方。

宝石杳无影踪,3个印度人空手而归,于是,他们又把视线移到伦敦大债主——鲁克先生身上。

鲁克先生见多识广。他和贵族、军人、落魄的艺术家以及流氓恶棍打了一辈子交道,是个老于世故而又不露声色的人。有关月亮宝石失窃的事他听说过,但不十分清楚。他是个生意人,只管借钱放债,至于社会新闻则并不关心。

那天黄昏,鲁克先生从银行办完事回到家,发现客厅里坐着3个陌生人——印度僧侣,用充满愤怒的目光盯着他。一个黑脸高个子印度人问他:"你到银行去存放东西了?"

鲁克装出一副笑脸说:"最近生意清淡,哪有什么东西去存放!今天闲着没事,到银行去看个朋友聊聊天。"

3个印度人也不和他啰嗦,上前就把他按倒在地,并将他全身搜了个遍。他的口袋里果然有一张银行收据,上面写着存入银行的项链和日期。

"月亮宝石呢?"印度人吆喝着。

"在它的主人手里。"鲁克气喘吁吁,他从来没有让人这样折磨过。

3个印度人走了。鲁克从地上爬起来倒了一杯热咖啡,一边喝一边想,那位月亮宝石的主人怎么还没登门找我洽谈呢?

(六)

一个初春的早晨,阳光驱散了淡淡的雾霭,云幕将海滨别墅衬托得格外分明。一辆马车从大道上滚滚而过,在青草如茵的坪地边停下。

从车上跳下的是位风尘仆仆的青年,他就是刚从国外回来的弗兰克林。

他的归来,自然惊动了别墅里所有的佣人,一起随着贝里奇到门口迎候。

贝里奇把弗兰克林迎进大厅,让女儿潘尼把楼下的那间客房收拾干净。

"雷茜小姐呢?"弗兰克林最关心她的情况了。

"唉!"贝里奇叹息道,"打从范林达夫人死了她来过一次之后,就没再回到海滨别墅。"

英 国

"少爷,"贝里奇问,"这次回来有什么事吗?"

弗兰克林笑道:"上次来是为了月亮宝石,这次来还是为了月亮宝石。"

这颗印度宝石走到哪儿哪儿就不太平!自从它进了海滨别墅,弄得这儿的人死的死走的走,到现在也没个安宁。贝里奇劝弗兰克林不要插手这件案子了。

贝里奇见弗兰克林没有一点退却的意思,只好说:"好吧,等你有空,我陪你到渔民郁兰家去一次。"他告诉弗兰克林,那儿有一封罗娜生前写给他的最后一封信。

弗兰克林抽空到了海滨南首那户渔民家。出来接见他和贝里奇的,是郁兰的女儿兰丝。

她把藏在抽屉里的信交给弗兰克林:"这是罗娜嘱托我亲自给您的,少爷。"弗兰克林拆开信,信上写道——

少爷:

流沙地是个好去处。那是我永远牺身的地方。

请在海湾口插上手杖,会碰上水草下的铁链和……

仆:罗娜

弗兰克林带上手杖直奔海湾。贝里奇惴惴不安地跟在后面,他有点为弗兰克林担心。

一望无际的海湾十分宁静,潮水退去,显露出黄色的泥沙,像袒胸的巨人沉睡在那里。

弗兰克林双腿陷进泥泞的沙里,手杖插入岩壁正前方的小草丛中。贝里奇双腿颤抖,脸色变得毫无血色。他害怕罗娜会突然钻出水面向弗兰克林报复——以弥合她生前没有得到爱情所留下的创伤。

手杖在水草下触到了坚硬的链条,随着链条慢慢收拢,一只水淋淋的铁箱升出水面。

贝里奇双眼圆瞪。他要好好看一看那颗邪恶的月亮宝石。

他俩憋足劲打开箱子,箱子里铺着一层白色的东西,贝里奇提起一看,竟是一件男式麻织睡裙。

睡裙上绣着主人的名字。弗兰克林细细看去,不禁惊呼道:"弗兰克林。我的睡裙。裙摆上,清清楚楚沾着一块漆斑。"

睡裙里藏着一封信。罗娜在信里告诉弗兰克林,遗失宝石的第二天,她进弗兰克林房里去打扫,发现放在床上的裙子沾着漆斑。她吓了一跳,弗兰克林竟是一个窃贼。可是她没有张扬开去,反而手忙脚乱地把那件睡裙拿去藏掉。她又推

托自己有病,暗暗到弗利辛霍镇买了件新睡裙放到弗兰克林房里。她当时心里很乱很痛苦,却又心甘情愿地做了。可是这一切,并没有得到应有的回报。她感到自己失去得太多太多。一个人迟早要走的,她在自己常去的地方——岩壁下的流沙地找到了归宿。

"少爷——"贝里奇疑惑地问,"您真做了这件蠢事?"

"没有,绝对没有!"弗兰克林说,"这是骗局,一场骗局。"

"下一步怎么办?"贝里奇也不相信弗兰克林会这样做,他提醒主人要设法揭开这个谜。

回到海滨别墅,弗兰克林决定到伦敦去。他要找律师布罗夫和探长克夫,非要把这个疑案弄个水落石出不可。

忽然门外走进一个人,是坎迪医生的助手吉宁士。他是专程来告知他,坎迪医生连续发烧一周后记忆力完全丧失,以后有事,他愿意效劳。随后一鞠躬悄无声息地走了。

"怪人!"弗兰克林一点不喜欢他。

(七)

弗兰克林下了火车走出站,就到伦敦最幽静的住宅区找克夫探长。仆人告诉他克夫探长到外地办案子,一周后才回来。他去见布罗夫律师。路上,他竟又和吉宁士遇上了。

"弗兰克林先生,"吉宁士冷冷地说,"你最好去见见坎迪医生。他神志不清,胡言乱语……"

弗兰克林雇了一辆马车,和吉宁士一起赶到坎迪医生的家。下车时,一辆马车从身边飞掠而过,车里坐着艾伯怀特和一位抽雪茄的胖老头。弗兰克林没有在意,跟着吉宁士走进坎迪医生的住宅。

坎迪躺在床上。弗兰克林叫他,他毫无反应。他分辨不清床前站着谁,甚至面前有没有人他都一概不知,只是不停地反复说着一串不连贯的话:

"弗兰克林……风趣……难堪……睡觉……喝25……"

吉宁士拍拍弗兰克林,把他引到隔壁一间书房,取出一张纸说:"他这番话已经反复讲了两天了。我把这段话的词句前后连接起来,记录在纸上。"

他将纸递给弗兰克林。

坎迪的意思是:弗兰克林少爷是位说话风趣的年轻人。他在雷茜小姐生日宴会上说"痴人说梦",叫我十分难堪。我要给他一点小小的报复。在他睡觉前喝的那杯白兰地里,放了25滴鸦片剂。

弗兰克林笑道:"我喝了鸦片剂并没有什么特异的感觉呀!"

吉宁士摇摇头说:"事情并不像你想象的那么简单。"他引用了英国著名的生理学家艾略特生医生的话说:"有的人清醒时,忘了喝醉时做的事,等到喝醉了酒,却又记起醒时做的事。"

"你到现在还没明白——"吉宁士说,"你在鸦片剂发作时,恍恍惚惚从客房走上二楼,打开雷茜小姐的古玩橱的抽屉,取走了月亮宝石。"

"你为什么这样认为呢?"弗兰克林开始觉得站在他面前的人并不像他想得那么无能。

"因为我是脑神经专家。"吉宁士说,"又是一个别人瞧不起的侦探!"

他问弗兰克林月亮宝石藏到哪去了?弗兰克林说:"它在伦敦。至于谁是窃贼我实在无法知道。"

"你说的也许是事实。"吉宁士说,"我有个好办法可以揭开宝石失窃的神秘面纱。"

他要弗兰克林再喝一次剂量相同的鸦片,并保持当初在雷茜小姐生日晚宴时的精神状态。雷茜小姐也务必参加。

"雷茜小姐一直生我的气。"弗兰克林很沮丧,"她决不愿意在这样的场面见我的。"

"但愿雷茜小姐会回心转意。"吉宁士朝弗兰克林淡淡一笑,走了。

(八)

吉宁士风尘仆仆地赶到约克郡海滨别墅。一路上的颠簸,使他有点困倦,但是,即将开始的试验又让他精神兴奋。只要弗兰克林进入"幻境",他认为就会达到预想的目的。

他叫开大门走进大厅,弗兰克林正坐在沙发上看报。

"怎么样?"吉宁士拍拍他的肩。

"一切正常。"弗兰克林问,"什么时候开始?"

"今天晚上。"

"干吗这么突然?"弗兰克林事先一点儿不清楚。

"今天恰好是雷茜小姐的生日。"吉宁士说,"这是最美好的时刻。"吉宁士

又告诉弗兰克栋，雷茜小姐答应黄昏时赶到。

弗兰克林抱怨吉宁士干嘛不早点把这个消息通知他。吉宁士说："为了稳定你的情绪，现在告诉你最好！"

贝里奇按照吉宁士的吩咐，叫女佣把楼下两间客房和二楼雷茜小姐的卧室，布置得跟去年小姐生日那天一模一样。

下午四点，雷茜小姐带着潘尼走进大厅。贝里奇见到女主人和自己的女儿，兴奋得两眼噙满了热泪。

"表妹！"弗兰克林迎上去深情地端详着雷茜小姐。雷茜小姐朝他点点头，又转身去和贝里奇说话了。

弗兰克林默默地坐到沙发上，一声不吭。他觉得表妹并没有宽恕他。"月亮宝石，月亮宝石——"他喃喃自语，不由自主地陷入痛苦之中。

吉宁士没去理睬他。他把弗兰克林独自留在大厅里，走上二楼见雷茜小姐去了。

晚上，弗兰克林郁郁寡欢地走进客房，嘴里不停地念叨有关丢失月亮宝石和遭到表妹雷茜小姐冷遇的事。他喝了那杯掺水的白兰地后便仰面躺上床睡了。蜡烛也忘了熄。

他神思恍惚，时时念着阔别已久的表妹雷茜小姐。他压根儿不记得酒里掺进了鸦片剂。他感到郁闷、烦躁、头晕。

他渐渐合上了眼，发出轻微的鼻息声。

吉宁士隐在大厅的暗处。他问身边的贝里奇："雷茜小姐睡了吗？"贝里奇点点头。

半夜时分，弗兰克林穿着睡裙走出客房，手里擎着蜡烛。吉宁士寻思，鸦片的药性开始发作。弗兰克林已进入幻觉之中，被他日思夜想的事驱使着。他自己却神志不清。

他走上二楼，停了停，推开雷茜小姐的门，然后拉开古玩橱的抽屉，把里面闪闪烁烁的东西藏进口袋。

那闪闪发光的东西，是吉宁士预先放进去的一块水晶石。

雷茜小姐躲在窗帘后。她惊愕地发觉，去年生日那天深夜，她也是被一阵窸窸窣窣的上楼脚步声惊醒。她躲在窗帘后，亲眼看到表兄弗兰克林走进来，打开抽屉取走了月亮宝石。现在展现在眼前的情景竟一模一样！

他下楼走进客房，将宝石放在桌上，又上床呼呼入睡。

第二天清晨，弗兰克林醒来，发现桌上有颗"宝石"，兴奋地喊道："月亮宝石在这儿!"他对昨夜发生的事全然不知。

雷茜小姐走进弗兰克林的客房,温柔地叫了一声:"表哥!"她相信当初误解了弗兰克林。

她对弗兰克林说:"那天深夜,我看到你拿走了月亮宝石。第二天消息传开,我不敢把真相说出来,因为我不愿意让别人知道这件事。"

"你宁可遭到克夫探长的怀疑,险些败坏了自己的名声也不顾!"弗兰克林被雷茜的一片深情打动了!

试验取得了成功,证明弗兰克林那次夜行活动,完全是在麻醉状态下发生的。

"现在要弄清楚,"吉宁士说,"月亮宝石究竟落到了谁的手里!"

(九)

就在试验结束后的第10天,也就是说,当弗兰克林和吉宁士将要离开约克郡的那天中午,一位不速之客出现在海滨别墅。

他就是克夫探长。

吉宁士对他讲述了试验的前前后后。

"我也想到有这种可能。"克夫探长笑嘻嘻对雷茜小姐说,"所以我才声东击西,把怀疑的视线转移到您身上。让您受委屈了。"

接着,他告诉大家一个震惊的消息:"盗窃月亮宝石的人已经在伦敦被找到了!"

克夫探长又说:"月亮宝石失窃后,我曾对他有过怀疑,但需要确凿的证据。现在人找到了,遗憾的是他两天前已被人杀害。"

失窃案发生后,克夫探长对他所怀疑的对象并没放松监视,但是那家伙很狡猾。自从离开约克郡之后,他只在伦敦逗留了一天就出国了,再也没有露面。

半月前,克夫探长在伦敦雇了一个13岁的孩子当"探子"。他身体瘦小,却像猴子一般灵活,人们都叫他"醋栗"。他的任务是在伦敦那家最大的银行门前注意3个印度人的踪迹。

一旦印度人出现,那么,他们追踪的那个与月亮宝石有关的人就即将露面。因为银行的存放期以一年为限。存放人必须按时取走他的财物。

一天,"醋栗"奔到克夫探长的寓所,结结巴巴地告诉他说:"一个胖老头一走出银行,就让3个黑皮肤印度人盯上了。"

"你没跟着他们?"

"跟了一会儿。""醋栗"闪动着一双明亮的大眼睛说:"半路上,我发觉胖老头和一个迎面走来的满脸黑胡子水手低语了几句,我就改变主意,盯上水手了!"

克夫探长赏给"醋栗"一枚金币,随后,跟随"醋栗"找到黑胡子水手落脚的旅店。这儿离码头很近。

黑胡子水手二楼房里的窗门紧闭,这样街上的喧闹都被隔在窗外。克夫探长寻思,这家伙身边藏着宝石,也许半夜就会乘船溜掉!

客店招待领着克夫探长登上二楼来到204房间。他对克夫探长说:"那位水手就住在里面。"说罢,忙别的事去了。

克夫探长敲敲门。好半天房里没有动静。"会不会中了金蝉脱壳计,让他溜跑了?"克夫探长叫来招待打开房门。

房里亮着灯,水手躺着,手里捏着一张纸。克夫探长叹息道:"来晚了,他已死了。"纸上写着死者生前委托鲁克先生将巨价宝石存入银行的提取凭证。

"探长先生,""醋栗"不知什么时候溜进房来,指指死者说,"他脸上的胡子怎么少了许多?"

克夫探长探了探身子仔细看去,发觉死者左腮的胡子落掉好几撮,散在枕头下。这是粘上去的!

克夫探长一把拉掉死者脸上的假胡子,他不禁惊愕地叫了一声:"艾伯怀特!"艾伯怀特是被人用枕头活活闷死的。

艾伯怀待是个贪图享乐的公子哥儿,欠了一屁股债。他参加去年雷茜小姐的生日宴会时,就想从她身上发一笔横财,后来求婚不成,同时发现雷茜小姐身上的无价之宝,便又暗中谋划。那天夜晚,是他替坎迪医生把鸦片剂倒进酒杯,并偷走了弗兰克林房里的宝石……

"那月亮宝石呢?"弗兰克林听完了克夫探长的叙述,关心的是它的下落。

"自然是让杀死艾伯怀特的人带走了!"克夫探长觉得很疲倦,走进客房——艾伯怀特曾经住过的房间,把门一锁便安然入睡了。

月色溶溶,海滨别墅显得分外柔和与安宁。房里的人都睡得很熟——他们已经好久没有这样享受过了。

夜色中,月亮宝石正随着它的主人——3个印度僧侣,离开这块国土,悄悄回到那充满神秘和传奇色彩的东方古国去了。

英 国
YINGGUO

血字的研究

作者：柯南·道尔

这天早晨，福尔摩斯收到了警察厅葛莱森警长的求援信。信中说，昨晚，劳瑞斯顿花园街3号发生了一起凶杀案。现场有男尸一具，衣着整齐，衣袋里有名片一张，上有"E·J·锥伯，美国俄亥俄州人"等字样。死者身上不见伤痕。屋内有几处血迹。该屋系长期空置，一不知死者是如何进入的。案情离奇复杂，恳请福尔摩斯协助侦破此案。

福尔摩斯读完信，便和助手华生医生赶往现场。

劳瑞斯顿花园街3号，从外表看就像是一座凶宅。空房临街，因长期无人居住而显得格外凄凉，一夜大雨，使房子周围更加泥泞不堪。福尔摩斯听了葛莱森等警方人员的介绍后便查看了屋子周围的地面、脚印和栅栏等等，然后走进那间发生惨案的餐厅里。

这是一间方形大屋子，没有任何陈设，墙面斑驳，光线阴暗，壁炉上有一段红色蜡烛头。死者尸体横在地上，大约40多岁，从神情看，临死前曾作过一番痛苦的挣扎。

福尔摩斯很简单地检查了一番后就叫警察把尸体抬出去埋葬了。

这时，葛莱森和另一名警长雷斯垂德把从死者身上搜到的一些东西给福尔摩斯看：一枚女人的戒指，一条项链、几张名片和一些零钱，此外还有一本《十日谈》和两封信，一封是寄给死者本人锥伯的，另一封信的收信人是斯坦节逊。同时，还在墙上发现了一个用鲜血写的德文字："RACHE"。

福尔摩斯在餐厅内边走边看，时而拿卷尺丈量两个痕迹之间的距离，时而捏起一撮尘土放入信封，还用放大镜检查了那个血字。约一刻钟后，他对两位警长说："这是一件谋杀案，凶手是个中年男人，他是和被害者一同乘马车来的，确切地说，死者是被毒死的。至于那个血字，德文的意思是'复仇'。"

临走前，福尔摩斯向葛莱森警长要了最先发现尸体的那个警察的地址。

那个警察叫栾斯。他向福尔摩斯反映说，昨夜他值班路过劳瑞斯顿花园街3号，看见一个喝得醉醺醺的家伙走进去，一会儿又出来了，随后栾斯进了3号餐

厅才发现了那具死尸和壁炉上点着的蜡烛。

在从栾斯家回来的路上，华生满腹疑团。如果照福尔摩斯的推测，那么这两个人是怎样进入空屋的？福尔摩斯用嗅死者嘴的方法判断死者是服毒而死，那么一个人怎么迫使另一个人服毒？血迹是从哪里来的？女人的戒指来自何处？凶手杀人动机何在？墙上"复仇"两字意味着什么？再说如果是那个醉汉杀了人，那么，晚上又为什么回到现场去？

福尔摩斯用肯定的语气说："喝醉酒是装出来的，凶手返回作案地点是为了找回这枚戒指，但他因慌乱而没有找到，我们就用这枚戒指作锈饵，让他上钩！"

第二天，福尔摩斯在报上登了一条"失物招领启事"，内容是：今晨在劳瑞斯顿花园附近拾得金戒指一枚，失者请于今晚8时至9时到贝克街221号华生医生处洽领。

福尔摩斯把一枚和真戒指一模一样的假戒指交给华生说："今晚凶手就要来认领戒指，也许会派一个同伙来，我断定他宁愿冒一切危险也不愿失去这枚戒指！你身上务必要带着手枪，也许这家伙是个亡命之徒呢！万一有意外，我有办法对付！"

晚上8点正，果然有人来敲门。然而，进来的却是一个满面皱纹的老太太。她掏出那张报纸，指着启事说："我正是为这件事来的，先生们，那枚戒指是我女儿赛莉丢失的……"

当华生把假戒指交给她时，老太太连连说："就是它！就是它！谢天谢地，太感谢你们了！"老太太嘟嘟囔囔地走出门后，福尔摩斯立即跟上了她。

没料到，半路上老太太突然跳上一辆马车把福尔摩斯甩掉了。原来这"老太太"是一个小伙子假扮的，扮得连福尔摩斯都上了当。

很快，伦敦的各家报纸都刊载了"劳瑞斯顿花园街3号惨案"。

在这以前，福尔摩斯根据现场得到的情况作了反复的推理和调查，他还暗地里雇用了6、7个10岁左右的孩子，帮助他工作，这些孩子往往引不起人们的注意，但作用却很大。

与此同时，两位警长葛莱森和雷斯垂德也分头进行着调查侦破工作。按照现场留下的重要线索——两封信，葛莱森去查找有关第1封信的收信人锥伯即死者的情况，雷斯垂德去查找有关第2封信的收信人斯坦节逊的线索。

葛莱森通过死者留下的一顶帽子找到了帽子店的经理，经理说这顶帽子做好以后是送到一家叫夏朋婕的公寓里去的，于是葛莱森查到了死者锥伯的房东。房东夏朋婕告诉他说，这个叫锥伯的人和他的秘书斯坦节逊在她的旅馆里住了3个星期，原来一直是在欧洲旅行的。据他们看，锥伯常常酗酒，行为放荡，而斯坦节逊却检点有涵养。那天他收拾了行李离开旅馆，不久又回来了，说是没赶上火车。这天夜晚他没住在旅馆，第二天早晨才听说他已被人谋杀了。

当葛莱森把这些自以为至关重要的线索提供给福尔摩斯时，福尔摩斯却不以为然。

这时，雷斯垂德匆匆来找福尔摩斯，心情沉重地报告说："那个叫斯坦节逊的人，今天早晨六点钟左右在旅馆被人暗杀了！"

斯坦节逊一直作为被怀疑对象。雷斯垂德多方打听后找到了他住的旅馆，发现房门反锁着。他撞开门，却发现窗旁躺着一具男尸，正是斯坦节逊，身体左侧被人用刀刺入很深，尤其令人震惊的是，死者的脸上也用血写着"RACHE"字样。

福尔摩斯问："屋里还有什么？"

雷斯垂德答道："除了床上的一本小说，床边椅子上的一只烟斗外，桌上还有一杯水，窗台上有个盛药膏的木匣，里边有两粒药丸。"

福尔摩斯听了，猛地从椅子上跳了起来，大声喊道："这下子我全清楚了。你把那两粒药丸带来了吗？"

雷斯垂德疑惑地拿出药丸给了福尔摩斯。

"华生，请把楼下的那条可怜的狗抱上来好吗？"福尔摩斯对华生说，"这条狗一直病着，房东太太昨天不是还请你把它弄死，免得让它活着受罪吗？"

华生把病狗抱了上来，看样子它已病入膏肓。福尔摩斯拿出其中一粒药丸，用小刀切开，放入一只有水的酒杯。两位警长在一边看得莫名其妙。

接着，福尔摩斯把溶解了药丸的酒杯放在狗的面前，狗很快把杯中的水舔了个干净。10分钟过去了，狗没有任何反应。福尔摩斯有些沮丧，突然他又果断地拿来另外一粒，也把它切成两半溶在水里，再放在狗的面前，狗很快又去舔吃，但这一次连舌头还没有完全沾湿，它的四条腿便痉挛起来，然后就像被雷电击中一样，直挺挺地死去了。

福尔摩斯吁了一口气说："你们看见了吧，这两粒药丸，一粒是烈性毒药，另一粒完全无毒。"

葛莱森说："福尔摩斯先生，看来你已经获得了你所需要的一切证据，那么就赶快把凶手抓来归案吧！"

华生也说:"是呀,如果还迟迟不去捉拿凶手,他就可能有机会又干出新的暴行来了。"

"不会再有暗杀发生了,"福尔摩斯胸有成竹地说,"你们尽可以放心,而且,我很快就能把他抓获。"

这时,门外传来一阵凌乱的脚步声,接着有人敲门。华生开门一看,原来就是福尔摩斯雇用的一群街头流浪儿,领头的那个小家伙叫维金斯。

维金斯向福尔摩斯行了个礼说:"先生,马车已经叫到了,就在下面。"

"好孩子,"福尔摩斯温和地说,"去叫他上来帮我搬一个箱子。"

两位警长弄糊涂了,以为福尔摩斯要出门旅行。这时候,马车夫走了进来。

"车夫,请帮个忙。"福尔摩斯背对着他蹲着,头也不回地说。马车夫绷着脸不大情愿地走上去。

说时迟,那时快,福尔摩斯猛然返身跳起来,从衣袋里摸出一副手铐来,"嗒"一声,将马车夫的双手铐了起来。

"先生们,"福尔摩斯两眼炯炯有神地说,"让我来给大家介绍一下,这位是杰弗逊·候波先生,他就是杀害锥伯和斯坦节逊的凶手!"

在场的人全都愣住了,马车夫呆了几秒钟,立刻大吼一声,挣脱了福尔摩斯的手,向窗子冲去企图逃走。这时,两个警长猛扑上去,将他制服了,然后将他捆绑起来。

"好了,先生们,"福尔摩斯有些得意洋洋地喊道,"这件小小的神秘案子,总算可以告一个段落了。"

候波很快被带到了警察署。警官宣布道:"犯人将在本周内提交法庭审讯。杰弗逊·候波先生,在这以前,你还有什么话要说吗?"

"诸位先生,"罪犯有点激动地说,"我还有许多话要说,我愿意把事情原原本本地都告诉你们!"于是,候波用平静坦然的语调向大家讲述了一个奇异的故事:

20多年前,有个叫费瑞厄的流浪汉带着他的女儿露茜,从美国内华达州到落基山一带流浪。在父女俩由于饥饿几乎要昏倒在地时,一群安格鲁·萨克逊人迁徙途经这里,救下了这父女俩,并让他们成为这个部落里的两个成员,在密西西比河岸定居了下来。

这些人都是清一色的摩门教教徒,有着和欧美人完全不同的严格的教规。然而首领锥伯和斯坦节逊待这对父女很好,像对待所有的教徒一样,分给了费瑞厄父女一大块肥沃的土地。在费瑞厄的辛勤劳作下，年年获得丰收，父女俩的生活一天天好起来。

随着光阴的流逝，小露茜从一个天真可爱的小女孩长成了一个婷婷玉立的少女。她像部落里的姑娘一样，每天在辽阔的草地上放牧马群。一次，露茜骑的马突然受惊，冲进了马群，使几十匹马同时受惊狂奔起来，眼看露茜要从马背上摔下，被疯狂的马蹄踏得粉碎，突然一双大手把她从惊马群中救了出来。原来是一个年轻的猎手，他叫杰弗逊·候波，也是从内华达州来到这里的。候波把露茜送回到家里时，费瑞厄对这位勇敢的小伙子既感激又喜欢，而露茜也对候波怀着深深的感情。从此，候波成了费瑞厄家最亲密的朋友。

费瑞厄认为，尽管摩门教徒是自己的救命恩人，但如果让女儿成为粗鲁的萨克逊人后裔的妻子的话，倒不如嫁给候波这样的美国人。然而事与愿违，当摩门教人知道了费瑞厄的心思时，首领锥伯和斯坦节逊为自己的儿子向费瑞厄提亲来了。费瑞厄一时无法决定女儿的命运。

与此同时，摩门教徒把候波看作是异教徒，千方百计要杀害他。候波和费瑞厄父女俩便一起逃出了摩门人的统治区。

三人连夜马不停蹄地逃命。途中，候波为饥肠辘辘的父女俩去找吃的。当他回来的时候，发现费瑞厄已被摩门人杀害，而露茜也被他们抢走。候波悲痛欲绝。后来他终于知道，身为部落首领的锥伯和斯坦节逊为了争夺露茜还大打出手，最终露茜被强迫嫁给锥伯，没隔多久就抑郁而死。候波得知这些消息后满腔悲愤化为仇恨的烈火，他对天发誓一定要亲手杀死锥伯和斯坦节逊，为这一对不幸的父女报仇雪恨。他冒着危险找到露茜的尸体，取下她手上的戒指藏在身边作永久的纪念，然后远走高飞寻找复仇的机会。几年来，他一直跟踪锥伯和斯坦节逊。后来，锥伯和斯坦节逊也知道候波从未放弃要杀死自己的念头，于是两人到欧洲各地旅游，以躲避候波的追踪。但他们终究没有逃脱这位年轻人的手掌……

候波讲完了上面这个离奇的故事后深深地喘了一口气。他听说华生是医生，便请华生用手按他的胸脯。

"怎么？"华生看着他惊叫道，"你得了晚期动脉血瘤症！"

候波平静地答道："是的，血瘤随时会破裂，一破裂，我就没命了。我是个随时会死的人，但我必须把自己的经历交代明白，我不愿在我死后让别人把我看成是一个寻常的杀人犯！"

接着，候波从容不迫地交代了自己的"复仇"经过：

候波知道，一个穷光蛋要找两个富翁报仇并不容易，他必须找一份工作来维持生活。于是他就在伦敦当了一个马车夫，这样既能赚钱，又能熟悉道路，便于跟踪仇人。

机会终于来了。这天，候波赶着马车正在一家叫郝黎代的旅馆门口徘徊，不一会儿，就看见锥伯和斯坦节逊走出来，跳上预先叫好的马车朝尤斯顿车站驶去。候波驾车紧紧跟随。那两个家伙到车站后便在一起商量着什么，候波就站在离他们不远的地方。

商量一阵后，两人分手了，只见锥伯走进了一家酒店里去。一小时后，候波看见他醉得东倒西歪地走出酒店，随后便招呼马车，候波就凑了上去。锥伯结结巴巴地说："送……送我回……回郝黎代旅馆……"

锥伯跳上了马车，候波喜出望外，他意识到复仇大计胜券在握了。他暗暗决定把这个烂醉如泥的仇人送到劳瑞斯顿花园街3号的一间空房子里去。原来，一个星期前，有个查看空房屋的政府工作人员坐他的马车，离开劳瑞斯顿花园街3号，不慎把一把钥匙丢在车里了。虽然钥匙当天晚上被领了回去，但候波早已配制了一把，以便在必要时利用这间空房子。

当时已是午夜时分。候波把醉得如死猪般的锥伯推醒，扶着他走进了那间空屋子。虽然这时候候波可以随手一刀了结这个仇人的性命，但他认为如果不让仇人明白是谁杀了他，那么这样的复仇是没有意义的。

等锥伯稍稍清醒后，候波擦亮了一根火柴，点亮了带来的一支蜡烛，凑近他的脸，用激动的声音说："好啦，伊瑙克·锥伯，你看看我是谁？"

锥伯认出候波，吓得面色惨白，连连后退。候波看着仇人，发出一阵狂笑："狗东西！为了追踪你，我跨越了欧美两个洲，几乎耗尽了生命，现在你的末日到了！"

然后，他从怀里取出两粒药丸，递到锥伯面前，说："拣一粒吃下去，一粒可以致死，一粒可以获生。你先拣，剩下的一粒我吃。让咱们瞧瞧，世界上到底还有没有公道？"

锥伯跪下来求饶，但是候波用刀尖对着他的咽喉，逼着他吞下了一粒药丸。两人一声不响地站了一会儿，不知谁死谁活。这时，锥伯突然惨叫起来，噗地一声倒在地上。他吞下的正好是那颗烈性毒药丸。他痛苦地翻滚一阵后死了。

由于过份的激动，一股热血从候波的鼻孔往外流。他灵机一动，蘸着血在墙上写了一个德文字：RACHE，既说明了杀人动机，又可把英国警察引入歧途，

英国

让他们以为是德国的什么秘密党干的。他做完了这些事后，便走出大门赶马车回去。马车走了一段路后，他忽然发现口袋里露茜的那只戒指不见了，大吃一惊，因为这是露茜留下的唯一纪念物，他决不能失去它。于是他又赶着马车回来，冒着危险，重新走进那间空屋里去找戒指。就在这时，他和那个巡夜的警察撞了个满怀，便装着喝醉酒的样子以免引起怀疑，但戒指最终还是没有找到。

接着，候波去找斯坦节逊报仇。第二天清晨，他利用旅馆外面胡同里放着的梯子，爬进斯坦节逊的房间，用尖刀逼醒了他。当斯坦节逊明白了怎么回事，从床上跳起来直扑候波时，候波将刀捅进了仇人的心脏。

大仇已报，候波打算攒够路费就回美洲去。那天，他的马车正停在广场上，忽然有一个衣衫破烂的少年在打听是否有个叫杰弗逊·候波的车夫，说是贝克街221号有位先生要雇他的马车，他便跟着这个少年来了。没想到一上楼，就被铐了起来。这个少年正是福尔摩斯雇用的流浪儿维金斯。虽然候波被捕了，但他从心眼里佩服这位神机妙算的大侦探。

听完了候波的供词，福尔摩斯问道："我登出启事后，前来领取戒指的你的那个同伙是谁？"候波却摇摇头说："我只愿供出我自己的秘密，至于帮助过我的朋友，我不愿牵连他。"

警官将候波带走后，华生饶有兴趣地询问福尔摩斯是如何侦破此案并果断地擒获凶手的。

福尔摩斯点燃了烟斗，缓缓说道："正如你知道的一样，我是步行到这座屋子去的，我通过街道上马车轮子的痕迹，确定它是夜间留下的，由于车轮的间距较窄，可以断定它是出租的四轮马车。接着，我走上花园中的小路，在警察们杂乱的皮靴印中看到了最初经过花园的两个人的足迹，这说明前一天晚上有两个人来过，从步伐长度和靴印上推算，这两个人中一个高大，一个略矮小。这么看来，那高大的就是凶手了。死者身上没有伤痕，但脸上却留下了临死前恐怖、挣扎的表情，这似乎可以排除死者死于突发心脏病的可能。当我从死者的嘴里闻到酸味后，便大致确定他是服毒而死的，而且他脸上的忿恨害怕的表情说明了他是被迫服毒，这种情况在犯罪年鉴中并不少见。

"死者身上的东西未曾缺少，证明了谋杀的动机不是抢劫。当墙上的血字被发现后，我想凶手的报复是处心积虑的。那只戒指说明了某个女人跟这件案子有关，凶手也曾利用它使被害者回忆起这个女人。关于这一点，我曾问过葛莱森的调查情况。这以后，我就开始对这间屋子进行了一番仔细的检查，结果使我肯定

了凶手是个高个子，同时还发现了其他一些细节，如烟蒂及凶手的长指甲等。屋内没有揪打的痕迹，这就可以假定血迹是凶手在激动时流的鼻血，因为凡是有血迹的地方，就有他的足迹。后来事实果然证明了我的判断是正确的。

"离开屋子后，我就去警察局询问有关死者的一些情况，他们说锥伯曾经指控过一个叫做杰弗逊·候波的人，并请求过法律保护，这个候波目前正在伦敦。这样我就基本上掌握了这个案件的主要线索了。我还断定了一点，和锥伯一同进入那个空屋中去的不是别人，就是那个马车夫。因为我从街上的一些马蹄痕迹看出，那匹拉车的马曾经随便走动过，说明有一段时间无人驾驭它，那么在这一段时间里，车夫能到哪儿去呢？还有一点，如果一个人要想在伦敦城里到处跟踪着另一个人，除了马车夫以外，难道还有其他更合适的人吗？于是我便得出这样一个结论来：要找杰弗逊·候波这个人，必须到伦敦的出租马车夫当中去找。如果认为他可能用的是化名，这种想法是站不住脚的，在一个没人知道他真名实姓的国家里，他没有必要化名。我把一些街头流浪儿组织起来，成立一支小小侦察队，有步骤地派他们到伦敦的每家马车厂去打听，一直到找着这个人为止。这些小家伙干得真漂亮。至于凶手又谋杀了斯坦节逊这个问题，倒是我没有预料到的。"

"真是妙极了！"华生听了，不禁叫起来，"我的大侦探先生，你应当把这个案件写成小说发表。如果你愿意的话，我来帮你写！"

福尔摩斯有点得意地点点头，说："如果要写的话，这个案子的名称应该叫'血字的研究'。"

魔鬼之足

作者：柯南·道尔

大侦探福尔摩斯在连续侦破了几起重大案子后，因过度疲劳，身子渐渐支持不住了。在医生的劝告下，他和助手华生一起来到科尼什半岛尽头的一个小岛上，住进了一幢幽静的小别墅里休养。

这里是个空气清新、风景优美的地方，附近只有一座古老的教堂和上百户人家，除了每天读一些必要的书报以外，福尔摩斯在闲暇时，总要去小岛的四周散步。不久，他们就认识了教区的牧师朗德黑先生和他的朋友莫梯墨先生。在两人的热情邀请下，福尔摩斯和华生几乎每天都到朗德黑先生的教区住宅里去喝茶。

3月的一个早晨，福尔摩斯刚吃过早餐，正和华生在一起聊天，牧师和他的朋友莫梯墨突然闯了进来，两人的脸上都布满了紧张惊恐的表情。

"福尔摩斯先生，"牧师激动地说，"昨天晚上出了一件最奇怪而悲惨的事，这事只有你能帮助我们……"

"别紧张，慢慢说。"福尔摩斯安慰道，并示意他们在沙发上坐下。

莫梯墨先生搓着不停摇摆的手，说："事情是我发现的，还是我来说吧，"接着，他开始用颤抖的声音叙述了一件可怕的怪事。

昨天晚上，莫梯墨先生到他的弟弟欧文和乔治以及妹妹布伦达住的地方去玩牌，玩到10点钟以后，才回去。他是个单身汉，一直寄居在朗德黑牧师家里。今天早晨，他早餐后按习惯出去散步，忽然见理查德医生正要去他的弟妹们家里看急诊，于是他和医生一起赶到那里，出现在他眼前的是一幅极端奇怪而恐怖的场景：他的两个弟弟、妹妹仍像他离开时那样坐在桌边，纸牌仍然放在他们面前，蜡烛烧到了烛架底端。妹妹布伦达僵死在椅子上，欧文和乔治坐在她的两边又笑又叫，疯疯癫癫，他们的脸上都呈现出一种叫人不敢正视的惊恐表情。老管家波特太太说昨夜毫无动静，不见什么东西被搬动过，不知是什么样的恐怖能把一个女人吓死，把两个身强力壮的男人吓疯。

"是魔鬼，福尔摩斯先生，"牧师面色苍白地喊道，"一定是魔鬼摄走了他们的灵魂！"

"如果真是魔鬼干的,我也没有办法,"福尔摩斯笑道,"但在不得不相信这种说法之前,我还要问一些问题,比如莫梯墨先生为何与弟妹们分家,他的亲人们有何种疾病等等。"

莫梯墨说,他们一家人原先是经营锡矿生意的,后来把企业转卖给了一家公司,为了分钱,兄妹们曾一度感情不和,但很快又互相谅解了,现在关系十分密切,兄妹们也并无不正常病症。昨晚他们在一起玩牌时,莫梯墨背朝着窗户,乔治则面向窗户。有一次,乔治一个劲儿朝窗外张望,莫梯墨便也回过头去看,他们同时看见窗外草地的树丛里有什么东西在动,是人是物却看不清。第二天早晨就出现了那可怕的惨景。据医生说,他一走进那间恐怖的屋子头就发晕,倒在椅子上。医生判断布伦达至少已死去了6个小时,乔治和欧文也疯了好些时间。而四周却毫无暴力行动的痕迹。

"奇怪!太奇怪了!"福尔摩斯听了喃喃说道,"这样的案子我还是头一回碰到。"

当天,莫梯墨在牧师的帮助下把两个疯疯颠颠的人送进了疯人院,福尔摩斯和华生则去那间凶宅开始了调查工作。

这是一幢带有花园的小别墅。由莫梯墨陪同着,福尔摩斯在花径和长廊里边走边专心致志地听莫梯墨解释,以至不小心绊倒了一只浇花用的水壶,水流了满地。

福尔摩斯详细询问了管家波特太太后又去看了布伦达小姐的尸体。死者的脸上还保留着临死前的惊厥恐惧的神情。然后,他们走进了那间发生惨剧的屋子里。里面一切如旧,隔夜的炭灰还留在炉栅里,桌上是散乱的牌和燃尽的蜡烛。福尔摩斯在桌前的椅子上坐了坐,再向窗外的花园张望了一下,最后还查看了地板、天花板和壁炉。

"为什么生火?"福尔摩斯问,"在春天的夜晚,这间小屋总是生火的吗?"

莫梯墨回答说,是因为昨晚天气冷,他进屋后才特地生火的。此刻福尔摩斯脑子里闪过有关烟草中毒的一些问题,半小时后,他和华生离开现场回到了自己的住所。

可以断定,惨案是在莫梯墨离开这间屋子几分钟后发生的,福尔摩斯在花园里故意绊倒了浇水壶,巧妙地获得了莫梯墨的脚印,并且证实了他昨晚离开出事地点到牧师家去的说法。然而奇怪的是莫梯墨说他和他弟弟同时都看到了窗外花园里的那个什么东西,但昨晚天上下雨多云,窗外一团漆黑,而且没有留下任何脚印。难道真是有鬼在吓唬他的兄妹们，还是他故意制造假象？

当天下午，忽然有个叫利昂的中年人来拜访福尔摩斯。他是个研究地理的专家，土生土长的本地人。他一见福尔摩斯便以莫梯墨兄妹亲戚的身份询问案子进展情况，表现得十分关切。他说本想要去非洲，部分行李已随他到了普利茅斯，是朗德黑牧师发了电报把他叫回来的。

福尔摩斯对他的来访和询问表示冷漠。利昂没趣地走了。当他刚走，福尔摩斯便盯上了他。经过一天的调查证实，这个利昂先生的话是事实。可是，什么原因使他得知了消息后特地从普利茅斯赶回来呢？毕竟他和莫梯墨兄妹并无多大关系。

正当福尔摩斯苦苦思索一系列疑问的时候，牧师气喘吁吁地闯进来报告说："福尔摩斯先生，我们这个教区真的被魔鬼撒旦缠住啦！"他脸色苍白，充满恐惧，"莫梯墨先生在昨晚突然死了，情况和他的妹妹布伦达完全一样，太可怕啦！"

福尔摩斯听了，一跃而起："走，华生，趁现场还没有被破坏！"

他们很快来到了莫梯墨居住的屋子。里面十分闷热，首先进屋的仆人打开了窗子。房子正中的桌上点着一盏冒烟的灯。死者仰靠在桌旁的椅子上，稀疏的胡子竖着，眼镜推到前额上，惨白的脸朝着窗口。和他死去的妹妹一样，他四肢痉挛，好像死于极度恐惧之中。死者衣着完整，看上去像已经上过床，又在慌乱中重新穿好衣服坐在桌子前的。

福尔摩斯神情紧张而激动，一会儿走到外面，把脸贴在草地上，一会儿又跳进屋子到处巡视。他对那盏灯和窗子作了仔细检查，并把烟囱外壳上的白色尘末刮下来装进信封夹在笔记本里。从牧师那儿返回后，福尔摩斯又独自外出调查了大半天。

当天晚上，福尔摩斯和华生在自己的房间里做了一个实验。福尔摩斯拿来一盏灯，然后拿出那只信封，从里面倒出一些从烟囱外壳上刮下来的白色尘末放在一边。他对华生说："你总还记得那位叫理查德的医生一进入那间可怕的屋子就几乎昏倒的情形吧？而当我们进入莫梯墨屋子时也有同样的情况，前者的屋子里生着炉子，后者则点着灯。两处的窗子都是紧闭的，这样我就假设两案中所烧的某种东西放出同样的一种气体产生了奇特的中毒作用。轻的造成神经错乱，重的就危及生命了。你看到这些白色粉末了吗？这是我在两案发生的现场找到的，现在让我们来看看它的作用究竟如何。不过这要冒点险，只要不出现危险症状，我们就把实验进行到底,好吗,华生?我相信你会帮助我的。"

说完,福尔摩斯把白色粉末洒在了点燃的灯上,关上窗户,两人坐在桌子前等候着。不一会儿,两人同时感到头晕目眩,产生了不由自主的想象力,眼前出现了种种极其恐怖怪异的幻觉,紧接着毛发直竖,呼吸困难,面色惨白。乘理智还未完全丧失,福尔摩斯踢倒椅子,拉起华生,冲出了屋子……

"好啦,华生,死者的死因总算弄清楚了。"福尔摩斯边说边喘着粗气,"一切都证明是莫梯墨一个人干的!他说看见花园里有什么东西之类的话,是想把我们引入歧途。如果不是他在离开房间时把药粉扔进炉子,还会有谁呢?如果是别人进来干这件事,屋里的人一定会站起来,按这里的人们的习惯,晚上 10 点以后是绝对不串门的。所以,大量事实证明莫梯墨是惨案的凶手!"

"那么,他的死是自杀喽?"华生问道,"再说他杀人的动机是什么呢?"

"畏罪自杀并非不可能,"福尔摩斯答道,"至于杀人的动机,我想不久就会弄清楚的。"

半小时后,他们刚回到屋子里,又有人敲门了。来访者不是别人,正是那位地理学家利昂先生。

"福尔摩斯先生,我是一收到你的信就赶来了,不知你找我来有什么要紧的事?"利昂把两手一摊,口气颇为不满。

"是关于莫梯墨的死。"福尔摩斯说。

利昂一时有些张口结舌,但马上又愤怒地握紧拳头朝福尔摩斯扬了扬:"你想恫吓我吗?你们这些人就是靠虚张声势来赚钱的!"

"不,虚张声势的是你,"福尔摩斯严肃而镇静地说,

"经过我的大量调查,证明你在这个惨案中扮演了重要的角色。告诉你吧,那天你从牧师家回来,我一直盯着你。"

"你……"利昂愕然了。

"那天你一晚上坐立不安。你拟定了一套计划,第二天清晨就出了房门。你的门边放着一堆小石子,你拿了几颗放进了口袋,然后你迅速穿过牧师家的花园,来到莫梯墨住处的窗下。当时天已大亮,可是屋子里仍无动静。你从衣袋里取出石子,往莫梯墨的窗台上扔……"

"你干得像魔鬼一样出色!"利昂听了喊道。

福尔摩斯淡淡一笑,继续说下去。"于是莫梯墨听从了你,急忙穿好衣服下楼与你相会。你是从窗子进去的,你们相会的时间很短,当时你在屋子里来回踱

步。后来你关上窗子，跑出来，站在外面草地上等待屋内的变化。直到莫梯墨死了，你又按来的路回去了……"

听了福尔摩斯的这番话，利昂突然脸如土色，一屁股坐到了沙发上。过了很久，他似乎平静了下来，从胸前口袋里取出一张女人的照片。福尔摩斯一眼就认出了是布伦达小姐。接着，利昂向福尔摩斯坦白了他的全部秘密：

"我的母亲和莫梯墨兄妹的母亲是表姐妹，由于年轻的时候经常在一起，原先父母已决定让布伦达做我的妻子，因种种原因，我们的感情最终不能如愿以偿，但彼此还是非常想念对方的。因此当我一接到朗德黑牧师打给我的电报，说布伦达遭到了不幸，便放弃了去非洲考察的计划，不顾一切地赶了回来。在这一点上，福尔摩斯先生，你是完全掌握了我的行动的。"

"说下去。"福尔摩斯很有兴趣地说。

利昂从衣袋里取出一个纸包，那上面写着一行拉丁文字，旁边标有一个红色记号，表明这东西有毒。他把纸包打开，露出一小摊像鼻烟一样的黄色药粉，问华生："您是医生，您见过这种药吗？"

"'魔鬼脚跟'？只听说过！"华生念着那行拉丁字，摇摇头说。

"这是生长在西非地区的一种奇特而稀有的剧毒植物，"利昂说，"我是用高价从当地一个巫医手中买下来的。前两个星期的一天，莫梯墨到我家里来，我就把从非洲收集到的一些古玩拿给他欣赏，也把'魔鬼脚跟'给他看了，并且告诉他，这种药粉能刺激和支配大脑中枢的恐惧神经，它燃烧后的烟雾，能使人产生极度恐惧的幻觉以至窒息而死，目前科学还无法检验分析它。莫梯墨听了大感兴趣，并一再问我产生效果的剂量和时间。我怎么也不会想到他是心怀鬼胎的。乘我不注意的时候，他偷偷取走了一部分'魔鬼脚跟'。但我并没有把此事放在心上，直到我收到牧师打来的电报才想起了这件事。这家伙以为我已去非洲了，便对他的弟妹们下了毒手……"

"莫梯墨的作案动机是什么？"华生迫不及待地问道。

"为了那些财产，就是卖了锡矿后得到的那部分钱。由于分钱不均，家里发生过几次争吵，使莫梯墨与弟妹们疏远。其实这家伙一直怀恨在心，等候机会独吞家产，我一向对他没有好感，但由于他们兄妹内部的事，我不便多问……"

"那么你为什么又用同样方法杀死了他？"福尔摩斯盯着利昂问。

"那是因为他杀害了我最心爱的布伦达。"利昂显得激动起来，"我认为，他

使布伦达遭到的不幸也应该降临到他自己的头上。福尔摩斯先生,关于我的行为,都在你的推理之中了。我用扔石子的办法把莫梯墨弄醒,然后我当面揭露了他的罪行,并对他说,我是来执行死刑命令的。这个坏蛋见我手里拿着枪,吓得瘫在椅子上。我点燃了灯,洒上了'魔鬼脚跟'的药粉,逼着他坐在那里不准动。然后我把门窗关严,走到外面等着,如果他想逃,我就给他一枪,不到五分钟,他就死了……这就是我的故事,两位先生,我听候你们对我的处置,对于死,我已经无所谓了……"

"你有什么要求?"福尔摩斯问。

"我想请人把我的尸骨埋在非洲西部,我在那里的工作只进行了一半。"利昂平静地说。

"那么去进行剩下的一半吧,"福尔摩斯抽出嘴里的烟斗,回头对华生说,"这个案子我们不用去干涉了,你同意吗,亲爱的华生?"

"当然。"华生微笑着点了点头。

英 国

梦

作者：阿加莎·克里斯蒂

这是一幢宽敞而陈旧的老房子，周围有几家店铺，对面矗立着工厂的厂房，在繁华的伦敦市内显得有些不合时宜。然而，这所房子的主人却是个百万富翁。眼下，埃居尔·波瓦洛正要去拜访这位性情古怪的百万富翁班尼迪克特·法利。

据说这位富翁平时很少露面，偶尔出席一下董事会，那瘦削的身材、鹰钩鼻子和尖细的嗓音足以镇住所有的人。他的吝啬也是出了名的，谁都知道他那件布头拼的、穿了28年的晨衣。他还有对猫深恶痛绝的怪癖。尽管波瓦洛早就听说过这些，可他对法利今晚约他来的目的却一无所知。他的口袋里揣着一封邀请信。

尊敬的先生：

班尼迪克特·法利先生有事要向您请教，请于明晚九点半来一趟。来时务请携带此信。

信是由他的秘书雨果·康沃赛执笔的。

波瓦洛看了一下表，按时摁响了门铃。

波瓦洛一走进房间，就忍不住眨了眨眼。屋里很暗，桌上的一盏绿灯罩的台灯正好照着门口，亮得刺眼。扶手椅上坐着一个身穿布头拼袍的瘦削的老头，鹰钩鼻奇特地突出着，脑门上耸起一绺干枯的白发，一双眼睛在厚镜片后面怀疑地打量着波瓦洛。

"你就是埃居尔·波瓦洛？"法利终于开了口，他的声音尖细刺耳。

波瓦洛从上衣口袋里掏出那封邀请信，递给他。法利看了看，又把信扔了回去，在说了一大通古怪的话后，法利突然问："请问，你对梦有什么了解吗？"

没等波瓦洛回答，他喃喃地说："我一夜又一夜地做同样的梦。我坐在自己屋子的写字桌前，桌上有一座钟，我瞥了一眼，时间总是3点28分。我知道自己又得干了……"

波瓦洛不露声色地问："干什么呢？"

法利用梦呓般的语调继续说："我打开书桌右面的第二层抽屉，拿出放在里面的手枪，上好子弹，走向窗口。然后，然后就开枪自杀……后来我便醒了。"

过了好一会儿，波瓦洛打破了沉默。"你在那个抽屉里真的放了一把枪吗？"

"是的，你知道阔佬都得防着点。"法利沙哑着声音回答。他说他已请教了三位医生，可是没有一个能对那奇特的梦作出满意的解释，其中的一位竟认为他已经厌倦了自己的生活，清醒的时候不愿承认，梦里却干了自己真正想干的事。可是法利认为这种说法简直荒唐透顶，他活得很好，要什么就有什么。最后，他压低声音问："你遇到过许多离奇古怪的案子，你说，如果有人想杀我，他们能不能让我每天都做同样的梦，直到有一天我再也受不了啦，按照梦里的做法，杀了我自己？"

波瓦洛慢慢地摇摇头，说："这种案子我可没遇到过。那么你怀疑谁要杀你呢？"

"没有人呀。"法利尖叫着，"可是这个梦，究竟是怎么回事？"

波瓦洛慢条斯理地说："我想看一看你屋里的书桌、时钟和手枪。"

法利刚要站起来，突然显得烦躁不安起来，不耐烦地说："那屋没什么可看的，该告诉你的都告诉你了，可你一点主意也没有，把那封信还给我吧。"

波瓦洛耸耸肩，随手掏出一张纸递给了老头儿。法利看了一眼，就把它放在了一边。

波瓦洛刚走到门口，似乎突然想起了什么，返回身说："对不起，刚才我拿错了一张纸，那是洗衣店女掌柜给我留的条。"说着把另一封信递了过去。

出了大门，波瓦洛慢慢地在夜色中走着。他的眉头拧在了一起，心想，这一切似乎都不对头呀。

一个星期过去了。一天下午，波瓦洛屋里的电话铃突然急促地响了起来，他拿起话筒，里面传来一个陌生的声音："我是斯蒂令佛利特医生，现在在法利的家中。法利先生今天下午开枪自杀了。我们在他的文件中看到上星期他约你见面的信，请你立即来一趟。"

不一会儿，波瓦洛已经来到了那所老房子。书房里已经有五个人，除了巴纳探长、斯蒂令佛利特医生，还有法利夫人、法利的独生女琼娜和秘书康沃赛。法利夫人显然比她丈夫要年轻得多，轻轻地抿着嘴唇，显得娴雅沉静。琼娜是个聪明的少女，长得很像她的父亲。康沃赛看上去就是个能干的小伙子。

英国

探长听了波瓦洛上星期和法利会面的情况后，露出了惊奇的神色，说："法利夫人，你听说过这个奇怪的梦吗？"

法利夫人点点头，她说这件事弄得她丈夫心神不定，她建议他找斯蒂令佛利特医生看看。

这时，斯蒂令佛利特插话进来说，法利并没有找过他，可能他找的是别的医生。

波瓦洛又问康沃赛和琼娜有没有听说过那个梦，他们都摇摇头。

接着，探长向波瓦洛讲起了当天下午发生的事。

每天下午，法利先生按习惯在自己房里工作。3点20分，法利先生送客人到他的房门口，又对等在那儿的两位记者打招呼说，他处理完一点急事后，马上就来见他们。他进屋后关上了门，后来就再没见他出来。四点过后，康沃赛先生从法利先生隔壁的房间出来，看到两位记者还等在那儿，就走进去提醒法利先生。不料只见法利先生躺在地上，已经死了，身边还有一把手枪。康沃赛急忙叫来了医生，并报了警。

医生接着说："我一到这里就对尸体进行了检验，那时是4点32分，估计法利至少死了一个小时。"

波瓦洛的脸色严峻起来，说："这么说，他很有可能是在3点28分死的。"

探长告诉波瓦洛，手枪上留有法利的指纹，并且法利夫人证实这把枪就是他放在抽屉里的那把。两位记者也可以证明，在法利先生走进屋子后到康沃赛进去的那段时间没有任何人进出那间屋子。法利夫人和法利小姐也都在自己的屋里。他断定，法利先生是死于自杀。

波瓦洛什么也没说，他来到了法利先生的房间。这间屋子比隔壁秘书的那间要宽敞得多，陈设也十分豪华，靠窗的写字台后面有一摊暗红的血迹。波瓦洛回想着富翁和他说过的话，慢慢地走向开着的窗前。

窗外没有窗台、栅栏或者水管，对面是工厂的一堵有窗户的死墙。显然，连一只猫也不可能从窗外进来。波瓦洛又把头探出窗去，在这所房子和厂房之间的狭窄过道里，他发现了一个黑不溜秋的小玩意儿。

写字台边的一副长把夹子引起了波瓦洛的注意。他小心翼翼地用夹子夹起地上几尺远的一个烟蒂，扔进了废纸篓里。波瓦洛若有所思地点点头。他要求单独见见琼娜小姐。

琼娜小姐是位心直口快的姑娘。她告诉波瓦洛，她的继母露伊丝嫁给她父亲

完全是为了钱,她父亲的遗嘱中留给了露伊丝25万英镑。她根本不相信自己的父亲会自杀,也没见过他抽屉里放着手枪。

波瓦洛问起那把长夹子,琼娜说那是他父亲用来拾东西的,他的腰不太好,还有他的眼睛也很差,不戴眼镜就什么也看不见。

"那么,如果戴了眼镜呢?"波瓦洛追问道。

"那当然能看清了,看书读报都不成问题。"琼娜回答说。

波瓦洛满意地点点头。他回到楼下书房时,大家都在等他。波瓦洛把目光投向康沃赛,问道:"你能不能对我详细描述一下法利先生找我那晚的前后情况?"

康沃赛稍稍想了想,开始回忆起来。星期三下午,法利先生向他口述了一封短信,并让他吩咐听差,星期四晚上9点半有一位客人要来,让听差问清来人姓名,并查看那封信,然后把客人带到他的房间。法利先生那晚特意放了他的假,因此他九点不到就去看电影了,直到11点多才回来。

"他为什么不在自己的房间会见客人呢?"波瓦洛打断他的话问。

"这我不清楚,我只按法利先生的吩咐去做,多问,他会不高兴的。"康沃赛耸耸肩膀说。

波瓦洛又叫来了听差,提的问题同样是星期四晚上的情况。听差的回答和康沃赛的叙述完全一致。

"在我到来之前你到过法利先生的房中吗?"波瓦洛突然问。

"我9点钟送茶去时,他自己在房中。"听差肯定地答道。

波瓦洛转向法利夫人,问道:"我还有最后一个问题。您丈夫眼睛不好,他有许多眼镜吗?"

"对,是这样的。"法利夫人不假思索地回答。

"好啦,"波瓦洛悠然自得地仰靠在椅子上,半闭着双眼说,"我想事情已经很清楚了。"

书房里一下子静得出奇,大家都被这句话镇住了,所有的目光都集中到这个小老头身上。探长和医生满脸的迷惑不解;琼娜焦急地瞪大双眼;康沃赛纳闷地注视着波瓦洛;法利夫人的目光中流露出茫然的神情。

沉默了好一会儿,法利夫人终于忍不住了,急切地说:"那个梦……"

"对,那个梦确实非常重要。"波瓦洛睁开了半闭的双眼,"他总是梦见自己自杀了,后来他真的自杀了。这不是很有趣吗?"

"当然是自杀。"探长咕哝了一句。

"恰恰相反,"波瓦洛提高了声音,"这是谋杀,一场蓄谋已久、精心策划的谋杀!"说着,他站起身来,双目炯炯有神,手指有节奏地叩击着桌面,"那晚有许多事情都很奇特,为什么法利先生一定要我把那封信带来并且又要收回去呢?唯一的解释是等他死后,这个梦就会有人说出来;为什么我想看一下法利先生屋里的书桌和手枪,他却不同意呢?因为那屋里有不能让我看到的东西,那就是法利本人!"

大家都惊讶得目瞪口呆。波瓦洛意味深长地微微一笑,缓缓地说:"还有,为什么戴着眼镜的法利先生却看不出我错给他的一封信呢?答案只有一个,他是一个有着正常视力却戴着深度近视眼镜的人!"

没等大家从惊愕中回过神来,波瓦洛继续说道:"谁能证明法利先生做过那个可怕的梦呢?只有法利夫人;谁能证明法利先生的书桌里放着一把手枪呢?也只有法利夫人。显然,这是两个人合谋的一场骗局——法利夫人和雨果·康沃赛。"

波瓦洛顿了顿,不慌不忙地说下去:"那天晚上康沃赛吩咐完听差,就装作出门去看电影,实际上又悄悄地溜了回来,化了妆扮成法利先生。怪不得那天我觉得自己像在和一个演员或者骗子说话。今天下午,康沃赛等待多日的机会终于来了,那两位记者可以证明没有人进出法利先生的房间。这时,街上正是车水马龙的时候,康沃赛用法利先生的那把长夹子夹住一样东西,探出窗外,在法利先生的窗前晃动。等法利先生走到窗前,他又突然收回。当法利先生又探出头去看,康沃赛就向他开了枪。过了半个多小时,康沃赛拿起藏着的手枪和文件,走进法利先生的房间。他在手枪上按上了死者的手印,这样,法利先生的自杀就显得确信无疑了。"波瓦洛的目光扫过脸色苍白、惊慌失措的法利夫人,"到那时,25万英镑就完全属于你俩了!"

第二天,波瓦洛和探长慢慢地走在那所房子和厂房隔墙之间的那条过道里。当走到法利和康沃赛的窗前,波瓦洛停了下来,弯腰从地上捡起了一件小东西——一个黑猫玩具。

"这是康沃赛用长夹子搁在法利窗前的东西。"波瓦洛说,"你还记得吗,法利先生最讨厌猫了。"

东方快车谋杀案

作者：阿加莎·克里斯蒂

东方快车，正在横跨欧洲的铁道线上隆隆前进。在一节卧铺车厢里，除了乘务员彼埃尔以外，比利时私家侦探波瓦洛、列车主任布克、大富翁雷切特还有他的秘书、仆人等12位乘客，都各住一个包房。

这天清晨，白雪茫茫，东方快车仍像昨晚一样，被雪封住了，停在铁路上无法前进。

这时，雷切特的仆人——衣履整洁的贝德斯，托着一只盘子在敲雷切特的房门："老爷，我是贝德斯。您该吃药啦。"

房内没有动静，他继续敲门。敲门声惊动了住在附近房内的侦探波瓦洛和列车员彼埃尔。彼埃尔在波瓦洛和贝德斯的目睹下，用备用的万能钥匙把门打开，里面还扣着链条。

彼埃尔打断链条，三人闯进房内，只见雷切特双目圆睁倒在床上，毛毯整齐地盖在腭下，嘴角旁留有血迹。

贝德斯惊恐不已，一声惊叫，盘中的药品全都散落在地上。

波瓦洛忙说："别去碰他，快去叫列车主任布克和那位医生来。"

波瓦洛出于侦探的本能，对案发现场仔细打量了一下：雷切特的床边小桌上，放着一只烟灰缸，里面有吸剩的雪茄和烧糊的纸片。桌上还放着水瓶、玻璃杯和药瓶。

这时，布克和医生来了，医生蹲在床前检查雷切特的瞳孔。瞳孔已完全散开，看来是服了什么毒药致死。医生指指枕边的玻璃杯，闻到了一种鹿子草的味道，但是鹿子草本身没有毒，怕是加进了一些其他东西。

医生得到了布克的同意，又揭开了雷切特身上的毯子，发现在死者的胸部附近有几处渗血，仔细一查，发现有12道伤口。在死者的睡衣口袋里，医生发现有东西。侦探小心翼翼地从死者睡衣胸前的口袋里，取出了一只怀表，然后又从自己的衣袋里掏出了一块手帕，把表放在上面。据医生判断，雷切特的死亡时间，是午夜12点到凌晨2点之间。

英 国

列车主任布克和侦探波瓦洛是好朋友,这个差使自然要落到波瓦洛的头上了。

布克对波瓦洛说:"如果让警察来办这个案子,那么所有的乘客都要被盘查,事情就会变得更加复杂。我的意见是,请你来破这桩案子。要在列车到达布罗德的时候,把一切都弄个水落石出,然后报告给警察。"

波瓦洛陷入了沉思。

昨天在餐厅用餐的时候,雷切特曾与他打过招呼,谈过话。原来雷切特是个很有钱又很有地位的实业家,现在退休了。这次带着他的秘书和仆人,乘东方快车出门旅行。他久仰波瓦洛的大名,知道他是个精明能干的私人侦探,于是很诚恳地要求侦探帮助他马上处理一件事。因为他在职时,有不少仇人,至今还经常收到恐吓信,以至在这东方快车上,他总感到自己的生命无时无刻不在受到死亡的威胁。所以他的口袋里一直放着一支小型手枪,睡觉的时候就把手枪放在枕头底下,精神一直处在极其紧张的状况之下。因此他想以15000美元的酬金,请侦探为他解难。

不料,波瓦洛对这种事没有兴趣,当面就谢绝了。没想到,当天夜里,雷切特就真的被杀害了。

侦探想到这里,心里感到很内疚。

波瓦洛竭力回忆着昨天夜里发生的事。昨天夜里,波瓦洛已经熟睡,突然被一个男人的既像呻吟又像喊叫的声音惊醒。他连忙坐起来打开枕边的电灯。这时又传来急促的敲门声,波瓦洛马上下床,打开房门向过道张望,只见列车员敲的是波瓦洛隔壁的10号房门。房里传出用法语回答的声音:"没什么,在做梦。"过了一会,又一个声音,把波瓦洛第二次从梦中惊醒,他推开房门向左右扫了一眼,发现右边过道上有一个扭着臀部走路像是女人的背影,头上缠着布,披着一件绣有龙的绯红色晨衣,她究竟是谁呢?

这个时候是旅游淡季。波瓦洛从一份全体卧铺乘客的名单和车厢平面图上得知,在另一节普通卧铺车厢里,只有布克和医生两人,看来问题是出在他们这节豪华车厢里了,凶手也可能就在他们中间。波瓦洛就在靠近普通卧铺的那节餐车里设了个临时调查办公室,开始调查和取证。

旅客们都不安地在车厢里嚷嚷着,对波瓦洛的调查表示惊讶。

波瓦洛首先找了雷切特的秘书麦奎恩。

据麦奎恩反映:他是在一年以前认识雷切特的。他不懂外语,麦奎恩就当了他的翻译，陪着他一起到处旅行。但他并不知道雷切特是美国什么地方的人，只是感觉到他离开美国可能是为了躲避什么事情。他把两封匿名信交给侦探。侦探一看，信都是寄给雷切特的。一封信上写着：我将杀死杀人者。另一封信上说：做好死的准备吧。

据秘书说，另外还有恐吓信，可雷切特没有给他看就烧掉了。

这时，医生送来了验尸报告：死者胸部共被戳了 12 刀，五刀很深，其中 3 刀是致命伤，其他都很浅，有两处只是擦破一点皮。侦探想：这伤口说明了什么呢？也许是两人共同干的，一个力气大，一个力气小。雷切特因为药物的作用，既不能喊叫也不能抵抗，这一点，从雷切特不能从枕头下取出小型手枪来看，就能证明。

侦探一面进行分析，一面又仔细回忆观察现场的情景：烟灰缸边上，有两根不一样的火柴棍……雪茄烟蒂……烟斗的通条……

医生又递给侦探一条白手绢，上面有个大写字母 H。

侦探判断，这个"H"，可能是代表教名，也可能代表绰号或者通用名，这需要看完护照后再说。

接着，侦探又对烟灰缸里烧焦的纸片发生了兴趣。他点着了酒精灯，小心翼翼地把烧糊的纸片放在一个铁丝圈上，然后再把另一个铁丝固定在上面，使纸片不致散落。两个铁丝圈的顶端都开有圆孔，夹在中间的纸片有一部分露在圆孔外面。他把夹好的两个铁丝圈轻轻地放在酒精灯上，注意观察。

果然，焦纸片上出现烧红的字母：AISYARMS。烧红时显露出的字迹不一会就在火焰中消失了，可侦探却很高兴，他说："我知道雷切特的真实姓名了，也知道他为什么非要离开美国不可的缘故了。"

波瓦洛在房里问布克："你还记得阿姆斯特朗案件吗？"

"当然记得，这是当时轰动美国的一桩绑架幼女案。"布克说，"那女孩后来被杀害了，她的名字好像是叫小戴西。"

"对了，叫小戴西。阿姆斯特朗。"波瓦洛看着笔记本，读着字母，"A·I……S·Y……还有 A·R·M·S……"

布克惊讶地问："难道雷切特就是犯人？"

"不是的。"波瓦洛说，"犯人已经被捕并被判处死刑。可是，他的背后还有策划者。他怕报复，起先不肯说，一直到执行死刑的那天才说出来。那个幕后人物携带赎金逃走了。"

他的名字叫卡赛悌。他的罪行很大，除了杀害小戴西，还有已经怀孕的小戴西的母亲阿姆斯特朗夫人，因为发现爱女已死，受了刺激流产，不久也死去了；小戴西的父亲阿姆斯特朗上校是一位勇敢的人，可是受不了现实的折磨自杀了；还有伺候夫人的那个保姆，由于蒙受不白之冤，从寝室里跳窗自杀。一共死了五个人。

根据侦探的判断，雷切特无疑就是卡赛悌。现在，这位终于也倒在自己的血泊里死了，这是罪有应得。但是作为侦探，不管怎么说，总得把案情查个水落石出呀！

现在，波瓦洛还得找这车厢里的其他乘客去取证，寻找破案的线索。

他从列车员那里了解到，列车员在深夜，也看到过一个穿着绯红色绣有龙花样晨衣的女人，在车厢过道上走过，那时是午夜12点半刚过一点。听到雷切特按的铃声，列车员就去他房间，敲了一下门，听到雷切特说："没什么，在做梦。"接着又有别的客人按铃，他就离开了，去了另一个房间。

布克觉得列车员非常可疑，因为他有每个房间的万用钥匙。波瓦洛笑了笑，就让列车员再把雷切特的秘书麦奎恩找来。

侦探对秘书说："我已经弄清你家主人的本来面目了，雷切特不是他的真名，真名叫卡赛悌，你知道吗？"

麦奎恩吃了一惊："本来面目？卡赛悌？"

波瓦洛又说："他是绑架并杀害小戴西的主谋。你一直不知道吗？"

"不知道。"麦奎恩说，"如果知道的话，我早就把自己这只给他打过信件的右手砍掉啦，然后用这只左手把他杀死。"

谈话就到这里结束了。侦探心里明白，他已得到了想要的东西。

布克说："这家伙是凶手，他的话等于招供了。"

"先别下结论。"波瓦洛说，"还是再听听死者的仆人贝德斯说的情况吧。"

贝德斯说："我昨夜端着摆有玻璃杯和安眠剂的托盘来到雷切特的房间时，他在卧铺上半躺半坐，手里拿着一张纸片。他问我这纸片是谁放在这儿的，我说不知道。当我问他是什么东西时，他说，这就不是你应该知道的了。之后，我就回自己的房间去看书了，直到凌晨4点才睡着。"

贝德斯是通过纽约职业介绍所介绍给雷切特当仆人的，以前他在苏格兰的一个部队里工作。

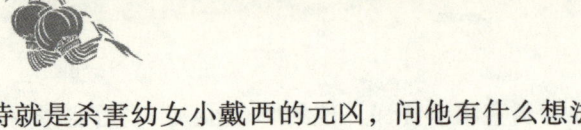

当波瓦洛告诉他,雷切特就是杀害幼女小戴西的元凶,问他有什么想法时,他说:"我想,东家总要求我们这些受雇佣的人身世清白,而东家对他自己的身世,从不向我们提一个字!"

波瓦洛听到这儿,心里更亮堂了。

死者的仆人走了,布克又说:"这家伙是凶手,因为他接近雷切特的机会比任何人都多。"

侦探又问赫伯德太太:"您的隔壁就是雷切特的房间,您从钥匙孔里见到了什么吗?"

"没有。"她说,"不过,我捡到个东西,不知道有没有用?"

她从手提包里捡出一个乘务员制服上的纽扣,说是今天早晨,在她的一本杂志上看到的。

波瓦洛对她提供的线索表示满意。

波瓦洛询问了这个车厢里所有的乘客,几乎都是说自己与这个凶杀案没有任何牵连,而且都不在现场。

这可把布克急坏了。他觉得这些人都是凶杀案的嫌疑犯,可对谁也没有掌握足够的证据,这个案怎么破呢?

而波瓦洛却胸有成竹,他把所有的乘客都叫来,集中在餐厅里,当众宣布着他侦破的结论。

他说:"诸位旅客!大家知道,令人痛恨的杀人犯已经被置于死地了,或者说,这也许是合乎情理的报应。但是,他是怎样被置于死地的呢?大家都提供了不少很有价值的物证,从这些证物来看,足以说明,凶手是穿着列车员的制服,从贝尔格莱德上车,用配好的钥匙溜进雷切特先生的房间,将他杀死之后,把匕首和制服藏好,趁大雪封路,火车无法前进的时候,从从容容地下车逃跑了。那么这个凶犯究竟是谁呢?可能是黑手党成员之一的雷切特的同伙!如果事情就是这样的话,那么警察就没有怀疑的余地了。当然,这是最简单的答案。"

乘客们一听侦探的侦破结论,餐厅里顿时活跃起来,因为他们都被解脱了,脸上都露出了舒心的笑容。

"然而,事实并非如此。"波瓦洛说,"这是一起早有预谋的凶杀案,各位对我讲的全是谎话。"乘客们的心又被揪了起来。

原来,凶手是这12位乘客!他们都是小戴西的亲属或间接受害者。

英　国

麦奎恩是为了给小戴西的母亲报仇，想尽办法找了个给雷切特当秘书的差使，以便接近他；有一位太太是小戴西的教母；还有一位是小戴西的阿姨；有的是小戴西母亲生前的保姆；那个列车员彼埃尔，就是受不白之冤跳窗自杀的那个保姆的父亲……

当他们知道卡赛惕逃跑之后，就自发组成了一个12人的"陪审团"，发誓一定要把那个杀人犯卡赛惕处以死刑。他们通过麦奎恩，知道了卡赛惕将坐东方快车去旅行的确切时间，正好是列车员彼埃尔当班的那次车，于是决定一起乘这次车，去执行他们的秘密使命。

他们事先都作了周密的安排，编制了行动计划，每人都像演戏一样，想好了搪塞的谎言。

当波瓦洛在听每个乘客的证词时，心里就明白，这个案子，决不是一个人干的。

仆人贝德斯送药一事，就是明显的漏洞。因为雷切特早已备好手枪防身，怎么会在睡觉时服用安眠药呢？赫伯德太太说她的手提包挂在房门的拉手上，所以钥匙孔被堵住了，这也是地道的谎言，因为手提包并没有挂在门把手上，怎么可能看不见屋里的情景呢？死者的床边上有挂衣钩，怀表绝对不可能放在睡衣的口袋里。还有那个穿花晨衣的人，是根本不存在的，是乘客中的某一个人伪装后，故意让波瓦洛和列车员同时看到她的背影，借以扰乱视线，达到分散注意力的目的。还有太太小姐都不愿认账的绣有"H"字母的手绢等等，都是精心设计的假象。

他们想以此作为各自不在现场的证据，其实，早已被波瓦洛一一看穿了。

真正的案发经过却是这样的：

卡赛惕的秘书麦奎恩，首先趁机在主人的酒杯里偷偷放了过量的安眠药，使他陷入昏睡之中。当他发现主人确实已沉睡时，便故意按铃招呼列车员，当列车员去敲门时，他就在房里模仿主人的口气说："没什么，在做梦。"之后，在午夜12点，这车厢里的12个乘客，便每人在他身上捅了一刀。这是在寂静的深夜里进行的，没有开灯，所以留下了12处深浅不一，位置各异的刀伤。

波瓦洛一一反驳了他们的谎言之后，又描述了作案的全过程，使12个凶手无不感到惊讶。他们暗暗佩服波瓦洛是个神探，居然能把案情分析得如此清楚，判断得如此准确，同时感到惶恐不安，异常紧张。

波瓦洛看了大家一眼，认真地说："雷切特是杀人犯卡赛悌的化名，他被处死是罪有应得。现在，我向大家宣布两个处理办法：一种是宣布这是黑手党同伙之间自相残杀。显然这样比较简单，大家也不会受到追究；而另一种办法是说明真相，这样就会成为大丑闻！"

列车主任布克舒了一口气说："还是采用第一个方案吧！让警察去追查那个穿乘务员制服的杀人凶手吧！"

餐厅里，紧张的气氛顿时松弛了下来，纷纷举杯欢呼起来。

波瓦洛向大家微微点了点头，去准备他的侦破报告了。他这样做，是为了对付警察，也是为了安抚自己的良心……

凶宅之夜

作者：夏普

一天，从遥远的伦敦寄来一封信。它是伯父贾斯珀的律师克雷布特里写来的。信上说：

张格伦先生：

告诉您一个不幸的消息，贾斯珀先生去世了，丧事已料理完毕。他在遗书里指定把住的古宅沼泽府给了您。请您速归办理继承手续。

信的末尾署了律师的姓名。

我一看完信，眼睛顿时湿润了。可怜的伯父，在年轻时骑马摔断了双腿，从此困在沼泽府里，靠着坐轮椅"走"路，哪儿也去不成了。他没有妻子，没有孩子，孤苦伶仃的一个人。我只有小时候去过，后来，我就不曾去看过他。

我请了假，第二天就乘飞机回到了伦敦。

克雷布特里律师一接到我的电话，便来看我。

寒暄一阵后，他对我说："沼泽府的房子旧得快要倒塌了，您又不会去住，我替您卖掉吧，大概能值4万英镑。"

我说去看看再讲。因为我并不缺钱用，想看看沼泽府能否修好。那是有数百年历史的古宅，我把它卖掉，未免有点舍不得。

克雷布特里律师一听说我要去，不住地摆手，说："不能去！万万不能去！"

"为什么？"

"我忘记讲了，那儿是个鬼宅，经常闹鬼。你伯父说不定就是叫鬼害死的。"

我一听哈哈笑起来。堂堂的律师，居然还迷信！

克雷布特里律师红着脸，说："你不信？那你就去试试！不过，肯定凶多吉少！"

如果说是那里有土匪什么的，我倒可能会改变主意的；说是闹鬼，我横竖也要去弄个明白，因为我不相信世界上有鬼。

克雷布特里律师问我什么时候去，我告诉了他。他说马上去信给看宅人万斯。

沼泽府在很远的地方。我坐了两天一夜的火车,又步行了几英里的沼泽地,才来到那里。这时已经满天星斗了。

看宅人万斯一见我,好像掉了魂一般,说:"您可算来啦!我等在这里都快吓死了!"

万斯已上了点年纪,走路有点瘸。我见他吓成这副样子,微笑着问:"你真的在古宅里见到鬼了吗?"

"哎呀呀——如果见到,我还有命吗!"

"那你夜里不住在这里?"

"是啊。今天等您我才……这样吧,先生,您也跟我到家里去住得啦。"

我客气地谢绝了万斯。于是他领我进去了,借着月光,我审视着四层楼古老的房屋,并不像克雷布特里律师讲的那样破,只要修理修理就行,哪会倒塌呢。他为什么这样说?兴许他想买下来?这古宅已被伯父添置了现代化的设施,他买来了发电机,用电灯取代了蜡烛,还有了电梯,上下楼极为方便,如果再把古宅的周围美化一下,真是一座别具一格的乡间别墅呢。律师说它只值4万英镑,也太便宜了。

万斯领我进了起居室,屋里已生了火。我说有点累,想去卧室休息,他便领我到二楼的一间卧室。室里也生了火,有一张挂着床帘的大床,那就是我睡觉的地方了。我对万斯说:"让你受惊了,对不起。请回吧。"

万斯心有余悸地说:"地下室里安全。您如果碰见……马上逃进地下室去。"

我说:"谢谢!"

于是,万斯一瘸一拐地走了。

我把房门关上,想把插销插牢,好上床睡觉,可是,插销坏了。虚掩着门睡觉,我可不敢。倒是不怕什么鬼,而是担心会不会有坏人捣乱。我想,一定是坏人闹的鬼,妄图霸占古屋。

我干脆转过椅子,对着门坐下,把手枪放在旁边的桌子上,随时"欢迎""鬼"的到来。

我等了一阵,不见"鬼"的踪影,不由得打了个哈欠。

忽然,电灯熄灭了。

我顺手抓起了手枪,手指勾紧扳机,枪口对准门口。

一会儿,门口传来"嘿嘿嘿哈哈哈"的怪叫声,令人毛骨悚然。

我大叫:"谁?我开枪了!"

"嘿嘿嘿哈哈哈!"又是一阵怪叫。

"叭!叭!"我连放了两枪。

"登登登……"脚步声朝楼下去了。

我冲过去开门,不料门被锁上了。我拼命推撞,终于把锈烂的门铰链弄断,跑到楼下,什么也没有发现。这时,地下室的门敞开着,但我没有进去。我想,"鬼"不是傻瓜,一进地下室,如入瓮中之鳖,门一关上,还往哪儿逃?

我在楼下找了半天,竟毫无发现。我决定回卧室里去再说。

卧室里灯火大亮,我一进门,就见桌子上放着块大石头,下面压着一张纸,写道:"我马上要来勾你的魂儿!"

可恶的"鬼",他是怎样转悠到卧室里来的呢?我正想着,忽然楼上传来了发锈的车轮声。

"好呀,你不是要取我的魂儿吗?我送上去!"我紧紧地握着手枪,悄悄地顺着楼梯走上去,时时提防着。我想,那"鬼"不会有枪,否则,早就开火了,不过,也不会赤手空拳。我刚登了一半楼梯,听见响声,猛抬头用电筒一照,禁不住呆住了。

轮椅上坐着一个干瘪的老人,他不是别人,正是我的伯父!他不是死了吗?难道世界上真的有鬼?

没等我镇定下来,楼上掷下两块砖头,险些砸着我的头。

反正逃也逃不掉了,索性拼个死活吧!我"叭!叭!"开了两枪,因为手抖,没有打着。

上面的人不见了。我几步冲上去。他躲在过道,绝望地对我喊道:"想不到又来个新'鬼'!哼,你开枪好啦!"

我一听,觉得不对劲儿,就站在原地问道:"伯伯,我是你的侄儿,怎么不认识了?你到底死了没有?"

他叫我把电筒递给他,然后借着电筒光,上上下下把我打量个遍,神色慌张地说:"是你呀!快跟我进屋!"

进了房间,他又叮嘱我把门锁上,不要放下枪。

我把门反锁上,握着枪,傻愣愣地站在那里,不知道干什么好。我闹糊涂了:刚才那些闹鬼的活动都是他干的吗?可他不是得坐轮椅吗?他自己闹鬼,却为什么说我是新鬼呢?

伯父提醒我："注意门口！"

我莫名其妙地问："您叫我注意什么？"

"克雷布特里呗！"

"他？"

"还有他的帮手万斯！"

我更加莫名其妙。

伯父告诉我，传说16世纪亨利八世毁坏寺院时，富尔顿神父带着一笔财宝逃来这里。好多人都估计财宝藏在古宅什么地方。所以，克雷布特里律师千方百计要把这座古宅弄到手。他用闹鬼的办法，把佣人都吓跑了，然后弄来帮凶瘸子万斯。

我埋怨说："伯父，您怎么不给我写信呢？"

"孩子，"伯父看了我一眼，"你想想吗，我写的信得让万斯寄出去，他会寄吗？我不知写过多少封信给你和你的两个姐夫，后来，克雷布特里那坏家伙，竟然当着我的面把信烧掉，还皮笑肉不笑地说：'以后再别费神了！'咳！"

伯父告诉我，律师把我骗到这儿，目的是想把我这个继承人杀死！

听到这里，我的肺都快气炸了，顿时把房门打开，冲了出去。背后传来伯父的喊声："回来！不要去！危险！"我像是没听见，决心去找那两个可恶的"鬼"算账。

当我冲出来时，只见一个黑影在楼梯口一闪，"登登登"地往下跑去。我大步追到楼梯口，"登登登"的脚步声已到了楼下。接着，地下室的门"乓"地关上了。

"他跑到地下室去了？太好啦！这家伙见我拿着枪追赶，怕是慌不择路，去做瓮中之鳖了吧！"

我打着手电筒，来到地下室门前，一看门没有锁上，就一脚踢开，走了进去。我没走几步，就觉脑后生风，便倒了下去。

凶手反锁了门，离开了古宅。我醒过来时，已经是第二天早晨了。

地下室里有6、7个房间。我拼命推地下室的门，根本推不动。我在地下室里乱摸索着，竟发现了一具尸体！天哪，是我大姐夫！他一定也是来抓"鬼"，被骗进地下室的。可怜的姐夫，你怎么也会上坏人的当呢！一个月前，我接到大姐的来信，说你跟克雷布特律师来古宅，回来的途中失踪了。还说克雷布特里律师帮助寻找，始终不曾找到。大姐呀，你也上当了！

地下室简直是座坟墓，我想自己是没法出去了。这时我后悔自己太冒失，应该听伯父的话。找律师算账，用枪即使如愿以偿，那自己也成了罪人。应该到法院控告才对啊，伯父，我后悔也晚了呀！

天无绝人之路。这要感谢伯父。他为了我，从楼梯慢慢地滑下来，然后爬到这里，把地下室门上的锁砸了……

后来，罪犯受到了法律的惩罚。我现在要高兴地告诉大家的是，我竟然出乎意料地找到了那位神父的宝藏！弄不清是怎么回事，我无意中发现了一个暗门。那暗门就在我刚来时住的卧室壁炉上方，进去是个小房间，里面还有一口袋金器！

开头我不曾闹清楚，律师为什么不害死伯父，后来才明白：老人已被严密看管起来，没有任何自由可言，跟死人又有什么两样？律师说他死了，再编造一套无法及时让他亲人来奔丧的理由，谁还会在脑袋里打问号？

我在鬼宅发现了宝藏，当然是件了不起的收获；然而，更大的收获，则是让伯父"死"而复活了。如果自己也可以感谢的话，我要感谢我不信鬼，并且有敢于探险的胆量。

真假古董商

作者：约翰·克里斯

现在坐在小轿车里的是真男爵文约翰，伦敦最有名的古董商店的老板。

在苍茫的夜色中，小轿车把伦敦甩出很远很远了。

文约翰问来接他的司机："我还以为霍尔爵士住在伦敦呢。请问还有多远？"

司机费定回答："前面就是了。"

小轿车在一座大庄园的花园外放慢了车速，穿过大铁门，停在一所尖顶的古老大房子前。文约翰下了车，看着司机把车开走了，便去敲大门。咣啷一响，大门开了，原来只是虚掩着的。他走进去，借着微弱的光线看看周围，大厅里空空荡荡。怪了，霍尔爵士请客人来，就是让人受冷落吗？

文约翰正在纳闷，忽然听见从什么地方传来了微弱的呼救声："救命啊！"他不由得一惊："怎么回事？"他用耳朵寻找呼救的地方，声音是从那边门口传来的。他走过去，见是通往地下室的路，就喊了一声："里面是谁？"

"快来救我呀！"是女人的呼救声。

文约翰走下楼梯，拐进一个带门的小房间，正要去搀扶伏在地下的女人，突然脑后传来风声，脑袋被铁器猛击一下，就什么都不知道了。

这时地下的女人爬起来，嘻嘻哈哈地走了。她叫西玲。她的后面跟着一个男人，叫哈利。

文约翰醒过来后，爬起来一看，这是一间有100多英尺的小房子，只有一道门，房子里有床、洗脸盆、马桶等。门是铁的，在外面上了锁。他敲敲墙壁，没有回音，结实得很，别想弄出个洞来。他不知有多么急，四处寻找求生的路。屋里有送暖气的通道，能通过一个人，但被细铁棍拦住。他走过去摇一摇，好极了，有点儿松动！这屋子的年份不短了，所以铁棍末端的水泥砂浆已经腐蚀。骗他来的歹徒忽视了这一点，真是救了他。

文约翰费了好大劲，终于卸下两根铁棍。他先把床上的被子摆成盖着人的样子，再在拔掉铁棍的墙上方，钉颗钉子，挂上衣服，才钻进管道。

通道垂直地通向地面。四壁有一些突出来的凸状物，可能是当年建筑工人为了上下时方便而留的，这帮了文约翰的忙，攀援起来省力多了。他攀到尽头，没路了，横里却出现了一块铁板，那是一扇门。拉开铁板伸头看看，前面有一条走廊，两边是几间空着的房子。文约翰爬出来，推开一扇门，里面没有人，便闪了进去。房里有一个简易的手术台，各种手术器械都有，好像是一家私人诊所。他推开旁边的一扇小门，咦，里面有个人躺在床上，绷带把头蒙得严严实实，只露出两个鼻孔出气。

文约翰正要退出去，外面传来脚步声。从原路出去已经来不及了，他见角落里有个黑黑的杂物间，就溜过去躲起来。这时一个男人走进来，给躺着的人打了一针。过了一会儿，躺着的人醒了，坐起来，说：" 哈利，我睡几天了？"

进来的人一边帮助解绷带，一边回答："5 天了。艾迪，你去见见那个男爵，看我为你做的整容术怎么样吧！"

"还没干掉他？"

"头儿崔华不来，好干掉他吗？"

当把艾迪头上的绷带全部解下来，文约翰差一点没叫出声来："多么像啊！那个叫哈利的家伙为什么把艾迪变成我呢？"

艾迪和哈利出去后，文约翰赶紧出来，准备逃跑。他转过走廊，下了楼梯，进了一个大客厅。客厅边有个小门，推开来是通到地下室的，那是关押自己的地方。他呸了一口，往大门走去。不用说，出了大门，他就自由了。可是，他只迈出几步，却又掉转头来，进了地下室。他想："我一跑掉，他们也会跑掉的。我何不留下来，看他们准备干什么，然后想出对付他们的办法。"他不敢睡，不时地出来观察动静。

第二天，歹徒头子崔华来了，哈利和艾迪出去迎接。崔华一看假男爵艾迪，高兴地说："哈利，你能干极了。看来我找的都是一流高手，我们使全世界目瞪口呆的计划，肯定能实现！"

艾迪问："什么时候行动？"

崔华没有回答，对哈利说："你先去把车上的东西搬进来，然后干掉男爵。"

艾迪阴阳怪气地说："啊唷！我想再看一眼我的孪生兄弟，据说孪生兄弟中一个死了，另一个也会很痛苦的！"其实，他寻思男爵是大老板，身上说不定会带许多钱，傻瓜才不去捞一把呢！

哈利搬完东西，和崔华来到了地下室。两人手里都握着无声手枪，见男爵正在睡觉，上来一人给了一枪。

男爵死了。

不过，他不是真男爵，而是假男爵。

原来崔华叫哈利搬完东西干掉文约翰时，文约翰正伏在门后偷听。他见艾迪下来，连忙躲起来。艾迪进来不见真男爵，正在迟疑，却猝不及防地挨了一铁棒，就昏死了。这根铁棒正是原先哈利打文约翰的凶器，算是一报还一报了。

真男爵把昏迷的假男爵抱到床上，快手快脚地跟自己换了衣服，刚走出来关上门，哈利和崔华就下来了。于是，假男爵吃了两颗枪子儿。

等崔华和哈利走出去，文约翰忍不住用两手捂住自己的胸口，好像怕自己猛跳着的一颗心，会从胸口冲跳出来。他问自己："太可怕了！是继续呆下去还是赶忙逃跑？"想一想，回答说："事情还没弄清楚，胆小鬼才会溜呢！"于是，他扮演起艾迪这个角色来了。

变成了假艾迪的文约翰，自然处处小心，生怕露出马脚。真男爵对假男爵了解得太少太少了。他只是在偷看中发现，假男爵常常吹口哨，讲话有些诙谐，在假男爵的房间里有一个吉他，说明他会弹吉它，其他就一无所知了。好在真男爵能吹口哨，也会弹吉他，至于诙谐吗，装腔并不困难，走一步算一步吧。

第二天早晨，哈利来敲门。文约翰这一夜是合衣躺在床上的，几乎不曾睡着过。听见哈利来叫门，磨蹭一阵，装做穿衣服，然后才去开门。

哈利拿着一管针筒走进来，对文约翰说："把胳膊伸出来。"

"干什么？"

"打针呗。"

"打针？"文约翰一时不曾转过弯来。人家假男爵不是动过整容手术吗？这才过几天，不得注射些消炎针吗？

哈利见文约翰神态反常，奇怪地问："你怎么忘记打消炎针呢？"

文约翰这才想起来。可是，他不能打针！倒不是怕疼，而是怕露出自己的胳膊。为什么？因为他曾发现艾迪的胳膊上有一条刺龙图案，而他的胳膊上没有。他一露出胳膊，那就意味着暴露了自己。多亏他有一颗聪明的脑袋，马上想出一个主意，他客气地对哈利回答说："哈利，我没必要再吃打针的苦头了。不信你

看，炎症不是都消失了吗？'

哈利仔仔细细地检查一遍，说："真是奇迹，好得这样快。"于是走了。

吃过早饭，崔华把文约翰找到自己的屋里，说："艾迪，你一直能按捺着好奇心，从不问长问短，不错！难道你不想知道我们到底要干什么？"

文约翰肚子里乐了："好，他要告诉我了！"但表面却装得不冷不热的样子，回答说："我想时候到了你就会告诉我的，急什么呀？早知道有什么好处？万一不小心泄露出去呢？"

"对对对，"崔华说，"现在是时候了！我给你看图。"说着，拿出一张图来，打开，铺平，叫文约翰看。

文约翰一看，不由得倒抽一口冷气。原来图上面是大英帝国王位的标志，还画着王室加冕礼用的皇冠和珠宝！如果他们的犯罪计划得逞，别说英国，就连全世界都会轰动！

可是，皇冠和珠宝在大英银行安全保险金库里，难道把艾迪变成真男爵就能弄到手吗？简直难以想象！文约翰想到这里，装做漫不经心地问："具体行动计划……"

"晚上跟大家讲。"

傍晚。仍然在崔华的房间里，所有的人都来了：崔华的女儿西玲、西玲的男友哈利、汽车司机费定、真男爵假艾迪。西玲第一个开腔，她告诉大家，她刚刚冒充文约翰的独生女打电话给保险金库的负责人卡特，说文约翰明天早上要把一批贵重的名画送保险库去放几天，时间约好在11点。另外去瑞士的护照和飞机票也弄妥，到时大家都可以安全出境。

接着崔华布置任务："费定在早上5点50分就驾车去保险金库，在门边停车场占一个位置。11点，我和艾迪到，费定把车驶开，我和费定在外面接应，艾迪入库，咬破胶丸装病，骗卡特打电话给'医生'，救护车带着我们进去，立即动手。最后撤退，沿着预定路线逃走。大家看有什么问题？"

沉默很长时间，大家才说："没问题。"

崔华等了等，见大家确实没有问题了，才说："剩下的时间，就是好好休息，养精蓄锐，等待明天的到来。"

大家站起来刚要离开，崔华补上一句："从现在开始，任何人不得迈出大门一步。如有违犯者，不管是谁，都将受到子弹的惩罚！"

文约翰一听，不由得一怔。他正想办法逃出去打电话呢，这下子可就麻烦了。他回到艾迪的房间，望着远处的电话亭发呆。他早就发现了电话亭，准备一旦掌握罪犯的具体行动计划，便去打电话给警察局。他想，只能打电话，不能逃出去报告，否则罪犯会溜掉。

正当文约翰急得团团转的当儿，崔华和哈利敲门走了进来。崔华笑着说："艾迪，你一定为即将成为大财主而兴奋得睡不着觉了吧？"

文约翰机械地回答说："嗯，是啊，太兴奋了……"

哈利说："我也是。艾迪，用吉他弹个曲子，好吗？"

文约翰哪有心思弹什么曲子呀，再说，又不知道艾迪喜欢弹什么曲子，万一他们爱听的曲子他根本就不会，岂不露馅了吗？文约翰推说："弹那个干吗？会影响大家睡觉的。"

"没事儿，"崔华说，"我们这些朋友，你又不是不知道，要么不睡，一睡就像死人一般。弹一个吧。"

文约翰推托不掉，只好拿起吉他，想一想，弹一支人人都会哼哼的曲子。

听完曲子，崔华脸色骤变，冷笑说："你弹得不错，可惜艾迪不会！"

文约翰感到不妙，但仍装做很镇静的样子，说："开什么玩笑，我是吉它演奏家，你们又不是不知道！"

"别装蒜了！艾迪根本就不会弹吉他！这吉他是哈利的。"

文约翰马上被捆了起来。

原来文约翰刚才听崔华的布置会时，有好几次脸上露出异样的表情，特别是会议收尾时那一怔，引起了狡猾的崔华的狐疑。

文约翰知道暴露了，便骂了起来："你们这些强盗，绝对不会有好下场的！"

哈利掏出手枪，崔华严厉制止说："慢！没有假男爵，就用真男爵吧。"

文约翰听了，嘿嘿冷笑两声，对崔华说："先生，你把我当做软骨头，怕是弄错了！"

崔华也冷笑两声，说："听说男爵非常疼爱自己的独生女儿，所以，我马上用车把她'接'来！"

文约翰一听，顿时乱了方寸。

歹徒们第二天就动手了。

崔华到保险金库停了车，把一个小本子塞给文约翰，又给了一颗胶丸，然后压低声音威胁说："你得乖乖地照计划办事，否则你和你的宝贝女儿都要完蛋！"

英 国

文约翰点点头，把胶丸含进口中，下了车，带着崔华向金库走去。

照原来的计划，是假男爵只身先进去，由于假男爵死了，现在只好改变计划，由崔华"陪"着真男爵一块进去了。这样一来，的确带来了麻烦。在保险金库，只有三个人因为地位及业务的缘故，可以不受盘查直接出入，文约翰男爵便是其中一人。当卫兵见文约翰要带一个人进去时，他可不敢做主，抱歉地说："请等一下，我得向卡特先生报告。"

如果卡特先生不同意，那崔华就没办法了，动武又不行，恐怕只能放弃这次犯罪行动了，那么，文约翰和他的女儿兴许还有生路。

不料，卡特看在老朋友文约翰的面子上，竟然违反规定同意了！他亲自跑来迎接文约翰。文约翰心里真是叫苦不迭。

三个人走到第一道又宽又高的铁门前，卡特先生按了按墙上的电钮说："是我，还有文约翰先生和他的朋友。"

铁门慢慢地打开，他们一进去，便立刻关上了。他们一连进了三道又高又宽的铁门，每进去一道后，身后的铁门都自动关上。第三道铁门里面，便是保险金库的核心地带，有一个武装警卫和一个管电脑的人。崔华向文约翰递个眼色，文约翰咬破口中的胶丸，闭上眼睛向地下倒去，还假意挣扎着从衣袋里掏出那个小本子。卡特先生接过来念道："在危急时，请拨7321电话通知苏切尔医生，切勿移动病人。"

卡特先生马上拨电话给苏切尔医生。不用说他上当了。哪有什么苏切尔医生，那是崔华的女儿西玲。西玲答应卡特先生，救护车五分钟就到。她放下电话，马上用无线电告诉哈利，哈利就和费定开着救护车出发了。

5分钟后，救护车开来，停在第一道铁门前。哈利和费定抬着担架一跑进来，就拔出手枪，指着卡特他们，大声喝道："不许动！"

这太意外，卡特他们都惊呆住了。

文约翰从地下爬起来，苦笑着说："卡特先生，真是对不起！我这是无可奈何啊！"

卡特、文约翰他们被赶到墙角站好，武装警卫的枪被夺下来，扔在一边。哈利用枪守着，崔华和费定动手把皇冠和珠宝往袋子里装。两个人装好后，把袋子放在担架上，蒙上白布。崔华叮嘱哈利说："我们出了铁门，你就收拾他们，然后快出来。"

哈利点了一下头。

崔华和费定抬着担架走了，两个人都把无声手枪插进腰间。

当崔华和费定走出第三道门，快到第二道门时，文约翰冷不防一脚踢掉了哈利的手枪，两个人扭成了一团。卡特先生乘机跑过去一按电钮，铁门马上关闭，把崔华和费定关在第一和第二道门之间。这两个家伙见状，急忙放下担架，正要拔枪，里边的那个武装警卫已夺过哈利的手枪，抢先开火杀死了他们。

卡特先生急忙向警察局报告。几分钟后，就来了五个警察。他们强迫哈利坐在救护车里，带着去找西玲。西玲正押着文约翰先生的爱女想着好事呢，不料一下子被逮住了。

这样，真假男爵的故事，就以假男爵一伙歹徒们的失败而结束。

美 国

  阿根廷著名作家豪尔赫·路易斯·博尔赫斯在《美国文学概论》中这样评论美国侦探小说:"在哈梅特之前,侦探小说是抽象的、理性的;哈梅特使我们熟悉了犯罪世界和治安工作的真实情况。他小说中的侦探和他们追捕的坏人同样强暴,作品中的气氛是不愉快的。"昌德勒与哈梅特塑造的侦探,与福尔摩斯与波洛的作风截然不同,英国传统的侦探举止优雅,是上层社会的宠儿,而在菲利普·马洛和奥普的身上,则展示了一种男性的阳刚之美,他们以对抗社会现实为目标,既和罪犯斗争,又与警方作对。美国侦探作品文笔具有粗犷、精练、简洁的特色,有一种很强的艺术感染力。

毛格街血案

作者：爱伦·坡

（一）

在远离巴黎的郊区——圣杰曼区有一幢年久失修的楼房，它深隐在僻静和荒野的树林中，几乎和外界失去了联络。

它已空置了8年，传说是幢凶宅。

一年春天，两个30多岁的中年人，住进了这幢白色楼房，成为这儿的主人。

那个黄头发满脸雀斑的高个子，叫琼斯。另一个说起话来爱挥动手势带点神经质的，叫杜宾。

他俩以前并不相识，像他们这种心情沉郁、爱面朝天花板自言自语的人，是很难找到几个知己朋友的。

一个星期前，琼斯和杜宾在图书馆寻找同一本书相遇了。这是本进了图书馆20多年未曾被人翻阅过的离奇古怪的书。

就是这本"天书"，成为连结他们友情的纽带。他们都觉得那种孤言寡欢、爱冥思独想的性格，是彼此有了共同语言，成为志同道合朋友的基础。

琼斯住在二楼东首，一间书房，一间起居室，地上堆满了书，乱七八糟几乎没有落脚的地方。他觉得这样看书随取随丢，是一种娱乐，一种享受。

他隔壁的那间空房，是杜宾的天下。房里除了床和一只破沙发以外，没有别的任何摆设。他喜欢这片空净的地方，好让他踱步沉思。

他俩平时互不往来，各做各的事，只有佣人把饭菜放到楼下餐桌上，他俩在楼梯上相遇时才点点头，算是一种感情交流。

餐桌上只有刀叉碰击盘杯的声音，没有话语，没有笑声。

晚上，琼斯坐在灯下打开报纸，那些新闻和往日一样枯燥。他揉了揉眼睛把报纸丢在一边。

就在这一瞬间，报上那"血案"两个赫然大字跳入他的眼帘。

琼斯拿过报纸细细看去，标题是："毛格街大血案，凶杀犯逃遁无踪。"

琼斯想:"杜宾是个思想奇特的怪人,给他去看看。"他拿起报纸推开了杜宾房间的门。

"你是来给我看报的吗?"杜宾正在打盹,他揉揉眼,望着琼斯,身子埋在沙发里一动也不动。

"是不是在市区发生了一起凶杀案?"还是那种瓮声瓮气梦呓般的声调。

琼斯很惊奇,这张报纸白天一直放在他房里,平时都是他先读,第二天,才传给杜宾看。杜宾怎么知道他要告诉他报上那起凶杀案的事呢?

"你不要奇怪。"杜宾这才睁开眼睛,拍拍沙发请琼斯坐下。"我喜欢独思冥想,训练自己的想象力,看和实际生活中发生的事究竟有多少相近!"

"那你的依据是什么呢?"

"观察和思考。"杜宾说,"不要说这些了。还是让我们一起来读读这张报纸吧。"

(二)

报上作了详细的现场采访报道,并发表了几位先生女士的谈话记录。他们与死者生前有过接触。因为死者在世时深居简出,所以能从这几位曾与死者交往过的人嘴里,得到哪怕是一丁半点材料,也是很可贵的。

报上是这样记载的——

血案发生在凌晨3时。一阵凄厉的尖叫声划破了朦胧夜色的寂静。

惨叫声是从毛格街7号这幢楼里传出的。这幢四层楼的公寓,只住着两个女人——列士巴奈太太和她的女儿列士巴奈小姐。

列士巴奈太太是个足不出户的老妇人,年轻时靠算命卜卦谋生。当年的富商贵族都是这里的主儿,进进出出门庭若市,很是热闹了一阵子,赚了不少钱。近几年,列士巴奈太太身体衰弱,在家养老了,有事都由列士巴奈小姐操持。

列士巴奈小姐很少上街,偶尔露面也不和别人说话,去商店买了东西就乘马车回家。公馆的大门和窗户都关得严严实实,仿佛打开后会让外面的瘟疫传进去似的。

平时,远近邻居都很少去惊动母女俩。她们这样离群索居已经7、8年了。

毛格街7号的呼叫声,把附近的邻居从梦中惊醒。

他们7、8个人聚在门口,忙了好一阵也没打开那扇铁门。警察闻讯赶到,用铁棒撬开大门,直朝四楼冲去。

踏上楼梯，从四楼传来说话声，那声音又嘶哑又粗野，中间还夹杂着几句刺耳的尖声尖气的话语。

警察冲上四楼，说话声戛然停止。他们打开卧室，大家顿时被眼前的景象吓呆了。

房内凌乱不堪，家具被捣得缺胳膊断腿，散弃一地。床垫离开了床架，扔在地板上。上面搁着一把沾血的剃刀。

壁炉里的火早已熄灭，留着燃尽的白色炭灰。墙上有一只污黑的手指印，手指印下面沾着几根灰白色的长发。

橱门、抽屉都已打开，金银首饰散落在地上，橱里存放着两只钱袋，袋里约有4000枚金法郎。

"快来看！"一个满脸胡子的警察指指壁炉烟囱叫起来。

烟囱管里很黑，上面渐渐明亮的光投射下来，就像从井口投进一束微弱的光，把管道衬映得若明若暗。管道里似乎有个黑糊糊的东西。

几个人用力朝下拽，黑糊糊的东西从管道里落到地上，一具年轻姑娘的尸体暴露在眼前。

她的脸和身子都血痕斑斑，是被抓伤的，脖子上有深黑的淤伤，还有明显的指甲印。她是被凶手掐死后塞进了烟囱管道。

在花园草丛里，发现了列士巴奈太太的尸体——她是被剃刀砍死的。

除此以外，没有找到凶手留下的其他痕迹。

"你有什么要说的？"琼斯见杜宾看完报纸，想听听他的想法。

"无可奉告。"杜宾双手一摊，把报纸还给了琼斯。

琼斯道了声晚安，离开了房间。

杜宾没有起身，一个晚上都是在沙发上度过的。

（三）

第二天，报上又登载了有关毛格街血案的新消息。

据接受采访的邻居说，昨天冲上楼时，听到了一阵说话声，这一点是肯定的。至于那声音是男是女，说的是哪种语言就各说各的，难以判断了。

"那声音嘶哑粗野的，好像是个男人用法语说什么'真该死'。"一位中年街坊说，"那个尖声尖气——听来非常刺耳的，分辨不清是男是女。"

一个小伙子说："那尖声尖气的，听上去更像女人。那男的说过'活见鬼'，像意大利语。"

住在列士巴奈太太对门的米塞老头说:"那男的讲的不是意大利语,而近似西班牙语。那尖声尖气的怪异声,绝不像列士巴奈太太和小姐平常说话的声音。"

邻居们说,他们检查了四楼所有的房门,都反锁着,连列士巴奈太太和小姐那间卧室的门,也反锁着。这是女主人的习惯。令人疑惑的是,**警察撞进卧室,百叶窗门都关得严严密密,凶犯却已逃之夭夭**。他们是从哪里逃出去的呢?退路只有沿楼梯而下,可是,当时楼梯已被邻居堵死,凶犯是无法逾越的。

列士巴奈小姐身体娇小,可是要把她塞进比她身子还要狭窄的烟囱里,如果没有过人的臂力是很难办到的。她被严严实实地塞在管道里,如果不是7、8个人用力拽,她是不会自己掉出来让人发觉的。

这样看来,母亲杀死女儿的可能性几乎不存在,因为找不出杀人的动机。她要将女儿塞进烟囱也力不从心。女儿杀母亲的可能性是有的,可是她不能自己把自己掐死之后,再钻进烟囱里去。

据警察调查,在列士巴奈太太遇难的前一天,她曾派人到银行办理提款手续,随后,由银行职员阿道夫送上门去。现在,阿道夫已被拘捕审讯。

他说他根本不可能有杀人的念头。如果是为了谋财害命,4000枚金法郎好好地放在房里又怎么解释呢?

杜宾一夜没睡好,白天老是伸懒腰打呵欠,闹得琼斯静不下心来。

他对琼斯说:"一块上街去遛遛怎么样!"

琼斯笑道:"你哪来的闲情逸致呀!"

"毛格街7号把我吸引住了!"说罢,他们走出僻静的白色楼房,穿过丛林向巴黎市区走去。

(四)

遇难的现场保留着原样。杜宾把大楼上上下下里里外外都仔细勘查了一遍,一共花了4小时。

琼斯对他这种没事找事的劲头很不以为然。离开毛格街7号后琼斯总算松了口气。路上,杜宾坐在马车上一言不发,左手托起下巴,像在打盹,又像在沉思。

穿过市中心时,他让琼斯先走一步,自己跳下车,走进了一家报社。

晚餐后,杜宾问琼斯:"你看了现场,有什么线索?"

"警察局都一筹莫展,任凭凶手逍遥法外,我又能做些什么?"

"警察办不成的事,我们往往能办成!"杜宾说,"办案子的方法不能一成不变,而要善于突发奇想!我喜欢走别人没有走过的路。"

杜宾告诉琼斯,他在等一个人。他思量这个人一定会找上门来的。这个人不一定和这件血案有直接关系,但他必须来。

他认为,列士巴奈太太和小姐绝不是死于相互残杀,而都是被第三者杀害的。

那粗声粗气的声音,大多数邻居都说是男的,而且更像法国人的口音。这种说法也许可以成立。如果这个粗声粗气的人能讲出一口道地的法语,那么在法国土生土长的人,也就是这些邻居们听来,就不是"像"法国人,而是纯粹的法兰西人了。因此,只能说像法国人,或是会说蹩脚法语的外国人。

"那个尖声尖气的声音又是谁呢?"琼斯说着给杜宾倒了杯咖啡。

"这个我放在后面讲。"杜宾继续按照自己思路往下讲。

凶犯杀了列士巴奈太太和小姐后,是怎么逃跑的呢——很简单,是跳窗潜逃。

警察们也注意到卧室里的两扇百叶窗,他们只看到窗是关死的,于是就产生了凶犯不可能跳窗的论断——如果打开百叶窗,它怎么会又严严实实地关上了呢?

杜宾在观察现场时,发现两扇百叶窗已经很陈旧,但是它的装配工艺倒很科学——在窗外安装了弹簧。只要窗一敞开马上又被弹回来,并与窗框密丝紧扣,像没有开过一样。

杜宾还注意到,在墙外,两扇窗门之间,有一根避雷针直通上下,它和窗门间的距离比较远。一般情况下,男人是没有这样长的手臂能够到的,但是,不是没有例外。如果顺着避雷针的铁管可以下滑,不难想象,也可以顺着它向上攀登,只要身手矫健就可以办到。

列士巴奈小姐是被塞进烟囱管道的。如果凶犯不是个虎背熊腰的家伙,是绝不能使出这样大的力气,用这种惨无人道的手段,将她弄成这种地步的。

"现在,我可以回答你刚才提到的问题。"杜宾呷了口咖啡,"那个声音细细气的家伙,不是人,而是一个怪物!"

"惊人的矫健身手，过人的臂力，野蛮的兽性，违背人道的手段！"琼斯的思路越来越清晰，凶犯的形象越来越鲜明。"他准是个从精神病院里逃出来的疯子！"

杜宾说："卧室的墙上，留着漆黑的手指印。从手指印之间的距离来看，这不是个精神病患者的手，他的大脑不健全，但手是正常的。一个正常人的手指距离不可能那么长。"杜宾随手从地上捡起一本画报，递给琼斯看。

画面里是一只黑猩猩。

杀死列士巴奈母女俩的，正是一只黑猩猩。

"我推断，猩猩已经逃跑，主人还在寻找它。因为贩卖一只猩猩可以获得巨额利润。"

"主人是谁？"

"一位水手。"

"你怎么知道他是水手。"

杜宾从口袋里掏出一根油腻腻的缎带，这是他在避雷针接近地面的管子下端找到的。琼斯知道，只有船上水手才用这种缎带。

"你看过今天的报纸了吗？"杜宾问，"上面有一则招领广告，很有意思。"

琼斯接过报纸，上面写道：

昨日清晨，在布伦树林中，寻得黑猩猩一头，据悉是一位海员所有。失主只须说明情况，如与原物特征分毫不差，即可找市郊圣杰曼区白色楼房主人领取失物。

"这不就是我们的住宅吗！"琼斯十分惊惑，"我们哪有黑猩猩？原来你到报馆，是去干这种没有边际的事！"

楼下传来了脚步声。杜宾把一支手枪扔给了琼斯："如果他不老实，就用这个对付他！"

门开了，一个黑脸膛的大汉站在门口。从那发达的肌肉和粗犷的体态看，是个相当有阅历的老水手。

"你就是那只黑猩猩的主人吧！"杜宾请客人坐下，"我想这次血案和你并无直接的关系。"

水手在胸前划了个十字，求上帝保佑他太平无事。

"我可以把黑猩猩给你，"杜宾说，"只有一个条件，请把事实讲一讲。"

水手告诉杜宾，他是挪威人，在法国住了半年。他确实养了一只黑猩猩，一直把它关在房间里。

一天，他从外面回来，发现黑猩猩正用一把剃刀，学着他的样子在刮"胡子"。他想，得马上夺下剃刀，万一被它带出去会闯祸的。他奔上去，不料，这一来反而把黑猩猩吓跑了。它跳出窗户，没有目标地东窜西奔，在慌乱中，发现前面楼房里还亮着灯。

它顺着避雷针铁管爬上了四楼，拉开百叶窗跳了进去，并一头扑到了列士巴奈太太的身上，用剃刀把她杀死，还把死者扔出窗外。列士巴奈小姐听到母亲房里发出骚动声，不知发生了什么情况，便穿着睡裙冲进来，一见室里的情景，便惨叫一声昏倒了。

黑猩猩杀人杀红了眼，又扑上去将列士巴奈小姐掐死。

这时楼下传来了嘈杂声。黑猩猩抓起列士巴奈小姐把它塞进了烟囱，尖厉地大叫一声，便跳出窗口，顺着避雷针铁管滑了下去。

百叶窗被弹簧弹了回去，又紧紧关上了。

黑猩猩惶惶恐恐往下滑，不到一楼就从半空跌落下去。它爬起来，一瘸一瘸地向树林狂奔。

几天后，人们在一条河里捞起了一具死尸，它是凶犯黑猩猩。

杜宾说："它是在逃跑的路上，掉进河里淹死的。"

美 国

神秘的木刻人

作者：杰伊·贝内特

午夜两点。巨大的候机室里空空荡荡。弗雷德·威尔克走出了候机室。他在等从巴黎来的班机，接父亲的一位朋友，可是，飞机已经晚点了两个小时。

四周一片漆黑，寒风刺骨。他竖起大衣领子，蜷缩在候机大楼的墙边。这时，他发现有人在注意他，是个身材高大的黑人。不一会儿，那人便转身走进了候机室。

这时，一位上了年纪的警察慢慢地踱到弗雷德的面前。他漫不经心地问道："你在等朋友吧，孩子？"弗雷德点点头。

"他从巴黎来？"警察又问。

"不，从非洲的塞拉利昂。"弗雷德不太情愿地回答。

"你多大？"

"17。"弗雷德已经有些不耐烦了。

警察似乎对他特别感兴趣，又接二连三地问了弗雷德的家庭住址、父母、学校甚至爱好等许多问题。弗雷德感到自己简直是在被盘问，心中反感极了。

警察把视线投向灯火辉煌的候机大厅，目光锐利而机警。突然，他把话锋一转，厉声问道："你是要和什么人接头吧？"

弗雷德吃了一惊，茫然地问："接什么头？"

警察向他转过身来，注视着他说："那家伙不见了。我就是在等他出来和你接头。现在你可以进候机室去了。"

"你一定把我和别人搞错了。"弗雷德冷冷地说，不禁打了个寒战。

"当心点儿！"弗雷斯听见警察在他身后说。他快步回到候机室。

凌晨四点，晚点了几个小时的从巴黎来的班机终于到了。当一个50岁左右、身材颀长、衣着考究的男子出现在候机大厅里时，弗雷德立即迎了上去，亲热地叫道："沃尔特叔叔！"

沃尔特·卡尔顿亲切地拍拍弗雷德的肩膀："都长成大小伙子了。我带来了你爸爸给你的礼物。"说着，把一个小盒子递给了他。

弗雷德打开一看,是一个小小的木刻人。它瘦骨嶙峋,愁容满面,前额和面颊上有几条细细的文身印记,黝黑干瘦的躯体上,一条一条的纹路从中心呈放射状向周围延伸,象征生命的繁衍。

沃尔特告诉弗雷德,这是个"门迪"人雕像,是件古老而富有价值的艺术珍品,并再三嘱咐弗雷德要好好把它收藏起来。

弗雷德抚摸着木刻人,不由想起了爸爸。父母离婚后,爸爸长期在西非搞人类学方面的考察。他一直想跟爸爸去西非旅行,可爸爸却被疾病夺去了生命。

这时,一旁有个高大的黑人前倾着身子,紧盯着他们。沃尔特不动声色地转过身,挡住了木刻人。那黑人一转眼就不见了。

突然,一个警察的身影出现在玻璃门外。沃尔特警觉起来:"他在注意我们。"弗雷德犹豫着,要不要把刚才那个警察盘问他的事告诉沃尔特。沃尔特安慰他说,警察怀疑这儿的每一个人,因为上星期这里发生了一起枪杀案,被害人是个走私钻石的信差,而凶手又抢走了钻石。弗雷德听了,对这位父亲生前的挚友更增添了几分信任和敬佩。

弗雷德回家后,一觉睡到下午。妈妈告诉他,有两个电话找他。电话铃声再次响起时,传来一个陌生男子的声音,他自称约翰·兰德,约弗雷德立即去广场见面,并说此事关系到他的父亲。

河边的广场是弗雷德非常熟悉的,只见一个体格健壮、身穿灰大衣的男人向他走来。他的双颊上各有三条平行的文身印记,弗雷德立即想到自己房间写字台上那个小小的木刻人。

约翰微笑着向他伸出手,说:"我们交个朋友吧。"然后他向弗雷德谈起了他的爸爸,并直截了当地提到了木刻人。约翰说那个木刻人属于他们部落所有,在一个村子的神龛里被供奉了一个多世纪,他千里迢迢从塞拉利昂来到纽约,就是为了让它回归原地。

弗雷德无论如何也不相信他的话,更不相信爸爸是从强盗手里买下木刻人的。约翰见无法说服弗雷德,就表示愿出1000美元来买木刻人。可弗雷德还是不愿意,因为木刻人现在是联系他们父子的唯一纽带了。

约翰严肃而悲哀地说:"有人已经为这木刻人丢了命,说不定还要再丢几条命,你信吗?"

弗雷德摇摇头,他听不进去。突然,约翰说:"沃尔特了解事情真相,可他不会告诉你。"说完失望地走了。

弗雷德琢磨着这句话，可几次给沃尔特打电话都没有接通，却接到一个匿名电话。那人对他们会面的事一清二楚，还威胁弗雷德说他会丢命的。弗雷德意识到了事情的严重性，他对着木刻人端详了一会儿，然后把它放进了储藏室里那个无人知晓的小小暗室里。

弗雷德决心去找沃尔特。

夜色中，地铁车厢里的乘客稀稀落落。突然，一个男子径直走到弗雷德的身边坐了下来。他双眼深陷，瘦削的脸上有道深深的伤疤，显得十分凶悍。弗雷德不禁浑身一颤。

列车在黑咕隆咚的地道里奔驰。弗雷德发现，车厢里的乘客都走光了。恐惧像蠕动的小虫爬满了全身，他感到神经都快要绷裂了，猛地想冲出车厢。那人低声喝道："往哪儿走？"口音竟和电话里威胁他的人一样。

那人取出一张名片，递给弗雷德说："我从塞拉利昂来，要去这个地方，没坐错火车吧？"弗雷德一惊，上面的地址正是沃尔特住的公寓，而名片上的字迹又十分眼熟。他默默地点点头。就在那人把名片放回口袋的一刹那，弗雷德看见他的上衣里露出了一截枪管。

弗雷德提前下了车。他一路小跑，还不时地回头张望，心紧张得怦怦直跳。他气喘吁吁地跑到沃尔特住的公寓，一口气把和约翰见面、接到匿名电话以及路上发生的事告诉了沃尔特。

沃尔特身穿睡衣，嘴里叼着烟斗，显得悠闲自得。他一言不发地听完了弗雷德的话，想了一会儿，拍拍弗雷德的肩膀说："他们是一伙骗子，知道你有件珍贵的非洲雕刻品，就编了一套话来蒙骗你，妄图把木刻人弄到手。你难道相信你爸爸会欺骗你？"

弗雷德摇摇头。沃尔特告诉他，木刻人早已不是什么圣像，他爸爸是在垃圾堆里发现的。弗雷德还想问些什么，沃尔特接到一个电话，他的一位朋友要来看他，弗雷德便告辞了。

街上静悄悄的。他刚转过街角，蓦地，高大的树影里闪出一个人来，低声喝道："站住！"

弗雷德一惊，只见寒光闪闪的枪口正对着他。那人脸上的伤疤在月光下更显得狰狞可怕，正是火车上遇到的那个家伙！

"你到底想干什么？要那个木刻人吗？"弗雷德愤怒地嚷道。

"别出声！"那人把弗雷德逼到了树影中停着的一辆黑色汽车前。里面坐着

的大汉低声说道:"快上车,坎特雷尔,去羊头湾!"

弗雷德从口音判断,那大汉是纽约人。他站着不动。"上车!"坎特雷尔厉声喝道。

说时迟那时快,弗雷德猛地挥起一拳,重重地打在对方的下巴上。坎特雷尔惨叫一声,向后趔趄了几步。弗雷德第二拳还没来得及出手,脑袋就被硬邦邦的东西猛击一下,他浑身一颤,眼前一片漆黑⋯⋯

不知过了多久,弗雷德迷迷糊糊地睁开眼,感到自己似乎躺在船舱里,他意识到船是停泊着的。他本能地伸手去摸头上的伤口和血块,一下子清醒过来。

坎特雷尔得意地狞笑着,呷了一口威士忌,俯下身冷冷地说:"我要那些钻石!"

"我不明白你在讲些什么。"弗雷德厌恶地把头转向一边,握紧了拳头。

坎特雷尔放下酒杯,说:"很简单,我们是钻石强盗,沃尔特和我们是一伙的。他已把货带到纽约,可不知他是怎么带进来的,也不知钻石藏在哪里。可你知道,你分的一份有多少?"

弗雷德愤怒地瞪大双眼,大声说:"我什么都不知道!"

"你在耍我!"坎特雷尔咆哮起来,猛地揪住弗雷德的上衣,脸上的伤疤变得鲜红。

突然,他猛想起了什么,缓和了口气又问:"那么,那个木刻人呢?"

"那是6个月前我爸爸从非洲寄来的。"弗雷德镇定地回答。

坎特雷尔正想追问,名叫斯卡麦的大汉慌慌张张地进来报告:"不好,街上有警车巡逻!"

他们立即把弗雷德带上汽车,开到一个暗角。坎特雷尔捏住弗雷德的手腕,恶狠狠地说:"明天你带木刻人来见我,否则,哼⋯⋯"

下雪了。弗雷德慢慢地走回家去,又冷又湿的雪花飘落在他脸上竟毫无感觉。他正要踏上屋前的台阶,忽然听到一声低沉的声音:"弗雷德!"

他回过头去,见约翰·兰德正站在雪地里。"他们把你打得很厉害吧?"约翰叹息了一声。

"你怎么知道?"弗雷德不知为什么,见到约翰,心中忽然感到一阵轻松和安全。

"他们推你上车时,我正巧看见。可车在羊头湾附近失踪了。"约翰回答。

弗雷德明白了,就是约翰报的警。他说:"其中一个叫坎特雷尔,是塞拉里昂人。"

"我认识他，可你的朋友比我更了解他。"约翰低沉地说。

弗雷德心中一阵悲哀，他第一次对沃尔特产生了怀疑。他到底是个什么人呢？弗雷德痛苦地自语着："我究竟该相信谁呢？"

约翰把手轻轻地放在他的肩头上："你应该相信我。把木刻人给我，你就没事了。我以'门迪'人的身份担保，我视信誉如生命。"

"如果我不给你呢？"弗雷德移动视线，避开对方那逼人的目光。

约翰没有开腔，他像个黑色的雕像站在雪地里。弗雷德转身走上了楼梯。

弗雷德回到家，从暗室里拿出了木刻人，轻轻地拍了几下，想看看它体内有没有空的地方，可什么也没有发现。他把它丢回暗室，愤愤地使劲一推，暗室的嵌板碰到了木刻人的手臂，手臂竟像安了弹簧一样向上弹去。弗雷德惊讶地发现弹落的手臂下面有个洞！

他急忙打开手电，洞里竟是闪闪发光的钻石！

第二天上午十点，电话铃响了，铃声急促刺耳。电话里传来坎特雷尔那冷酷的声音："认识美景公园吧？那里有个室外音乐台，台下有间小屋子。两小时后你一个人带着木刻人来。"

弗雷德没有听从妈妈的再三劝阻，独自冒着漫天飞舞的雪花来到公园。公园里寂静寥落。当他推开那间小屋门时，他不由被眼前的景象惊呆了：坎特雷尔和斯卡麦双双倒在血泊中！

就在这一刹那，他听到身后呼的一声，没等他回过头，头上就挨了重重的一下，倒在地上。

等他苏醒过来，发现口袋里的木刻人不见了。他跌跌撞撞地回到家，走进黑洞洞的房间，正要开灯，只听一声吆喝："别动！"

是沃尔特的声音。他手里拿着一支手枪，写字台上放着木刻人。"我一直在等你，等你回来取钻石。"沃尔特慢慢地说。

"原来是你打死了坎特雷尔和斯卡麦！你怎么知道我要去露天音乐台下的小屋？"弗雷德冷冷地问。

"斯卡麦打电话告诉我的，他骗了坎特雷尔。上星期他还杀死了信差，抢走了钻石。那些钻石是坎特雷尔弄到纽约来卖的，我们两个瓜分了。昨晚你来我家时，给我打电话的正是斯卡麦。"

沃尔特继续说："可是两人平分，所得的钱太少了，于是我就动了点脑筋，

把钻石藏在木刻人的手臂里,并借你的手把它万无一失地保管起来。"说着他得意地狂笑起来。

"你要打死我,然后把枪留在房间里,就像打死我爸爸一样,是吗?"弗雷德一字一句地说。

"你真有眼力。说,钻石在哪里?"沃尔特凶相毕露,举起了手枪。

这时,"哗啦"一声,客厅玻璃碎了,紧接着传来约翰的吼叫:"弗雷德!"

弗雷德猛扑过去,一拳打在沃尔特脸上,沃尔特倒了下去。与此同时,一声枪响,弗雷德顿时觉得手臂火烧火燎地疼痛。

约翰跳了进来,用拳头猛击沃尔特,不一会儿,他就断了气。

几天以后,当最后一批乘客正鱼贯登上飞机时,约翰和弗雷德在依依不舍地告别。

"好好治疗你的手臂吧。"约翰关心地叮嘱,然后朝飞机望去。

"约翰,"弗雷德问道,"我爸爸是怎么死的?"

"是淹死的。"约翰的声音很低沉。

"还有机场那个高个子黑人,你认识他吗?"

"他是我的朋友,已经回去了。现在我也要回到弗里敦去,我在那里开业行医。可我出生在一个'门迪'人居住的村子里,木刻人现在可以回归故里了。我的同胞感谢你。再见!"约翰挥挥手,转身向飞机走去。

"约翰!"弗雷德突然喊道,"我爸爸知道木刻人是偷来的吗?"

约翰·兰德停住脚,低头看看手中的木刻人,然后转身向飞机走去。

弗雷德又高声重复了一遍,约翰转过身,慢慢地点了点头,转身走上了飞机……

皇帝神牌窃案

作者：卡尼尔·威尔斯

1900年秋，八国联军已经攻占了北京城。慈禧、光绪带领王公大臣已经出逃西安，让北洋大臣、直隶总督李鸿章在北京收拾残局。

这晚，李鸿章又在凭案苦思，报更的梆声已敲了三下。忽听有人传报："庆——王——爷驾到！"

李鸿章不由心中一惊，暗想：半夜三更，庆亲王来干什么？

庆亲王就是总理各国事务大臣奕劻，他是当今皇上的堂叔、慈禧太后的亲信。慈禧把他留在北京，名义上也是和议大臣，实际上是让他代表皇族，监视李鸿章的，慈禧从西安传来的懿旨，均由他代拆代宣，简直是位代理皇帝。这样一位大人物，半夜来找李鸿章，怎不叫他心惊肉跳！

原来，太庙遭劫，世祖皇帝的神牌被人盗走了。

世祖皇帝的神牌，就是开创大清基业的第一位皇帝顺治的灵位，他死后，立了块牌位，奉祀在太庙内，后代帝王都要随列朝拜。这块神牌，在皇族眼里是非常神圣的。如今太庙遭劫，神牌被盗，是皇族最大的耻辱，是对开国先皇最大的不敬！如果被慈禧知道，作为留守大臣的李鸿章、奕劻都得脑袋搬家，所以他们都十分紧张。

李鸿章与奕劻连夜商议，把追查神牌被盗案的差使，落实到了刑部谳司彭绍基身上。

彭绍基有丰富的办案经验，自己从小学过武功，又结识不少武林豪侠和帮会人士，曾破获了几十件疑难大案。再说，能破获神牌被盗大案，也是晋升的机会，机不可失。他虽然把这差使应承下来了，但这案子毕竟是个无头案：当时的北京已十分混乱，洋兵们肆无忌惮，还有一些不法之徒，也趁京师混乱，浑水摸鱼，所以这个案子非常棘手。

彭绍基思前想后，觉得这块神牌对中国人来说，是谁也不敢收留的，八成落在洋人手里了。但是，应从哪里着手呢？

彭绍基分析了多种可能，列出了几种侦破方案。这时，他猛然想起了他的英国朋友——旅居中国的著名律师"中国通"麦克。以前经办的一些涉及到洋人的案件，总是向他求教，两人过往甚密，到他那里，可能会得到一点线索，便驱车前去拜访。

彭绍基一进麦克的屋子，简直惊呆了，只见他案上摆的、架上放的，不是青铜古玩，就是景泰蓝制品，墙上挂满了中国古代字画。这些东西，不是来自宫中，又从何来？可是，彭绍基不动声色，只是半开玩笑说："老朋友！几天不见，您也成了一位古董收藏家了！"

麦克笑着摇了摇头说："这些东西不是我的，是朋友送来让我鉴别的。"

彭绍基觉得这条线索决不能放掉，就对麦克说："今天我来，有一件事，要请你帮助。"

"什么事？"麦克露出了警惕的目光。

"一件非常重要的东西，你如果知道它的下落，我们可以用最高的价钱把它赎回，决不让你的朋友吃亏！"

"究竟是什么东西，会在这种时候，惊动了你们刑部衙门？"

"我们大清国开国皇帝——世祖皇帝的神牌，就是供奉在太庙的牌位被偷了！"

麦克闭目沉思了一会说："盗窃珍宝的事，多是军人干的。比如这些青铜玉器，是驻在天坛的日本兵卖给我朋友的；而这张古画，却来自一位德军少尉。"

彭绍基眼睛一亮，因为他知道天安门一带，正是德军的防区，所以他马上对麦克说："麦克，让我认识一下这位少尉行吗？"

"他叫梅达哥德。"麦克说，"凭我一张名片你就可以见到他。不过，这个梅达哥德，心冷得像冰，拳头却硬得像铁，如果他知道你是清政府的密探，准会用拳头欢迎你。"

彭绍基说："你就介绍说我是一位古董商好了。"

麦克同意了，把名片交给了彭绍基。

彭绍基换了一身便衣，来到天安门，在一所临时营房里见到了梅达哥德。梅达哥德一见到麦克介绍的古董商，表现得特别热情。少尉正在为房里的一大堆东西发愁呢。彭绍基一看，不由倒吸一口冷气，少尉的房里简直成了一个文物仓库，书画、字帖、甲骨、铜器、珍宝、陶瓷、绚烂多彩的刺绣、雕饰铭刻的砚石……彭绍基像一位古董鉴赏家，认真观赏起来。梅达哥德特意从铜器中取出一个香炉让彭绍基看。彭绍基接过一看，心中怦怦直跳，这正是太庙正殿里陈设的香炉，香炉底部还有"大明宣德年制"的字样。彭绍基马上说："少尉，这能卖给我吗？"

"可惜，"少尉说，"我已经答应卖给一个人了，只给50两银子。"

彭绍基连忙说："还有别的东西吗？比如说，从太庙搞到的。"

"蜡台……噢，还有一块木牌，真见鬼，居然有人出一千两买那无用的东西，已经出手了。"

彭绍基一听，几乎跳了起来，线索找到了，他正想继续追问神牌的去向，就听外面有人叫少尉的名字。

来人是个矮胖子，身穿藏青夹袍，外罩一件棕红色黄花坎肩，腰系一条黄带子，这人与少尉打过招呼之后，猛地看见了彭绍基，两人几乎都惊呆了。

这人叫杨四，原是毅王府管家，因为偷盗王府文物，被送到刑部下狱。八国联军进入北京，他又趁乱跑了出来。现在，他是到少尉这里来收购文物的。彭绍基认识他，他也认识彭绍基。

这会儿，他想说："彭大人，您也在这儿？"彭绍基担心的就是怕他在梅达哥德少尉面前暴露身份，所以当他只喊出一个"彭"字的时候，彭绍基就厉声打断他："是你呀！杨四。我是梅达哥德少尉的朋友，也是来看货的。我劝你做事要凭良心，不要损害中国人的人格。"

杨四嘴上说"喳！"心里想：这刑部衙门的彭大人怎么也会在这里？难道他与洋人也有勾搭？

彭绍基没想到会在这里碰到杨四，这家伙不是个好东西，万一被他揭穿了身份，麻烦就大了。他想到这里，赶快对少尉说："今天还有事，要先走一步，明天再来拜访。"说着大步流星地走了。

待彭绍基一走，杨四马上对少尉说："你知道他是谁吗？他是刑部衙门的官员，八成是为了追查太庙盗窃案来的！他叫彭绍基，是刑部专门管破案的。"

梅达哥德听了，顿时发起急来："密探？我决不放过他！"他抓起挂在墙上的手枪，匆匆追了出去。

彭绍基一路走一路想，是不是马上逮捕梅达哥德呢？可他是占领军的军官，即使逮捕了他也无权审问，实在气人。只有先把杨四捉拿归案，也许他知道神牌的下落。不过，万一神牌落在洋人手里怎么办？他正在沉思的时候，忽然听到后面传来一阵脚步声，接着有人用德语大喊："站住！"

原来梅达哥德追上来了，彭绍基见躲已经来不及了，就停下脚步，准备应付。

梅达哥德气喘吁吁地问："你这狗，到我这里来，究竟想干什么？说实话！"

彭绍基冷静地说："奉旨查办神牌被盗一案！"

"你没有这个权力，北京城是我们占领军的天下！"说着，梅达哥德竟挥起

拳头扑了上来。

彭绍基边躲边说:"少尉先生,你应该知道,我们的政府还存在,我有责任行使职权!"

梅达哥德猛地一拳向彭绍基的脑袋击来,可是没有击中。彭绍基也不是等闲之辈,在忍无可忍的情况下,也毫不客气,仅几个回合,就把梅达哥德摔倒在地。梅达哥德气得眼睛冒火,竟从腰间拔出手枪,对准了彭绍基。

正在这危急的时刻,只听得路旁房上叫喊一声:"住手!"说时迟,那时快,只见一道黄光,直射梅达哥德的右手。梅达哥德顿觉右臂一麻,手中的枪"叭"地落在地上。原来,一枚铜钱,直端端钉在了他右手的虎口穴上。

这时,一个年轻姑娘从房上飘然而下,叫了一声"彭大人!"

彭绍基一看,这姑娘正是艾娟,是他的朋友大刀王五收养的义女。艾娟的生父在甲午之战中死于日本人手下,江湖好汉王五收养了她,自小学了一身武艺。前不久,王五与联军搏斗中,不幸在洋人的枪林弹雨中献身。艾娟悲恸万分,一心寻找江湖好汉,想为师傅报仇。看到洋人为非作歹,她便暗中跟踪,趁机袭击洋人。今天也算梅达哥德"走运",正巧碰上了艾娟。艾娟用一枚铜钱击中了他的麻穴,制服了他。

此刻,彭绍基猛见远处一个黑影一闪,寻思别是少尉的同党回去报信,忙叫艾娟:"快,有人跑了,抓住他!"

艾娟舍下少尉,赶忙追去。

彭绍基这才过来,对梅达哥德说:"少尉先生,这全是误会,我和你都是麦克律师的朋友,无怨无仇。我只是要追捕逃犯杨四,查访世祖皇帝的神牌,如果神牌在你手上,我们可以重价赎回,对你有利无害,你又何必动武,苦苦相逼呢?"说着替少尉解开麻穴,把铜钱从他虎口上取下来,才使他恢复了自由。

梅达哥德听了彭绍基的一席话,觉得也有道理。再说,一个占领军的军官,竟败在一个小姑娘的手里,说出去也不太光彩。光棍不吃眼前亏,他说:"那块神牌,原来的确在我手里,后来通过杨四,转卖给瑞士人柏海音了。"

柏海音是德国弗里德里希·克虏伯公司一家军工厂驻华总经理,现在到上海去了。

彭绍基一心想追神牌,无心与梅达哥德纠缠,对他软硬兼施说了一通,准备放他回去。少尉垂头丧气站了起来,整理了一下衣服说:"我们还是朋友,看在麦克律师的份上,今天的事就到此为止,不再向外人声张。"

这时,艾娟抓着一个人来到彭绍基面前,这人就是杨四。少尉走了,杨四被投入衙狱。

再说彭绍基要求艾娟一起赶赴上海，追查柏海音。

彭绍基一到上海，知道柏海音正想招聘一位中国厨师，准备带往德国。彭绍基抓住这个机会，通过上海一位官员的介绍，冒充厨师，混进了柏海音的公馆。

柏海音收留彭绍基是假，看中了和他一同来的艾娟姑娘是真。

眼下，柏海音正在他的寓所，举行归国前的告别宴会。因为用的是西餐，彭绍基派不上用场，就担任了使役的角色，端端菜，送送酒。

不料，在这种场合，又遇上了前来赴宴的英国人麦克，彭绍基不由得一惊。彭绍基不亏是个老资格侦探，怕麦克在大庭广众之下叫他彭大人，暴露了身份就前功尽弃了，所以连忙向他使了个眼色，暗示他到外面去谈。

麦克也很会见风使舵，借口喝多了，出去吹吹风。麦克一到凉台上，彭绍基就跟了过来。麦克见旁边无人，就急着问彭绍基："你到这里来干什么？"

彭绍基直截了当地说："奉大清皇帝御旨，奉迎太祖神位回朝！""难道是柏海音干的？"

彭绍基把情况如此这般地对麦克先生一说，老朋友马上心领神会。于是，两人又重新回到大厅。

麦克先生是柏海音的法律保护人，他要求只要不伤害他，愿意配合彭绍基行动。他佯装喝醉酒的样子，端着一杯酒，来到主人面前说："祝贺你，我亲爱的朋友，听说你不仅发了大财，还得到一件稀世珍宝！"说着又用手比划了一下。

柏海音马上理解了，借着酒兴，哈哈大笑说："老朋友，你不愧是位中国通，我的确得到了它。只怕在座朋友都不识货哩！请稍候！"便匆匆上楼去了。

几分钟后，柏海音返回客厅，后面紧跟着一个黑脸大汉，是他的保镖巴勒尔。巴勒尔捧着被黄缎遮盖的大托盘，里面有一块一米多高的木牌，小心翼翼地放在餐桌中央。木牌是一块刻得非常精致的檀香木做的，周围盘着金色的龙体，中间用墨笔和朱笔写着满汉两种文字：礼天隆运英睿钦文大德宏功至仁纯孝章皇帝大清世祖讳爱新觉罗福临之神位。

柏海音大声对宾客们说："诸位，这就是大清帝国开国第一位皇帝的神牌，哈哈，我俘虏了他们的第一个皇帝！"

这些话像一枚枚毒针，刺伤了站在一旁的彭绍基的心。他感到民族的耻辱，恨不得一拳将柏海音击倒，夺回神牌，但是，他不能这样做，只好压制着心头怒火，悄悄去餐厅，找艾娟商量对策。

宴会终于结束了，柏海音吩咐艾娟，过半小时后，送一杯咖啡到他的卧室去。

艾娟送咖啡去的时候，柏海音正在洗澡，她机警地看了房内的陈设，发现了一只大手提箱，掀起枕头，下面有一支德制手枪。她刚摆弄了一下，就听到浴室的门在响，忙把手枪放回原处。

柏海音刚走到艾娟身边，艾娟就飞起一脚，从怀中抽出一把匕首，直逼床前。

柏海音惊问："你是什么人？"

"中国人，我要捉拿盗窃神牌的要犯！"

"你敢！"柏海音忙从枕下取出手枪，对准了艾娟。艾娟笑着掂了几下手中的子弹。柏海音一扳枪机，不见子弹出膛，这才慌了手脚，扬起手枪向艾娟脸上摔去。艾娟用手中的匕首轻轻一拨，手枪落地。柏海音趁机想去按床头警铃，同时喊："巴勒尔，快来！"艾娟纵身向前，用刀紧逼柏海音的喉头，同时用左手点了他的麻穴，柏海音顿时浑身麻木，动弹不得。

柏海音指望他的保镖来救他，可他迟迟不露面。原来，他已被彭绍基扎扎实实捆了起来，嘴里塞满了碎布。

彭绍基把巴勒尔带到柏海音的卧室。柏海音像泄了气的皮球，只好问："你们到底要干什么？"

彭绍基说："快把大清皇帝的神牌交出来！"

"不！"柏海音自以为是外国人，趾高气扬地说，"你要知道，这里是公共租界，你们敢把我怎么样？难道你们不怕西方法律的制裁吗？"

"先生！"彭绍基笑着说，"我们只想在你身上留个小小的纪念，让你的亲友们知道，你在中国干了些什么！"说着，从腰间缠的包袱中，取出一个铁匣子，然后用火筷从壁炉里夹出一块燃烧着的炭块放在铁匣里，不一会儿，铁匣就烧红了。

柏海音吓得睁大了眼睛，恐惧地喊："烙刑！你们要用这样野蛮的刑法？"

"放心吧，不会疼的，艾娟姑娘为你点了麻穴，比麻醉剂强多了！只是让你永远记住这罪恶的标记！"

彭绍基把烧红的铁匣，放在了柏海音赤裸的前胸。皮肤上明显地出现了两行黑字：盗窃大清国宝亵渎圣器罪犯。

一向神气活现的柏海音，现在用哀求的眼光，望着彭绍基说："我答应你，神牌就在壁龛里，只要挪动一下床头柜。只是请你手下留情……"

奕劻、李鸿章带了几个心腹随从，捧着世祖皇帝神牌返回太庙去了。彭绍基为维护皇族荣誉立了大功。

幽灵的呼唤

作者：J. B. 奥沙利文

这天傍晚，玛丽的妈妈做好饭菜，坐在沙发上打着毛线，等待女儿回来。

玛丽是个乖孩子，今年读小学四年级，往常一放学就回家了。

学校放学的时间是 3：30，走得再慢，玛丽在 4 点钟也可以到家了。

可是，此刻已经是 5 点钟了。

妈妈再也等不及了，就挂电话去学校，想问问女儿的班主任。

不用说，班主任早就下班回家了。

这下，妈妈慌了，到处寻呀找的，但是，一点消息也没有。

直到 12 点钟，玛丽仍然没有回家。

妈妈已经哭成了一个泪人。前些日子，报上说，一个孩子被拐骗，后来被卖到了一个偏僻的山村，孩子虽然最终找到了，但是，骗子得了钱，却逃之夭夭。

现在可好，轮到自家女儿了！

妈妈便去报了警。

X 警官正巧值班，他安慰了一阵玛丽的母亲，答应明天一早就着手破案。

在警察局里，大家都以为 X 警官是个怪人，他的脾气古怪，破案的理论更怪。他认为，最清楚罪犯的，一般说来应该是被害者本人。无论是被害者在睡觉时遇害，还是被人从背后下毒手，即使没看到罪犯的面孔，没听见他的声音，但是，被害者本人心里总是了解案件真相的，而且，比善于推理的侦探肯定知道得更为详尽。被害者死后，灵魂离开肉体，成为具有听觉和视觉的幽灵，附植在某个侦探的身上，向他作出种种暗示，以协助侦破自己遇害的案件。

X 警官的理论显然有点迷信色彩，所以同行们都不以为然。可是，他按照自己的理论去破案，成功率居然相当的高。这事实，又不得不使大家对他刮目相看。

现在，X 警官尽管一点儿也不知案情的线索，却还是信心十足。

第二天一早，X 警官换了便衣，来到学校，找到了玛丽的班主任。

"你知道玛丽失踪的事吗？" X 警官问。

"知道了。" 班主任老师说，"今天上班，这事就传开了，校长还问过我呢！"

"那么，昨天发现过什么可疑的情况吗？"

"有。"班主任老师说,"下午上第二节课时,有个五十岁模样、戴一顶大毡帽、个子高高、脸皱巴巴的人,称是玛丽的叔叔,说要提早带她回家……"

"您同意了吗?"X警官迫不及待地问。

"没有。我说这节课的内容很重要,不能随便放掉,那个人就走了。"

"那人真是玛丽的叔叔吗?"

"不知道。"

"还有其他情况吗?"

"好像没有了。"

"谢谢!我先告辞一下,等一会儿,我还要来麻烦您。您不会介意吧?"

"不!不会介意。"班主任老师歉意地笑笑,说,"我们的谈话是该结束了。听,上课铃声已经响了!"

X警官离校后便去找玛丽的母亲,问她玛丽有没有叔叔。

"没有。"玛丽的母亲十分肯定地说,接着又喃喃地,"可是,被玛丽叫'叔叔'的人,那实在太多了!"

"对。"X警官说,"那个拐骗您女儿的人,肯定是玛丽认识的。"

"是呀!如果不认识,玛丽也不会跟他跑的。"她母亲有点高兴起来,"跟我们来往的人也不是太多,我看那个穷困潦倒的艾德就很可能做出这种伤天害理的事。"

案子有了一点线索,X警官立刻拿了艾德的照片去让玛丽的班主任认。

"没错,是他!"班主任细细辨认过后说。

于是,艾德被作为重大嫌疑犯而被捕了。然而,由于没有确凿的证据,警察局长对X警官作了批评:"就凭艾德在学校露了一下面,你就把他作为拐骗犯抓起来了?这太草率了,如果他死不承认,被动的是我们呀!"

"局长先生,"X警官胸有成竹地说,"这样的小事,您别费心了,好不好?我既然抓了他,就不打算轻易放掉。你放心吧,我会叫他招供的。"

局长气呼呼地走了。

整整一个白天,X警官都在呼呼大睡。他是累了,需要好好地休息。

到了晚上9点钟,X警官才把犯人提出牢房,带到警察局的屋顶上。

天幕上,稀疏的星星发出暗淡的光,好像是一个个缥缈不定的幽灵。

风虽不大,但吹在身上凉飕飕的。

艾德不明白X警官带他到房顶来干什么,满肚狐疑。

美 国

X警官变得异常地和气,他摸出烟盒,拿了支烟吸着,显得十分悠闲。

艾德却紧张得厉害,两脚不由自主地颤抖着,浑身冷。"能给支烟吗?"他终于有点控制不住自己的情绪。

X警官对艾德看了看,并不作声,从烟盒里拿了一支烟,丢了过去,又把打火机递给了他。

艾德点燃烟,贪婪地猛吸。

"这些天,你睡得好吗?"X警官开始了闲谈式的审讯,"玛丽不会到梦中打扰你吗?"

"嘿嘿!你别开玩笑。我没有做什么坏事,又怎么会梦见她?"

"那么,你到学校去干什么?"

"我根本没去过,也许是玛丽的老师认错了人。世界上长相差不多的,可多着呢!"

"但愿我抓错了你。"

"可不是!"

"然而,我做警察至今,没抓错过一个人,当然也包括你!"X警官突然大声道。

"……"艾德立刻哆嗦起来。

两人无言相视。

看着X警官火辣辣的眼光,艾德终于低下了头。

此刻,屋顶上除了呼呼的风声,其他什么声音也没有。

突然,不知从哪儿传来一个幼女的声音:"叔叔,你要带我到什么地方去?我害怕……"

艾德听了大吃一惊,叼在嘴里的香烟"啪"地掉到了地上,神色慌张地四处张望。

屋顶上空空荡荡,除了他和X警官外,什么也没有。艾德怀疑自己的耳朵出了毛病,极力使自己镇静下来,然后俯身去拾烟。

"喂!艾德,你怎么啦?"X警官盯着艾德,目光严厉,好像X光,能穿透他的心。

"啊,刚才你说什么来着?"艾德惶惑地望着X警官问道。

"没有。我什么也没说!"X警官显出十分奇怪的神情,"艾德,你听到什么声音了?"

"我……我听到了玛丽的声音……"艾德结结巴巴地说,"唔,我明白了。那是你用录音机录好了玛丽的声音,来吓唬我。哈哈!我才不会中你这种卑劣的诡计呢!"

X警官心想:一听到玛丽的声音,他就吓成这副样子,这说明他心中确实有鬼。于是,就说:"艾德,我敢说,你听到的是玛丽幽灵的呼唤。那是确确实实的。我告诉你,我身上绝对没带录音机之类的玩艺儿,不信,你可以搜我的身。"

艾德也许已经神经错乱,他根本忘记了自己的身份,居然真的扑向X警官,从上到下把他的所有口袋翻了个遍。事实证明,警官的确没带这些东西。

"这下,你相信了吧?"X警官吐了口烟,语调十分轻松地说。

"……"艾德看着警官,什么也说不出来。

两人默默地相视着。此刻,空气好像停止了流动。

过了片刻,艾德的耳边又传来了女孩凄惨的呼叫:"爸爸妈妈,你们快来救我呀!"

这回,艾德是盯着X警官看的。警官叼着香烟,嘴唇一动也没动过。

艾德的心理防线崩溃了,他相信自己听到的果真是玛丽幽灵的呼叫,害怕得用双手紧紧地捂住自己的耳朵,蹲在地上直发抖。

突然,X警官跑过去,一把揪住艾德的衣领,大声道:"现在,你可以交待自己的罪行了吗?"

"我交待……我交待……"

艾德承受不住幽灵对他的纠缠,终于把自己犯罪的经过讲了出来。原来,他是想搞绑票,敲诈一笔钱财,不料,还未及把索要钱款的信寄出,就落网了。

玛丽被绑得结结实实,塞在一个小山洞里。X警官很快找到了她。

那么,罪犯听到的幼女的声音,真是幽灵的呼唤吗?

世界上没有鬼,也没有什么幽灵。

X警官虽然创立了"幽灵破案"的理论,平时又把"幽灵"两字挂在嘴边,其实,只是故弄玄虚罢了。

原来,X警官有一种特殊的本领,能用"腹语术"模仿出各种各样人的声音来。肚子里"讲"话,当然不用动嘴,声音从鼻子和嘴缝里传出来,而且又飘飘忽忽的,在深夜,罪犯听了便误以为是幽灵的呼唤了。

X警官的这种本领,是从哪学来的,他从来不肯说,尤其对同行,更避而不谈,守口如瓶。是呀,事情常常会这样,秘密武器一公开,就再也不灵了!

美 国

MEIGUO

七只黑猫的秘密

作者：艾勒里·奎恩

奎恩走进柯莉小姐开设的动物商店，想买一只爱尔兰的特里厄种狗。

柯莉小姐表示歉意。她的店里暂时没有，希望奎恩留下地址，等有了这种狗马上通知他。柯莉小姐接过写着地址和姓名的字条一看，显得十分高兴，因为奎恩是她一向敬仰的侦探。

柯莉小姐告诉他，她有一个老顾客就住在奎恩先生附近的一幢公寓里，不知是否认识她，她叫尤菲米娅·泰葛，是一个可怜而又奇怪的老妇人。她患了一种可怕的病，双腿瘫痪已经多年，性情古怪，神经过敏。

奎恩听了不以为然。他抚摸着手里的手杖，突然问："她养猫吗？"

"奎恩先生，你怎么猜到的？"柯莉小姐有点惊异地问。奎恩淡淡一笑，他说大凡这类脾气古怪的人都喜欢养猫。

"她的确很怪。"柯莉小姐说，"几个星期以来，她每星期都从我这里买去一只猫。"

"这没什么大惊小怪，柯莉小姐，"奎恩说，"一个有病的老妇人喜欢养猫是很平常的事。"

"但奇怪的是，她并不喜欢养猫呀！"柯莉说。

"你怎么知道？"柯莉这句话倒引起了奎恩的注意。

柯莉小姐说："是她的姐姐莎娜安告诉我的。尤菲米娅小姐由于患病，生活起居完全要靠别人照料，她的姐姐莎娜安和她一起生活，照顾服侍她。她俩年纪相近，面貌相似，都是上了年纪的老妇人。大约一年前，莎娜安小姐在我的店里买去了一只黑色的雄猫。"

"她只要黑色的雄猫吗？"奎恩感兴趣地问。

"不，她说不管什么种类的猫她都喜欢。可是没过几天，她却要退还那只猫，她说她的妹妹尤菲米娅讨厌猫。不过最后她并没有退。这就是我所知道的有关尤菲米娅不喜欢猫的情况。"

"奇怪。"奎恩越发认真了，"你刚才不是说尤菲米娅每星期都从你这里买去一只猫吗？她买的是什么猫呢？"

"普通的猫。莎娜安告诉我，虽然尤菲米娅很有钱，但她只要普通的猫。"

"这桩奇特的买卖进行了多久？"奎恩继续好奇十足地问道。

"五个星期了，"柯莉说，"几天前，我刚给她送去第六只。她从不下床，因为她自己寸步难行。她没有患病时不同莎娜安住在一起，现在离开姐姐就无法生活。"

奎恩问："她为什么不叫她的姐姐来买猫呢？"

"不知道，"柯莉说，"当她需要猫时，就打电话给我，电话就在她的床边。她总是要买同样的黑色雄猫，而且要大小一样，价钱便宜。"

柯莉还说，莎娜安每天下午总要出去散步或买东西，尤菲米娅要独自呆几个小时。而她总是在这个时间里给柯莉打电话，要她在这个时间里把猫送去，因此柯莉从未遇见过莎娜安。莎娜安外出时从不锁门。尤菲米娅恳求柯莉千万不要把买猫的事告诉任何人，包括姐姐莎娜安。可是她为什么要对姐姐保密关于买猫的事情呢？莎娜安又不是瞎子，这使柯莉感到迷惘不安。

奎恩陷入了深深的思索中。不一会儿，他抬起头，对柯莉说："你愿意帮助我去管一管这件神秘的闲事吗？带我到尤菲米娅小姐的公寓去一次。"

柯莉小姐热情地答应了。10分钟后，他们来到尤菲米娅住的公寓，发现门口放着两瓶未动过的牛奶，是昨天和今天的。

奎恩敲敲门，屋里没有反应。

"奎恩先生，发生什么可怕的事了吗？"柯莉小姐紧张起来。

"我们去找公寓的管理员去！"他们在大楼底层找到了一个胖女人，她是管理员波特太太。奎恩向她说明了来意。

"怪事，"波特太太说，"这个生病的老妇人是从来不外出的。"

奎恩问："你最后看见莎娜安小姐是什么时候？"

"喔，也有两天了。"波特太太说。

"你是偶尔才有机会见到尤菲米娅小姐的吗？"奎恩的语调里有些不安。

"是的，先生，下午她有时打电话叫我，由于她的姐姐外出，她叫我把一些不要的东西丢进废物焚化炉去烧掉，有时她还叫我帮她干点儿别的事。几天前，她叫我代她发了一封信。她给我一些钱作为报酬……"

奎恩从衣袋里掏出证件，在波特太太面前一扬，说："请把尤菲米娅小姐套房的钥匙给我，里面可能出了事！波特太太，你千万不要对任何人谈起这件事！"

波特太太神色惊恐，唯唯喏喏地应着，然后把钥匙交给了奎恩。奎恩在用钥匙开门时关切地对柯莉小姐说："你还是不要进去的好。"奎恩刚说完，门里突然传出一阵奔跑的脚步声和有东西在地面上拖动的磨擦声。奎恩迅速转动钥匙，但是房门在刚刚推开的一瞬间就被顶住，奔跑的声音也很快消失了。

"柯莉小姐，你闪开！"奎恩大喊一声，用身子朝门猛力撞去。门哗啦一声被撞开，撞倒了一只破椅子！奎恩冲进房间，飞速奔向一扇开着的窗口，那里有一架铁梯通往屋顶。

"太晚了，恐怕有人已从屋顶上逃走。"奎恩说着，便和柯莉小姐一起查看房间。尤菲米娅小姐的床上杂乱一堆，床单被拉开，褥垫的一角也被割开了，床底下的地板上放着盆子、刀叉和吃剩一半的食物等。

"是谁顶住门的呢？"柯莉小姐惊恐不安地问。

"更重要的是那7只猫在哪里。"奎恩说，"是的，连同莎娜安的一只，总共应该是7只。"

这时，波特太太出现在他们身后，她脸色白得可怕。奎恩问她是否见到她姐妹俩，她说肯定有两天没见了。奎恩问："你丈夫享利·波特见过她们没有？"波特太太说："他曾经帮助尤菲米娅小姐油漆过房间，一般是在下午或晚上，他好像也是在前天晚上见过她们。"

"波特太太，这幢房子里有老鼠吗？"奎恩问。

"没有呀！"波特太太答道。这时，门外进来一个年轻人，他说他叫摩顿，是尤菲米娅的侄儿，从亚尔本来。前几天他收到姑妈的一封亲笔信，信中说，她非常想念他，他是她唯一能求助的亲戚，现在她处于极度危险之中，希望摩顿来照料她，她要他马上来，并且决不能把这件事告诉任何人，她希望摩顿来的时候装作是偶然来访的。所以年轻人是带着满腹疑云赶来的。

"摩顿先生，恐怕你来得太迟了！"奎恩说，"这封信是尤菲米娅小姐受到威胁时写的！"

"尤菲米娅姑妈死了吗？"摩顿差点儿哭出来，那么莎娜安姑妈呢？"

"她俩都行踪不明。"奎恩把发生的事告诉了摩顿，并让他把有关两位姑妈的情况告诉他。摩顿说，他已经十五年没见到她们了，偶尔有些信件来往，他不知道尤菲米娅姑妈得病，只知道她很有钱，那是祖父留给她的一笔遗产。她性情古怪，不信任银行，喜欢把钱藏在身边，即使生病也不愿花钱请医生。莎娜安姑妈没有钱，和她生活在一起照顾她，但她却在信中无中生有地说莎娜安姑妈想偷她的钱。

"你的尤菲米娅姑妈讨厌猫是真的吗？"奎恩问道。摩顿说是的，但莎娜安姑妈却非常喜欢猫，这使尤菲米娅姑妈很生气，她们常为这些事发生不愉快。奎恩听了介绍，安慰了这个青年几句，就送他出门住旅馆去，答应一旦有了姑妈的消息就和他联系。

送走摩顿后，奎恩走进浴室。

浴缸里，一只死猫躺在血泊里，是一只很大的绿眼黑猫！它的头部被击，躯体有好几处被割裂。"总算有点眉目了。"奎恩松了口气说，"这只猫死了不过一两天。现在事情越变越离奇了。"

柯莉愤怒地喊道："这老妇人真残忍！"

这时候，奎恩又返回卧室，检查那些从床底下拿出来的餐具和托盘。看来，尤菲米娅在吃最后一顿饭的时候还使用过这些餐具，那上面还留有干了的食品屑。然而，经过检查，这些完全应该留有指纹的光滑的镀银器皿表面却没有一点指纹的痕迹。这很奇怪，尤菲米娅是在床上吃饭的，只有她使用这些东西。是谁擦掉了上面的指纹呢？是她自己？为什么要这样做？种种疑问在奎恩的脑子里打转。

奎恩从托盘里取出一些食物用纸包好，对柯莉小姐说："请你再帮个忙好吗？把这东西送到塞缪尔医生那里去化验一下。这是他的地址。拿到化验报告后立即回来，尽可能不要让别人看到。"

柯莉去了。奎恩把门锁上，收起钥匙，走下楼来敲波特家的门。一个男人来开门，见了奎恩，有些紧张。他自我介绍说他叫亨利·波特，是这里的管理员。当奎恩向他问起这幢大楼里有没有发现过死猫时，波特显得十分惊讶。他说他曾发现过死猫，在地下室的焚化炉里。

奎恩说："有6只死猫，对吗？"

波特不安地答道："是的，是我发现的，我每天都清除焚化炉，一共发现6只死猫和一些骨头，它们不是在同一星期内丢进去的，大约有4、5个星期了，差不多每星期丢1只，该死的家伙，太可恶了……"

奎恩听了波特的介绍，什么也没说就走开了。他走到房子外通向焚化炉的地下室的台阶，一会儿又回到尤菲米娅的房间打了个电话。

这时，柯莉小姐回来了，她告诉奎恩，那些食物化验过了，没发现什么问题。奎恩很高兴，他说柯莉小姐带来的是好消息。

"柯莉小姐，"奎恩细眯着眼睛说，"我独自思考了很久，为什么一个富有的、但完全需要人照顾的老妇人神秘地在5个星期内买了6只猫呢？如果说姐妹俩是为了搞什么实验，可她俩都不是科学家。如果说是要把猫当做伴侣，但尤菲米娅小姐是讨厌猫的，当然也不会让猫去捉老鼠，因为大楼里根本没有老鼠。假设她买了猫作为礼品送人，可6只死猫被扔进了焚化炉里，另1只死在浴缸里……"

"那么，"柯莉小姐神色恐惧地插话说，"会不会为了弄到皮毛而杀猫？"

"没有必要，尤菲米娅小姐很富有。"奎恩说，"再说房间里找不到猫皮，浴缸里的那只死猫的皮也是完整的。"

"那么一定是她对猫痛恨之极，以杀猫为乐。"柯莉小姐说。

"那她何必非买大小一样的绿眼黑猫不可呢？完全不必只杀一种猫嘛。"奎恩神情严肃地说，"现在剩下的只有一种答案了，她买这些猫是出于自卫！"

"自卫？"柯莉小姐惊讶地瞪大了眼睛。

"是自卫！"奎恩肯定地说，"这是一件可怕的事实，尤菲米娅小姐因受到威胁感到恐惧。她怕什么呢？怕有人谋害她，这可以从她给侄子摩顿的信中看出来。她吝啬、不信任银行，又不喜欢她的姐姐，那么一只猫能防止什么呢？"

"毒物！"柯莉小姐恍然大悟，禁不住叫出声来。

"完全正确，"奎恩说，"她让猫去尝吃她的食物。她从你这里买的5只猫在尝过食物后都先后死了，显然是被毒死的。由于她不能亲自去处理死猫，就乘莎娜安外出散步时让波特太太帮她倒垃圾，这垃圾就是包裹起来的死猫，波特太太不知不觉地干了自己不愿干的事。至于为什么都要买一样大小的绿眼黑猫，是为了欺骗莎娜安，因为莎娜安有一只这样的猫，这样就可以不让莎娜安因为换猫而猜疑。这样，每当一只猫死去，毒害尤菲米娅小姐的企图也就失败一次，这样的企图至少有六次，都没有成功。现在尤菲米娅的失踪，可能是第7次，也是成功的一次。"

"你怎么能断定尤菲米娅小姐死了呢？"

"她不可能走掉，因为她离不开床。她的失踪可以推测她已被谋杀。她曾怀疑莎娜安要毒害她，因为她发现食物里有毒，六只死猫可以证实这一点。尤菲米娅让第7只猫尝了并不含毒的食物，塞缪尔医生的化验可以证明……第7只猫不是中毒死去而是被打死的。这当然不是尤菲米娅所干的。现在答案只有一个，她是从使用的餐具上中毒的。凶手在第7次下手时换了一种手法，在餐具上涂了一层无色无臭的剧毒物。当尤菲米娅把无毒的食物丢给猫吃时，自己却使用了有毒的餐具吃饭，于是被毒死了。"

"那么凶手到底是谁？"柯莉迫不及待地问。

奎恩说："凶手是非常接近尤菲米娅的人，在开始实施阴谋时一定经常在这里。我曾怀疑过莎娜安，因为她有种种作案的条件和可能，但我又很快否定了这个猜测。因为她那么喜爱猫，不可能残忍地把第7只猫杀死，只有杀猫的人才可能是凶手。凶手能在一个多月的时间里不断地放毒物而不被人怀疑，谁能这样干呢？只有一个人。这个人一个多月来在这里干着油漆和修房的工作，工作的时间是午后或傍晚，即吃晚饭的时间。他在药厂工作，因而很容易搞到毒品。他看管着那座焚化炉，因而在谋杀了人以后能神不知鬼不觉地把尸骨处理掉……"

"他到底是谁？"柯莉喊道。

"他就是大楼管理员——享利·波特！"

这时，外面的门被轻轻推开，进来的人不是别人，正是波特。这家伙发现了屋子里的奎恩和柯莉，知道阴谋已经败露，便从怀里抽出一把匕首，朝奎恩直扑过来。奎恩早有准备，一闪身让开了他，接着便扭在一起展开了搏斗。柯莉跃上前去猛力一脚朝波特踢去，匕首被踢落在地上！

正在紧急关头，一群警察冲了进来。原来，奎恩刚才的电话就是打给警察局的，他料到波特逃走后还会回来的，因为他谋杀尤菲米娅的目的是为了她藏着的那笔钱。当时，他翻遍了尤菲米娅的床，甚至割开了褥子，但最终还是没有找到钱，既然没有找到，那么一定会回来继续找，而且他认定这个时候这里没有人。为了抓获这个凶手，奎恩给警察拨了电话。

"应该是这样。"奎恩说，"确切地讲，尤菲米娅小姐是最近两天内被害的，很可能是前天晚上，你总还记得放在门口的那两瓶牛奶吧？还记得今天下午被我们惊动的屋子里的那个人吗？用椅子顶住门，后来又逃走的，就是这个波特。"

"那么莎娜安小姐怎样了？"柯莉关切地问。

"恐怕也死了，"奎恩露出遗憾的神色，"凶手的企图是想造成莎娜安杀害尤菲米娅的假象，而且有可能莎娜安是凶犯作案的偶然目击者，凶手怕她报警而把她也一起杀害了。至于尤菲米娅小姐的那笔钱我已找到了，它们安安稳稳地藏在一本经常放在床边的书本当中！"

"太妙了，奎恩先生，一切都在您的预料之中！"柯莉小姐发出一声由衷的赞叹。

美国

MEIGUO

谁是凶手

作者：乔·拉韦默

芝加哥豪森证券公司的董事长韦斯特，因被指控杀害妻子而让法院判处了死刑。他明知自己是无辜的受害者，却因法院证据确凿，无法解脱罪名，正当他万念俱灰，等待含冤而死时，忽然收到了一封奇怪的信。信上这样说："我虽不知道是谁杀害了你的妻子，但却知道你并不是凶手，因为出事的那天晚上，我正好在现场。我之所以没有出庭为你作证，是因为我一向怕警察。如果你想与我联系，可以到赫鲁斯大街9号佩特鲁餐馆打听 M·G。"

韦斯特读完信后又惊又喜，于是买通了监狱长，并托他以5万美元的重金聘请辛库律师和克莱恩侦探为他的冤案进行调查侦破，以抓到真正的杀人凶手。

辛库律师对此案感到为难，因为临刑期只有6天了，必须在这短暂的时间里向法庭证明韦斯特无罪，这决不是一件容易的事。辛库说："不过我们仍然愿意为你效劳，请把你的所有情况再详细讲一遍。"

于是韦斯特讲述了这样一个案情：

韦斯特和鲍鲁斯、伍德三人合伙经营一个证券公司，韦斯特和妻子玛丽准备分手，打算跟一个叫艾米莉的姑娘结婚。四月二十九日上午九点半，公司里负责股票交易的鲍鲁斯约玛丽在她的公寓里谈股票的事，到了玛丽的住处却发现门紧闭着，敲了很久不见开门。他只好和两个仆人一起把门撞开，只见玛丽倒在卧室的地上，一颗子弹击中了她的头部。现场没有发现手枪，而房门的钥匙却放在桌子上。这是除了韦斯特的一把钥匙之外唯一的一把了。警察对尸体中的子弹鉴别后认为玛丽是被布雷伊军用手枪打死的。公司另一合伙人伍德向警方提供线索说韦斯特有一把这样的手枪。警方在搜查韦斯特住处时，手枪却不见了，于是警察在中午时分正式逮捕了韦斯特。

韦斯特介绍中提到的那把失踪的手枪和那把在韦斯特身边的钥匙，还有凶手是怎样逃离现场的等等，这一切都深深地吸引了辛库律师。

韦斯特补充说，案发那天是星期日，晚上未婚妻艾米莉给他打电话，说白天在街上遇见玛丽，玛丽辱骂了她。为此，韦斯特才于深夜12点到玛丽住处去责

问，但玛丽说她根本没有遇见过艾米莉，结果两人吵了一架。韦斯特回到自己的住处已是凌晨1点钟了，奇怪的是，案发后警察查问艾米莉，她却说根本没有给韦斯特打过电话，看来这电话是有人冒充她打的。另外，据住在玛丽楼下的邻居夏特夫妇说，他们在12点20分左右听到枪声，而那时韦斯特还没有离开玛丽的住处，从种种事实看，韦斯特都可能成为凶手。

接着，辛库律师又问了玛丽的遗产归属和韦斯特本人的财产问题，韦斯特告诉他，由于还未正式离婚，玛丽的3万美元遗产归他，本人的财产是35万美元，如果被处死刑，三分之二给艾米莉，其余的给表弟沃顿和仆人西蒙兹。当律师问及他的两个合伙人是否会陷害他而达到独占公司的目的时，韦斯特否认这种可能性，因为他们一直合作得很好。

第二天，克莱恩侦探从纽约赶到芝加哥着手调查此案。上午，在辛库律师的召集下，与韦斯特有牵连的一些人都被叫到监狱接待室，律师向大家介绍了那封署名M·G的信，并且提出了一些必须弄清楚的问题：一是凶手怎么逃离这门窗紧闭的现场的，二是谁偷走韦斯特的手枪去杀害玛丽，三是谁冒充艾米莉给韦斯特打电话，四是楼下夫妇讲的听到枪响的时间问题。

大家为韦斯特有可能洗清罪名而高兴，又问及下一步如何行动。克莱恩侦探说首先要去找那个了解实情的M·G。

待人散后，克莱恩就驱车来到佩特鲁餐馆找M·G。老板佩特鲁用怀疑的眼光看了看克莱恩，说："M·G的真名叫马尼·格兰特，如果你不是警察，今晚就到蒙玛特夜总会去找他。"并说出了格兰特的大致特征，他是个惯窃犯，所以最怕警察抓他。

当晚，克莱恩来到夜总会，在嘈杂的人群中看见一个秃顶男人和一个酒吧女坐在一张桌子旁。从特征看，克莱恩断定这男子便是格兰特，正要朝他走去，忽然从门外冲进两个人，拔出手枪对准格兰特射击，格兰特头部中弹，倒在血泊中身亡。克莱恩想冲上去截住歹徒，但他们早已夺门逃走，消失在夜雾中了。

如此重要的证人突然被杀，难道是偶然的巧合吗？克莱恩和辛库思索着。这时，负责去调查玛丽邻居夏特夫妇提供时间问题的鲍鲁斯，回来反映了一个情况：出事那晚，正是芝加哥夏令时间的第一天，韦斯特说的时间是夏令时，而夏特夫妇的钟表还没有及时拨快一小时，可见，枪声响的时候韦斯特还在玛丽房间里的说法并不可靠。大家都为韦斯特感到高兴，但这并不能证明韦斯特当时肯定已经回到家，因为现场的唯一证人格兰特死了。

美 国

辛库律师再次把大家召集到一起商量。当他提出目前必须尽快弄清杀人动机问题时，公司经理雷伊古突然说道："律师先生，关于杀人动机我也许知道。"

"那么就快说出来吧！"辛库和韦斯特一齐说。

"董事长，请再等一等，明天我会把一切告诉你的，现在我还没有查出确切证据。不过有一点是肯定的，杀死夫人是为了一笔几百万美元的巨款！"雷伊古话音虽轻，却使在场的人大吃一惊，都回过头去注视这个平时默默不语的老头。

当天下午，辛库和克莱恩约好去韦斯特的住处了解那把手枪失踪的情况，路上竟发现艾米莉和鲍鲁斯两人走进了一家商店。克莱恩和辛库跟踪在后，看见艾米莉在为鲍鲁斯买领带，样子很亲热，这使辛库和克莱恩感到很奇怪。

他们来到了韦斯特住宅，仆人西蒙兹接待了他们。据西蒙兹回忆说，主人有这把布雷伊军用手枪是大家都知道的，那是他当年参战时的纪念物。那天晚上伍德来过这里，半小时后就走了。西蒙兹断定伍德决不会拿走这把手枪。这以后主人的确接到过一个电话，然后马上出去了，不知是什么时候回来的，直到第二天，西蒙兹接到鲍鲁斯打来的电话，才知道主人被捕了，于是急忙赶到警察局去。

"除了韦斯特本人之外，还有谁有房门的钥匙，你有吗？"克莱恩问道。

"我没有，只有艾米莉小姐有一把，是主人给她的，因为她经常来看主人。"西蒙兹答道。

从韦斯特住处出来，辛库和克莱恩又来到玛丽的公寓。管理员向他们大致介绍了那天上午的一些情况。当时去夫人房间打扫的仆人敲不开门，正好鲍鲁斯来了，三人合力把门撞开后才发现尸体的。警察来勘查现场时，鲍鲁斯已回公司处理工作去了。发现尸体时，那把钥匙和夫人的手提包一起放在桌子上。夫人平时是个很谨慎的人，没有第三把钥匙。

克莱恩发现，房间只有一个门，门户也是从里边锁上的，没有一点缝隙可以从门外把钥匙放进门里的桌子上，而尸体又在卧室里，离门很远。调查没有结果，辛库和克莱恩悻悻而归。看来只有等雷伊古老头提供重要线索了。

晚上，克莱恩到芝加哥警察局去找好朋友卡特警长帮忙。当他下车走过一条黑暗的大街时，忽然迎面开来一辆汽车，直朝他冲来。他一闪身，由于站立不稳，滚到了大街的人行道上。接着一排子弹从他头顶呼啸而过，击碎了身后的商店橱窗。克莱恩迅速掏出手枪还击，但那辆汽车一眨眼拐过路口逃走了。"这一定是蓄意谋害，也许我的工作严重威胁着凶手，所以凶手狗急跳墙了……"克莱

恩心里默默地想着。但作为一个侦探，不把案情弄清楚，是决不会在这种紧要关头罢休的。

从警察局回来后，克莱恩又去监狱找韦斯特，了解那个冒充艾米莉的电话。伍德正好也在。韦斯特回忆说，那电话里的声音跟艾米莉的声音简直分不出来，那女人哭哭啼啼说是玛丽污辱她，说她不要脸，抢走了她的丈夫，要韦斯特赶快去教训玛丽，以后不许再发生这样的事。那天电话似乎出了点毛病，不断地发出哗哗流水似的声音。挂断电话后，当夜韦斯特就到玛丽的住处责问妻子去了。

伍德听了喃喃地说："太奇怪了，真有那样的女人，竟能把别人未婚妻的声音模仿得连她的未婚夫也听不出来？"

现在，离韦斯特的刑期只有3天了，而案子仍无头绪，急得辛库律师和克莱恩侦探坐卧不安。他们正想去找雷伊古经理了解情况，忽然接到伍德打来的电话："在昨晚8点钟左右的一起交通事故中，雷伊古被汽车当场撞死，肇事者逃离了现场……"

这个消息使律师和侦探大为震惊。

"这是一起蓄意谋杀，一定是雷伊古昨天说的话惊动了凶手，为了灭口才干掉了他。"克莱恩分析说，"在我们周围的人当中有告密者。"

"凶手凶相毕露了，"辛库说，"先杀了格兰特，然后又企图谋杀你，现在又轮到了雷伊古。"

克莱思随即来到停尸所查看雷伊古的尸体，正好卡特警长也闻讯来到。据卡特反映，肇事者将雷伊古撞死后跳下车来在死者身上搜寻什么东西，见交通警来了，便又一溜烟逃走了。卡特表示愿意协助克莱恩把这件离奇的案子彻底调查清楚，并马上着手了解雷伊古在车祸之前做了些什么。

和警长分手后，克莱恩又来到佩特鲁的那个小餐馆，把格兰特的死讯告诉他。佩特鲁闻讯后很悲痛，于是他代格兰特公开了一个秘密。案发那天夜晚，格兰特正在那幢公寓里偷东西，他在走廊里偶然看到韦斯特先生正在向妻子告别，然后走出了公寓。

出了小餐馆，克莱恩觉得应该去艾米莉家里看看。艾米莉和她的叔叔一起住在一个老式住宅里，听说克莱恩来查实那个冒名电话，艾米莉显得很热情，主动领克莱恩检查了房间里的电话线路。克莱恩发现电话机安放在走廊尽头，靠近艾米莉的浴室门口，推开浴室门，见里面很整洁，青色的浴盆上有一个很好的淋浴器。此外克莱恩并没有在艾米莉的住处发现什么疑点。

美 国

"艾米莉小姐,你认为在你的周围谁会模仿你的声音去给韦斯特先生打电话呢?"克莱恩突然问道,"韦斯特先生的女秘书布伦琪最熟悉我的声音和讲话的特征习惯,不过,她怎么可能干这样的事呢?"艾米莉小姐说着,脸上掠过一丝忧郁的神色。克莱恩安慰了她几句就匆匆离去了。

现在离韦斯特的刑期只有48个小时了,律师和侦探以及所有关心韦斯特案情的人心情都十分焦虑和沉重。

这两天里,辛库调查了韦斯特夫人的遗产,发现她的保险箱里的股票中掺有不少以前银行被盗的股票,大约有8000多美元。他们夫妇分居后,股票买卖是委托鲍鲁斯办的,也许是他将这些骗人的股票卖给了玛丽?而唯一了解这些实情的雷伊古却死了,辛库认为,一定是雷伊古觉察到了真正的凶手,所以在他要揭发之前,凶手干掉了他。凶手对辛库他们的行动了如指掌,或许就在他们身边。

连续几天的调查使克莱恩疲惫不堪,这天他正在浴室里洗澡,一边洗,一边思考着工作。忽然,淋浴器的哗哗流水声触动了他的某根神经,心里猛然一亮。他立即擦干身子,匆匆穿好衣服,给韦斯特拨通了电话。"……韦斯特先生,我想问一个问题,就是你在接到那个自称艾米莉打来的电话时,是否听到电话里有什么别的声音吗?"

韦斯特沉默了很久,他在回忆。一会儿,他回答说:"我想起来了,在打电话人的身后好像有一阵阵哗哗的流水声……"

克莱恩挂断了电话,显得很兴奋,他来到辛库律师住处,约他一起去几个地方。辛库问他去哪里,克莱思却不作回答。只见他叫了一辆出租车,吩咐司机以最快的车速从韦斯特的住处开到证券公司,再从证券公司开到玛丽的公寓处,一连走了好几个地方,并把所需的时间记录在本子上。但这些时间数字却使克莱恩感到失望。他向司机打听有没有一条能在25分钟之内到达的最近的路。司机终于在交通图上找到了一条近路,是沿着高速公路下的芝加哥河行驶的。汽车在驶过一座大桥时,克莱恩忽然从身边摸出一把榔头从车窗里扔进了河中,然后又让司机驱车去打捞公司雇请潜水员。潜水员跟克莱恩来到刚才榔头落水的河边,克莱恩叮嘱他,下水后凡在这一范围内打捞到的金属东西都拿上来。在一旁的辛库和司机对侦探的这一系列奇怪行为觉得不可思议。不一会儿,潜水员从河水里冒了出来,两只手上各举一样东西,一把是榔头,一把是手枪。"果然不出我所料!"克莱恩说着,接过手枪一看,正是那把布雷伊军用手枪,枪柄上刻有韦斯特的名字。

"你怎么知道手枪扔在这里了？"辛库惊叫道。

"我只是作了一个推理。"克莱恩微微一笑，驱车到警察局鉴定科去了。

经过鉴定，从玛丽头部取出的子弹正是从这把布雷伊手枪里射出的，弹头很新，是最近制造的。据韦斯特说，他的这把手枪没有子弹。现在需要弄清的是，子弹是从哪里来的。警长卡特告诉他，这种旧式枪弹目前国内很少有制造经营的厂家，并帮助他在全国武器商店的名簿上找到了15家。克莱恩回到了旅馆，以卡特的名义草拟了这样一份电文："重要查询，此间贵店曾否销出布雷伊军用手枪枪弹数枚？望速电复，费用由芝加哥市警察局负担。"这份电文复印了15份，给每一家武器店发出。很快，警长卡特收到了一份来自皮奥里亚市华盛顿武器店的电报："本店曾于今年4月15日售给圣路易市的布朗先生布雷伊手枪枪弹5发。"卡特立即将此电报交给克莱恩。

克莱恩读完电报自言自语道："圣路易市？布朗先生？哼，一定是化名！"于是，他立即去购买了当天去皮奥里亚市的机票，并于傍晚到达该市，找到了华盛顿武器店老板。

老板叫杰逊，他早就从报纸上读到过韦斯特杀妻一案的报道，见克莱恩为此事前来调查，表示愿意尽力帮助他。

"买子弹的顾客叫布朗，他自称是手枪收藏家，从我这里买去了5发布雷伊子弹，还详细问我用这种子弹要注意些什么……"杰逊老板回忆着说，"他的脸我记得很清楚。"

"你能从这几张照片中认出他来吗？"克莱恩从口袋中拿出4张照片递给杰逊，杰逊只看了一眼，就果断地从中抽出一张，说："就是他！"

"好哇，果然是他！"克莱恩收起照片，拿出50美元塞在杰逊手中，说，"请明天随我一起去芝加哥市当一回证人，可以吗？"

"当然可以。"杰逊欣然同意。

第二天，正是韦斯特临刑的日子。上午，所有有关人员都在狱长室集中，辛库律师指着一位高个子绅士对克莱恩说："这位是检察长罗斯先生，如果你有充分证据证明韦斯特先生无罪的话，检察长将提请法院重新审理此案。"

克莱恩点了点头，环视了在场的每一个人，用自信的口吻讲了起来：

"请允许我从案发的那天晚上说起。那天晚上，韦斯特被那个冒充艾米莉小姐的电话所骗，来到妻子玛丽的住处，夫妻之间发生争吵。12点40分，韦斯特告别妻子离去，但住在楼下的夏特夫妇却作证说他们在12点20分听到枪声，这是因为从这天开始已实行夏令时而他们没有把钟表拨快一小时的缘故,那么谁能证明韦斯特确实是在12点40分离开现场的呢?只有一个人,他就是格兰特,那天他正好在这幢公寓里行窃,无意中发现了他们夫妻告别的情景,遗憾的是格兰特被人杀害了。当韦斯特离去后,在外面等候多时的凶手溜进玛丽房间,用手枪杀了她。凶手作案的凶器是韦斯特先生的布雷伊军用手枪,凶手这样做是为了达到嫁祸于人的目的。这样,韦斯特杀妻的罪证就有了三条:第一,只有他有这种手枪;第二,只有他有夫人房间的钥匙,没有钥匙无法逃离现场;第三,他有作案的时间。凶手杀了玛丽,又嫁祸于韦斯特,可谓一箭双雕!"

"凶手是谁?"在场的人都喊起来。

克莱恩转身把站在一边的杰逊介绍给大家:"这位是皮奥里亚市武器店老板杰逊先生。"随即克莱恩对杰逊问道:"请问在你店里购买布雷伊手枪子弹的先生在场吗?如果在场,请你把他指出来!"

"他在。"杰逊肯定地说,然后把手一指,"就是他!"——立刻,鲍鲁斯暴露在众目睽睽之下。

"胡闹!简直是胡闹!"鲍鲁斯歇斯底里地叫着,"买几颗子弹能证明是我杀害了玛丽吗?最起码的物证手枪都不知道在哪里,这能证明什么?"

"别急,鲍鲁斯先生,听我说,"克莱恩侃侃而谈,"经过鉴定,从韦斯特夫人身上取出的枪弹正是用布雷伊手枪发射的,也就是从杰逊先生手中买下的。这位先生在案发前就偷走了韦斯特的没有子弹的手枪,案发的第二天早晨,他就急于把那把刻有韦斯特名字的手枪扔掉,造成韦斯特毁灭罪证的假象。手枪扔在哪里最合适呢?当然是河里。我经过实际调查,驱车从公司到玛丽的公寓最短的路程需要20到25分钟时间,因为他扔掉手枪后还得赶到案发现场去,于是当他驱车走高速公路途经芝加哥的大桥时,偷偷把枪扔进了河里,我用扔鄉头的方法测出了手枪落水的大致距离,于是我雇请的潜水员果然从河底捞出了这把手枪。鲍鲁斯扔掉了手枪急于赶回现场去干另一件至关重要的事。很巧当他到达玛丽的公寓时,公寓的仆人们正在敲玛丽的门,于是鲍鲁斯建议把门撞开。他跑进屋内,趁两个仆人发现尸体惊慌失措时,将那把钥匙偷偷放回到桌子上。钥匙是怎么来的呢?是他用手枪打死了玛丽后,用她的钥匙锁上门带走的,一切干得非常出色,不留痕迹。

"现在我再来谈谈那个所谓的冒名电话。请大家想一想,谁能够把艾米莉小姐说话的声音模仿得和她本人一样呢?恐怕只有一个人。"

"谁？"在场的人都惊奇地问。

"艾米莉小姐自己！"

"难道她和鲍鲁斯是同伙？"韦斯特问道。

"是的，"克莱恩干脆地说，"艾米莉小姐亲自出马，给韦斯特打电话，目的是为了把他引到玛丽那里去，也就是引到他们布置好的圈套里去。那天韦斯特在电话中听到流水的声音，那是因为艾米莉小姐在自己的浴室里打开淋浴器打的电话，为了不被她的叔叔听见，同时又在韦斯特面前否认自己打过电话，你们看，这位小姐多么谨慎。鲍鲁斯去韦斯特的住处偷手枪，钥匙也是艾米莉提供的，因为只有她有钥匙。我还要告诉韦斯特先生，艾米莉小姐真正的未婚夫是鲍鲁斯，那天，我和辛库律师看见她正在为鲍鲁斯选购领带，在美国，恐怕没有一个女人会为自己的丈夫或情人以外的男人买领带的。另外，关于杀人动机，除了艾米莉小姐能马上得到韦斯特先生的三分之二财产之外，就是为了那些被盗股票。在韦斯特夫人的财产中，掺入了不少银行被盗股票，这一定是鲍鲁斯从抢银行的那伙歹徒手中搞来的。玛丽和丈夫分居后，将股票买卖全部委托给了鲍鲁斯，于是他利用了这个机会，用被盗股票偷偷换下了玛丽的股票。但玛丽发觉了，于是打电话给鲍鲁斯，约他来谈谈。鲍鲁斯觉得事情败露，便决定先杀死玛丽，设下圈套，再嫁祸给韦斯特，多么狠毒的一箭双雕计！他不知道小偷格兰特是否目击了他潜入玛丽房间那一幕，艾米莉将我们要约格兰特在酒店会面的消息告诉鲍鲁斯，于是鲍鲁斯决定杀人灭口，委托抢银行的暴徒杀掉了格兰特。雷伊古在核查公司账目时觉察了鲍鲁斯的不轨行为，并向我们暗示他已掌握了凶手的线索，于是也遭到了悲惨的下场。

"现在案情已经大白，警长、检察长，请你们立即将凶手逮捕法办，并请求法院解除韦斯特先生的死刑命令！"克莱思以严肃的口吻结束了讲述，凶手鲍鲁斯和艾米莉被扣上手铐带走了，大家一下子围住了韦斯特先生，向他祝贺。韦斯特紧紧握住克莱恩侦探的双手，感谢他赋予了自己第二次生命。

美 国
MEIGUO

拂晓的死亡线

作者：威廉姆·埃利修

送走最后一个顾客，时间已经是午夜12点了。布丽克离开紫罗兰餐馆，拖着沉重疲乏的脚步往宿舍走。远离故乡衣阿华，远离爸爸妈妈和哥哥姐姐，来到这繁华的大都市纽约已经整整半年了。半年来，她就像一架机器似的不停地在餐馆里打工、当招待员，每天都累到筋疲力尽才回家，这一切仅仅是为了想当一名歌手。现在想起来，真是幼稚极了。她只希望尽快能再多赚一些钱，早早回到故乡，回到爸爸妈妈身边去。

午夜时分，这条小街已经没有了行人。布丽克孤身一人在街上行走。突然，从路边的黑暗中闪出一个醉醺醺的男人，一边吹着口哨，一边朝布丽克靠过来。布丽克担心被他缠住，便一闪身绕过他，快步逃走。不料这家伙赶上前来，把一只毛茸茸的手搭在布丽克的肩头，喷着酒气说："只……只要和我玩……玩一会儿……"

正在这紧急关头，忽听"篷"的一声，醉鬼的下巴挨了一拳，倒在了地上嗷嗷叫，随即从一棵树后走出一个青年，挥着拳头对醉鬼说："再敢胡闹，就让你好看，滚！"

醉鬼悻悻地溜走了。布丽克打心眼里感激这位拔刀相助的青年，边道谢，边问他的姓名。

"我叫威廉斯，"青年微笑着说，"是从故乡衣阿华州的古兰福尔兹镇到纽约来的。"

"衣阿华州的古兰福尔兹镇？"布丽克听了，激动得几乎叫起来，是自己的同乡！而且是同一个镇的，太巧了。然而她马上又开始怀疑起来，也许他是故意这么说，让自己和他亲近？为什么深更半夜还不回去睡觉？他到底是干什么的？一连串的疑问在布丽克的脑子里打转。她决心试探试探这个自称威廉斯的青年。

布丽克把关于古兰福尔兹镇的情况以及镇上的几个有名气的人问了问威廉斯，威廉斯都对答如流，这才完全消除了布丽克心里的疑惧。她又惊又喜，这半年来，第一次在纽约遇见家乡的人，就像见了自己的亲人一样，布丽克就把自己为何来到纽约以及半年来的经历告诉了威廉斯。

"这么晚了,你为什么还在街上游荡呢?"布丽克有点怜悯地问。这一问,威廉斯有点紧张起来,他小声对布丽克说:"既然咱们是同乡,遭遇也差不多,我也不瞒你了。不过,请你让我到你的宿舍里去详细告诉你……"

进了布丽克的门,威廉斯便小心地从上衣口袋里掏出很厚的一叠钞票放在布丽克面前的桌子上,大约有2000多块美元。布丽克吃了一惊,问道:"哪来这么多钱?"

"从别人家里偷来的。"威廉斯眼里闪过一丝愧疚,然后把事情经过讲给了布丽克听。

今天下午,威廉斯在一个叫古莱布兹的商人家里干电工活。当时他在浴室里安装电线。当他用电钻凿墙壁时,正好看见主人在书房里开保险柜。只见他拿出一件东西,关上门时,竟把保险柜的钥匙掉在地上。等古莱布兹离开后,威廉斯便拾起钥匙藏了起来。由于自己来到纽约贫困潦倒,便对保险柜里的钱打起了主意。傍晚时,威廉斯见古莱布兹从家里出来,和一个年轻女郎坐上汽车出去了,显然是去参加什么宴会。于是在晚餐后,他便潜入古莱布兹的书房,用钥匙轻而易举地打开了保险柜,从里面拿走了这些现金。

威廉斯毫无保留地向布丽克坦白后觉得轻松了些,说:"做了这件事后,我心里一直感到惭愧不安,思想斗争激烈,想把钱归还给主人,但一直没有勇气,真是痛苦极了。很可能明天早晨警察就会来抓我,所以我就茫然地在街上乱逛……"

布丽克听了,很同情威廉斯的处境。两人商量后,决定乘古莱布兹还没回家时,想办法把钱放回保险箱里,然后一起离开纽约,回到家乡去。

他俩招呼了一辆出租车,一直开到皇后大街70号古莱布兹家门口。威廉斯让布丽克在外面等着,自己悄悄地再次潜入房间。

巡夜警察不时从这里经过,布丽克紧张得心里突突直跳,祈祷着威廉斯平安返回来。不一会儿,威廉斯的影子从门口闪了出来。在路灯下,布丽克发现他脸色苍白,浑身哆嗦着。

"发生了什么事?"布丽克惊慌地问。

"古……古莱布兹被……被人杀了……"威廉斯颤抖着回答。

此刻,他们意识到已经被卷入了一场凶杀案中。如果马上逃走,天亮后警察必然会根据现场留下的痕迹把威廉斯当成凶手抓起来。现在只有追踪线索,把凶杀案弄清楚，抓到真正的凶手，才能在事实面前证明自己无罪，然后争取在天亮时赶上回家乡的汽车。两人商量已定，便勇敢地迎着危险朝凶杀现场走去。

威廉斯今晚是第三次摸黑来到古莱布兹的书房了。他和布丽克在黑暗中行走。当他们来到尸体跟前时，威廉斯打开了电灯，可怕的尸体吓得布丽克尖叫起来，她赶紧捂住了自己的嘴。

死者30多岁，一身绅士打扮，像要去赴宴的样子。不知是什么缘故，现在他们的胆子突然变得很大，俨然像两个年轻的侦探了。他们解开死者的衣襟，发现胸前一摊血迹，是一个枪眼儿。四周找不到手枪，这说明死者不是自杀，而保险柜里的钞票文件和名贵首饰也一件都不少。接着他们在死者的衣袋里发现两张皇家剧院的票据、一些名片、一张照片以及钥匙和一些零钱。从演出时间推算，古莱布兹是在看完演出后回来被害的。那张照片上，他和一个女郎骑在一匹马上，背后署着女郎的名字：芭芭拉。威廉斯仔细一认，认出她就是和古莱布兹一起乘出租车出去的女人。她会不会就是凶手呢？

又经过一番检查搜索，他们发现烟缸里有两个相对而放的不同牌子的烟蒂，左边撕开的火柴盒里有一枚茶色纽扣，屋里还留着香水味。经过推理，他们认为，现场有两个人来过，而且两个可能都是左撇子，其中一个可能是个女的，而男的则穿着茶褐色上衣。

于是，这两个年轻人信心十足地要根据这些线索去追捕凶手了。两人分头进行，并且约定早晨5∶45前在这座房子前会合，否则就赶不上回家乡的第一班汽车了。

威廉斯去寻找穿茶褐色上衣的左撇子男人。他对干这种大海捞针的事感到灰心，但一想到自己要被当做凶手抓起来，又只好振作起精神来了。

他首先来到一家昼夜服务的药铺，他想凶手杀了人可能会去那儿买镇静药。根据他提供的线索，药铺老板告诉他确实有个穿褐色衣服的男人来过，而且记得他脸上有血。威廉斯马上想到凶手会去医院，便又返身赶到附近一家医院的值班室查询，果然找到了这样一个人，但经过了解，这个人与凶杀案毫无关系。威廉斯失望了。

布丽克和威廉斯分手后，去找那个洒香水的左撇子女人。她先问了一个把车停在路边的出租车司机。司机说12点左右有个金发姑娘，似乎是用左手付车钱的，手上还戴着一个金戒指。布丽克听了高兴极了，以为有了进展，便请司机把车开到女人住宿的地方。布丽克走上二楼的一个房间，找到了一个神色慌张的女人。那女人见布丽克突然闯入，以为她是警察，便拿起手里的毒药准备自杀。布丽克冲上去拦住她，要她赶快去警察局投案自首，谁知经过查问，这个女人是因为和丈夫吵架才准备自杀的，和凶杀案根本风马牛不相及。布丽克也失望了。

威廉斯继续寻找着凶手。他推测凶手在杀了人以后可能会去酒馆喝酒，放松一下神经。于是他来到一家酒馆，刚坐下，便发现邻座有个穿茶褐色衣服的人，左手举着一只杯子，在东盼西顾。威廉斯警惕起来，觉得他很可能是凶手。这时，这个人起身走出了酒馆。威廉斯立即丢下杯子紧跟出去。走到十字路口时，那个人气愤地对威廉斯嚷着："你为什么老是盯着我？"说着便把左手伸进口袋。威廉斯立即想：他可能要掏手枪，便冲上一步，猛然抓住对方的右手，不料空荡荡的袖子耷拉下来，原来是个独臂人。这一下，威廉斯十分沮丧。

布丽克为了重新找到线索，觉得应该把古莱布兹的房间再搜查一遍。于是她又来到凶杀现场。进屋后，一切如旧，说明警察还没有发现此案。她在漆黑一片的屋里蹑手蹑脚地走着，虽然已经是第二次来这里了，但心里还是突突地跳得厉害。

她想顺着墙壁摸电灯开关，突然摸到了一堆软软的东西，有温度，接着这东西动了一下，原来是一个人紧紧地贴着墙站着？布丽克吓得魂飞魄散，尖叫一声："威廉斯！救救我！"

"布丽克，别害怕，是我，威廉斯。"威廉斯压低嗓子抱住布丽克，安慰着。

听到威廉斯的声音，吓晕了的布丽克两脚一软，差点儿倒在地上。"我的心都快吓得蹦出来了，原来是你呀！"

两人同时回到这里，真是不可思议。"布丽克，你也没有收获吗？"威廉斯问道。布丽克摇摇头。

等情绪完全恢复了正常，两人便又开始商量如何进一步追查凶手，既然已经到了这一步，就必须继续干下去。

他们重新检查了尸体和房间，没有找到新的线索。两人急得在屋子里踱来踱去。

这时，屋里的电话铃声突然响了起来。该不该去接呢？布丽克急中生智，拿起了电话。那边响起了一个娇滴滴的声音："古莱布兹吗？我是芭芭拉……"原来正是傍晚和古莱布兹一起出去的那个女人。布丽克也用娇滴滴的声音回答："古莱布兹先生已经睡了，你有什么事对我说好了。"

对方一听是个女人的声音，气鼓鼓地说："好哇，我们刚从派克勒酒店出来，他就和你这红发妖精在一起了，我再也不想见到他了！"说完"啪"的一声挂断了电话。

布丽克和威廉斯对望了一眼，开心地笑了。现在线索有了新发展，古莱布兹先生和芭芭拉小姐从剧场看完戏后又去了派克勒酒店，这里面还掺进了一个红发女郎。应该弄清这个红发女郎的身份。于是他们又对尸体进行了全面检查，结果在死者的鞋子里发现了一张纸条，上面写着："古莱布兹先生，送走你的女友后，今晚我们务必在你家见面，虽然你不了解我，我却十分了解你，我将有重要的话对你说……"布丽克嗅了嗅纸条，气味和那个火柴盒上的香水味一样，正是来过凶杀现场的那个女人。

"我们去找这个女人！"布丽克充满信心地说，"先去派克勒酒店，找红头发的女人！"

这时，威廉斯在浴缸旁边发现一张银行拒付的巨额支票，是一个叫霍姆的人付给古莱布兹的，恐怕因霍姆在银行无此存款，所以银行拒付。如果古莱布兹将此支票作为证据告到法院，这个霍姆就可能坐班房。布丽克和威廉斯经过推理认为，来现场的那个抽烟的男人就是霍姆，他因欠了古莱布兹的债，就把这张拒付支票给了债主，而债主却想以此去法院告他，于是两人发生口角，霍姆便开枪打死了古莱布兹。

威廉斯在死者的衣袋里找到了霍姆的名片，他和布丽克商量决定，自己按名片写的地址去找霍姆，让布丽克去找红发女人，这两个人中必有一个是杀害古莱布兹的凶手。

威廉斯先给霍姆打电话。对方似乎非常谨慎，当他听说是个陌生人要把一张10000多美元的支票还给他时，感到十分惊讶。威廉斯不愿把自己的身份暴露给他，只说是为古莱布兹先生代办此事。那个霍姆起先否认自己认识古莱布兹，接着详细询问了威廉斯的情况，威廉斯编了一套话搪塞过去了。最后霍姆约威廉斯15分钟后在科兰巴斯广场旁的小餐馆柜台边见面，并说看到了支票后一定重重酬谢。

为了抓到凶手，威廉斯冒险答应了，并提前几分钟到了那里，等待霍姆到来。

再说布丽克在派克勒酒店门口一边徘徊，一边思考着。经过询问，服务员告诉她在12点以前确有一个红发女郎向柜台借笔要写什么东西，据说她在欧文俱

乐部工作。布丽克马上赶到欧文俱乐部,经过了解,果真有个红发女人在这里工作,名叫艾莉,不过,她目前住在康科德旅馆。布丽克转身又来到这家旅馆,服务人员告诉她红发女人名叫布里斯托,住在409房间。当布丽克推开房门进去时,一个嘴里叼着香烟、横眉竖眼的红发女人出现在面前。显然,她很不欢迎布丽克这个不速之客。

"这么晚了,你怎么还往人家里跑,有什么事?快说!"这个红发女人很不耐烦地问。

"你认识古莱布兹先生吗?我刚从他那儿来。"

听到这个名字,红发女人脸色大变,惊慌地朝里面的浴室张望。布丽克警惕起来,也许她有什么同伙藏在里面吧?此刻,布丽克已经豁出去了,万一发生意外,她准备以死相拼。

房间里杂乱无章,一个很大的旅行包里塞满了东西,好像已经做好了随时逃走的准备。

"古莱布兹先生死了。"当布丽克说完这句话时,红发女人立刻站起来,走进了浴室。布丽克觉得有点不对头,她转眼看见床上有一张写着17美元的住房账单,便偷偷把它藏在衣袋里。这时,红发女人走出浴室,显然她已和藏在里面的人商量过了。

布丽克故意把古莱布兹的死因乱吹了一通,以此来蒙骗红发女人。红发女人盯着她问:"那么知道此事的还有谁?"

"只有你和我两个人。"布丽克镇静地回答。

突然,背后一双毛茸茸的大手卡住了布丽克的脖子。她张嘴要喊,就被一团毛巾塞住了嘴巴。随后,布丽克的手脚也被捆绑在椅子上,她的面前出现了一个满脸横肉的大汉。

"格里夫,你看怎么处置这个小姑娘?"红发女人问这大汉。

"这还用问?杀了她灭口!"大汉凶相毕露地说,"先灌她一杯酒,再把她推出窗外,这样警察就会以为她是喝醉了跳楼身亡的!"

布丽克觉得今晚是必死无疑了,遗憾的是自己再也见不到家乡的亲人,见不到威廉斯了,想到这里,禁不住流下泪来……

再说威廉斯提前来到霍姆指定的那个小餐馆,不料,里面早有一个颇有风度的中年男子在等候他了。这个人自称霍姆,从外表看一点也不像杀人凶手。威廉斯坐下,霍姆给他倒了一杯酒。威廉斯怀疑他在酒里下了毒药,不敢喝,对方已看出来，便笑着把自己的杯子跟威廉斯换了，然后一饮而尽，威廉斯也跟着喝尽了杯子里的酒。

"这里谈话不便，到我的车子里去谈吧！"霍姆把威廉斯领进餐馆外的一辆车里，拿出200美元递给威廉斯，"这些钱你拿着，把支票还给我。"

"你以为我在敲诈你吗？"威廉斯厉声说，"快把你杀害古莱布兹先生的动机说清楚！"

霍姆好像大感不解的样子。"霍姆先生，别装了，为了这张支票的事你开枪杀害了古莱布兹，现场留下的雪茄烟蒂和茶色纽扣都证明了你是杀人犯！快把你的臭钱收起来，跟我去警察局自首！"

霍姆好像越听越糊涂。这时，威廉斯突然感到头晕得厉害，仿佛天旋地转起来，耳边响着霍姆嘲弄似的笑声："哈哈，我在你刚才跟我调换的那杯酒里下了安眠药，我知道你会起疑心，所以来了个将计就计，当然，支票我会拿走的，哈哈……"

威廉斯悔恨莫及，这家伙果然是凶手。不一会儿，他便昏倒在霍姆的汽车里。

此刻，布丽克正闭着眼睛等待死神的到来，忽听红发女人在焦急地寻找那张住房账单。格里夫吼叫着，责怪红发女人粗心大意，并断定是遗失在古莱布兹家里，如找不回来便给警察留下了罪证。于是他坚决要去那里找到账单。"把这死丫头一起带走，把她打死在古莱布兹的尸体旁，然后把手枪塞到她手里，造成她枪杀古莱布兹后自杀的假象，让她去做我们的替死鬼！"

"这主意太妙了！"红发女人高兴地说。于是两个坏蛋把捆绑着的布丽克押进了汽车，飞快地来到了凶杀现场。

"先把她打死，然后找到账单马上就走！"格里夫说着，把布丽克推到尸体旁，用枪口对准她的头部。布丽克闭着眼睛等待枪响。

突然，格里夫嚎叫一声，"砰！"枪响了，子弹朝天花板飞去，接着，格里夫滚到了一边。布丽克睁眼一看，是威廉斯！他和格里夫扭打成一团，枪掉在了地上。红发女人正操起一根炉条要朝威廉斯打去，幸好布丽克两条腿未被绑上，她冲上去一脚踢中红发女人的肚子，她尖叫一声倒在地上。这时威廉斯已把枪夺到手里，对准了格里夫。这家伙见了枪，顿时软了下来。

"布丽克，快，把他们捆上！"威廉斯喊道。布丽克把床单撕成一条一条，把这一对男女结结实实地捆绑起来。"你怎么在这里？"布丽克气喘吁吁地问。

"好险哪！"威廉斯松了口气说。原来，当威廉斯醒来后发现自己躺在霍姆的家。霍姆告诉他说，他的目的是拿回那张支票。他的确为借款一事在凶手去之前去过古莱布兹家，因为在古莱布兹家丢失了支票，临走前很不愉快。他走了之后，红发女人和她的丈夫格里夫就来了。他们两人才是真正的凶手。

在事实面前，红发女人招认了他们的罪行。她是通过芭芭拉在酒吧里认识古莱布兹的，当她知道古莱布兹是个富商，便和丈夫格里夫策划敲诈他的钱财。昨晚她和芭芭拉、古莱布兹吃完晚宴分手后，就写纸条约古莱布兹到他家会面。红发女人和格里夫要向古莱布兹借一笔30万美元的巨款，但被拒绝，于是，格里夫的枪响了……

威廉斯拎起了床头的电话机，喊道："喂喂，警察局吗？报告你们一个杀人事件，地点是皇后大街七十号，主人古莱布兹被枪杀，凶手正在现场，请你们快来！"威廉斯挂断了电话，把红发女人和格里夫捆在一起，推倒在尸体旁，拉起布丽克的手说："现在是差六分五点钟，快，快走，还赶得上第一趟班车！"

两个年轻人飞快地冲出大楼，朝汽车站跑去。一路上，布丽克兴奋地喊着："别了，纽约，我们再也不会回来了！"

其他国家

　　世界各国的侦探文学争奇斗艳,在此无法将更多国家的作品一一罗列。有的作家的名字可能读者朋友们都不熟悉,可是他们笔下的故事却耳熟能详。他们发挥他们的文学才华、运用独特的思维和创作力为我们奉献了一场场视觉饕餮盛宴。希望这些作品能够满足读者的阅读渴望。

蓝宝石 荷兰

作者：罗伯特·梵·古利克

"死者梅亮，男，69岁，长安首富。其致命伤为颅骨破裂，脑浆溢出，两腿、背脊、双肩及胸廓两侧均有严重擦痕，左颊沾有墨汁污斑。估计是从楼梯上摔下来致死。"

狄仁杰注视着手中的验尸报告，反复思考着："梅先生从楼梯坠跌下来，身上自然会有许多处擦伤，可那左颊上的墨汁污斑是怎么回事呢？"

"不是说梅老爷出事前在书斋读书吗？显然他在书斋里写些什么，脸上溅上了墨点。"狄公的随从乔泰说。

"如果砚台里加的水太多，或磨研得太快，都会溅出墨汁来。"衙署长吏陶干补充说。

"这固然是一种解释。"狄公抬头凝望着高高悬挂着的横匾——"明察秋毫"，呆呆出神。

那一年，关中一带疫疫蔓延，短短两个月内，一个繁华的京都变成了鬼魂游尸的世界。皇上躲到凤翔，朝廷暂时迁出长安。狄仁杰受命在京都留守，主管京城政务。

"听说事故发生时，有个姓卢的大夫在场，他经常去梅府为梅亮夫妇看病。请他来衙署里一趟。"狄公吩咐乔泰说。

不一会儿，乔泰便把一个身材瘦小、干瘪的脸上浮起浅浅的笑容、下巴上留着一撮山羊胡子的人带到公堂上。

狄公问："卢大夫，本衙想问问你昨夜梅亮死时的情景，听说你当时正好在场。"

"是，狄老爷。昨天傍晚，梅老爷派人来请我去为他的老管家看病，并留下我吃晚饭。饭后，梅老爷说他去花厅楼上的书斋读书，然后便在那里过夜，吩咐梅夫人早点儿回卧房休息，因为老管家一病倒，她也累了一天了。我便自去西院看老管家病情。后来，突然听见东边花厅传来一声尖叫，我忙拔脚赶去，只见梅夫人正奔来唤我。她惊恐万分，形容可怖……"

"可记得那是什么时候了？"狄公打断了他的话。

"回老爷，大约是在深夜10点钟左右。梅夫人满脸是泪，抽泣地告诉我说，梅老爷不慎从楼梯上滚下撞破头，脉息都没有了。"

"你检查了尸体没有？"狄公问。

"我只是粗略地检查了一下，梅老爷头颅破裂，脑浆外溢。扶手的荷花尖蕾上都溅了血迹。我思量他是正要下楼梯时突然一阵头晕，摔了下来。我见到一支熄灭的蜡烛倒在楼梯口，还见到一只软底毡鞋落在楼梯中间。梅老爷近来一直闹头疼，毕竟年近7旬……"

狄公沉吟片刻，忽然又问："卢大夫，我还想问问你，听说外面对梅夫人的出身有些传闻。"

看得出卢大夫脸上的肌肉突然跳动了一下，很快又镇定自若地笑了笑，反问道："老爷听说梅夫人什么了？"

狄公道："听说梅夫人原是海棠院的一个妓女，名号为蓝宝石。"

卢大夫正色道："老爷恐是听信了外间的流言蜚语。这些传闻，有恶意毁谤的，也有无事生非的，他们平白杜撰了个蓝宝石的名号，强安在梅夫人的身上。据在下与梅府的来往，深知梅夫人娴淑贤惠，是名门贵族之女。"

狄公暗暗吃惊，又问："那么这传闻又从何而起？"

"梅夫人娘家姓柳。起初柳大爷坚决不同意女儿嫁给梅亮，原因很简单，梅亮比梅夫人大了30多岁，做父亲都绰绰有余。但梅夫人极赏识梅老爷的人品道德，执意要嫁。一天黑夜，梅夫人私奔梅府。柳大爷气得七窍生烟，羞对亲朋故友，移居湖广去了。"

狄公叹道："难得卢大夫知道得这般清楚，真是流言可畏啊！"

其实，狄公已经亲自查阅了有关梅夫人的档案，肯定她就是蓝宝石。她原姓柳，是长安海棠院里的挂牌名妓。这蓝宝石被人重价赎出后便埋名隐姓，直到13年前与梅亮结婚，户籍登记上才自报了姓名、年龄。梅家名宦世家，高墙深院，轻易不让内眷抛头露面，以后便很少有人知道她的底细。不过最初将蓝宝石重价赎出的却不是梅亮，究竟是谁，狄公正命衙署录事向京师的各方面打听。

黄昏时分，狄公便同心腹陶干来到梅府吊唁。厅堂里烛光高烧，香烟缭绕，只见梅夫人一身缟素，站立在祭台边。她看上去30上下，不施粉黛，头上梳着高高的发髻，一张艳丽的脸容显得苍白、憔悴。她的耳垂上戴着一副镶嵌蓝宝石

的金耳环，小指上戴着一枚嵌蓝宝石的金戒指。狄公正要上前向她施礼致哀，却突然转过脸去。陶干顺着狄公的目光，看见一个虎背猿臂的大汉，正站在祭台边上。陶干认出他就是三代将门之后何朋。何朋正在把一炷香插进香炉里，那枚戴在无名指上的宝石戒指在烛光下显得特别耀眼。

祭奠仪式完毕，陶干悄悄找来了老管家，说狄老爷想看看当日梅老爷摔下来的楼梯，管家自然不敢怠慢，便提着一盏白纸灯笼引狄公、陶干来到东院花厅的楼梯下。

狄公仰头见圆圆的穹顶下悬挂着一盏大红灯笼。青花细纹石楼梯果然很陡，两侧扶手约两尺高，每隔一段距离便有一支尖锐的荷花苞蕾雕刻。老管家指着楼梯的最后一阶说："老爷便是摔死在这里。"

狄公抬头细细观赏了一阵那盏贴着"荣华富贵"四个金字的大红灯笼。梅府由于这一场疠疫，早遣散了奴仆，连今天主人大殓也来不及用白纸将红灯笼糊了。

狄公问老管家："每晚你是如何点亮这灯笼的？"

老管家答道："奴才自备下一根长竿，长竿顶端系着一个小小铁钩。每晚只需站在走廊上，用长竿将灯笼勾到身边，换下旧烛，点上新烛。一支蜡烛便可点到午夜以后。"

狄公点点头，还想再问点什么，却看见梅夫人和卢大夫已站在自己背后。狄公扬了扬浓黑的眉毛，说道："梅夫人来得正好。我们能不能看看楼上梅先生的书斋？"

"当然可以。"梅夫人道，便示意老管家领他们上楼。

刚上到楼梯口，老管家道："老爷小心地上的蜡烛。"

狄公见楼梯口果然横倒着一支早已熄灭的蜡烛。

老管家开了书斋的门。书斋三面临墙都立着大书橱，只后墙安着一张楠木大床，床边一张楠木大书案。狄公随手观赏起书案上的纸笔砚墨来。陶干明白狄公试图寻找什么，但显然一无所获。

老管家提着白纸灯笼，照着大家小心走下那又高又陡的楼梯。狄公指着花厅东厢问道："这房间平时作何用处？"

老管家恭敬答道："这东厢房平时很少住人，十分清静。房里有一门，通大花园东廊的一条幽僻小路，出小路尽头的一扇角门便是府宅外的大街了。"

狄公若有所悟地点点头，吩咐管家打开这东厢房的门。

梅夫人一惊，忙说道："老爷，可别进去，里面又脏又暗，3个月没住过人了。"

狄公不答，示意老管家开锁。房里果然又脏又黑，狄公命管家点亮蜡烛。他看见左墙下有一张紫檀木大床，床边果然有一扇小门，小门这边并排摆着梳妆台和书桌。狄公看罢梳妆台上的胭脂花粉，又踱到书桌边观赏起桌上的文房四宝来。狄公惊奇地发现，一枚龟形端石大砚上还留有浅浅一层墨水。

狄公忙转身走到紫檀木大床边，掀开长长的拖到了地上的床帘，见床上的凉席、绸被、枕套都极干净，隐隐还有脂粉香味。狄公正要放下床帘，不由地一对眼睛盯住了地面。他小心蹲下身子，掀起右边床帘一角，仔细察看那老虎爪子形状的床脚和青石地面。

突然，他站立起来，对陶干说："你看看地上那些黑色污斑！"

陶干蹲下身去，用指尖蘸了点唾沫擦拭了一下青石地面的污斑，说道："这是墨点的痕迹，老爷。墨点虽被擦干净了，但已渗进了石板，留下了斑迹，擦不掉，除非用沙子慢慢细磨。"

狄公又在柔滑细洁的床帘上细细检查，猛见床帘背面有一块指尖般大的褐色血斑。

"梅夫人！"狄公脸色冷峻，严厉地说道，"梅先生是死在这房间里的！"

梅夫人的脸色顿时变得煞白，像泥塑木雕般愣着不动了。

"梅先生是被人谋杀的，凶器便是那方龟形端砚。他的脑壳被人用端砚击碎后，人便跌倒在这床脚边的地上。地上沾着他头上的血迹和石砚里未干的墨汁。"狄公望了一眼卢大夫，冷冷地说："这就是死者面颊上留有墨污的原因，卢大夫竟没有看出来？"

卢大夫颤抖着声音说："老爷单凭那么点墨斑便断定梅先生系被人谋杀，未免太轻率了吧！"

狄公微微一笑："卢大夫，死者脸颊上的墨污以及这床帘、地上的墨血污斑还只是间接的证据，直接的证据则是梅先生死亡的时间。你说发现梅先生尸体在10点，那就意味着梅先生是在10点之前摔下楼梯的。然而，他又为何手擎一支蜡烛呢？花厅横梁下那盏大红灯笼通常要点到午夜才熄灭。那时，走廊和楼梯口照例都照得很亮。"

梅夫人和卢大夫惊惶万分，面面相觑。

狄公厉声道："梅夫人，卢大夫，你们还不知罪！梅先生正是被你们两个害死的。"

……

京兆府署衙门就要升堂了。陶干一面服侍狄公穿戴，一面问道："老爷是几时疑心到梅夫人谋害了亲夫的？"

"梅府那老管家告诉我花厅横梁下那盏大红灯笼通常要亮到午夜，我便警觉到梅亮之死有蹊跷。本来，一起偶然的意外事故——一个年近70的衰迈老人从那又高又陡的楼梯上摔下来，不需任何布置，谁都会相信要毙命的，何必让那支蜡烛故意一直横倒在那里。还有那一只搁在楼梯中间的软毡鞋，那荷花苞蕾尖端的鲜血，这一切安排得太细致，太工巧，太周密了。试图将罪行掩盖得天衣无缝，反面画蛇添足，露出了马脚。这就叫做欲盖弥彰，太实则虚。"

衙堂上一声锣鼓，三通鼓毕，狄公紫袍玉带升上高座，将惊堂木一拍，喝道："将被告卢鸿基带上堂来！"

卢大夫扑通一声，跪倒在石阶下。

狄公说："卢鸿基，你身为医官，不思奉公积德，治病救人，反而伪证诬供，该当何罪？"

卢大夫连连叩头，哭丧着脸说："老爷明镜高悬，能察秋毫。这伪证诬供之罪，小人不敢抵赖，只是小人的确不曾谋害梅先生，还望老爷据实明断。"

狄公道："准你如实重供，再敢有半点搪塞遮瞒，定不轻饶。"

卢大夫供道："那天，梅老爷邀我给老管家看病，留我晚膳。晚膳后，我们聊了一会天，梅先生要去书斋看书，我便去老管家房中送药。梅夫人也说身体不适，我也抓了点药给她，于是我便告辞回家了。"

"那么，"狄公道，"后来你听见东院花厅梅夫人高声尖叫又急忙赶去之事纯属虚构捏造了？"

"是的。老爷，小人知罪了。第二天一早我又赶去梅府，想看看老管家的病情有否好转。梅夫人将我引到一间幽僻的厢房，对我说梅亮死了。她闩上门，双膝跪在我面前，求我救她一命，要我为她作证……"

"那凶手是谁？"狄公忙问。

"她死不肯吐口。我担心她会咬定是我，将我拽入罗网，充当她同谋凶手的替死鬼。老爷千万别信了她的谎供，小人今日堂上说的句句是实，望老爷替小人做主，明断此案。"

他在供状上画了押。狄公命衙卒把他押下监禁，然后喝令将梅柳氏带上公堂。

女狱禁叩头启禀狄公："女犯梅柳氏恐怕已经传染上时疫，在牢里已呕吐多次，浑身发烧。"

狄公道："本堂只需梅柳氏一个简扼的供述，退下后即命狱医治疗。"

梅夫人柔软无力地跪倒在阶下，面色潮红，气喘频频。她望了一眼堂上的狄公，镇定自若道："老爷不必多问，正是奴家谋害了亲夫。我与梅亮名为夫妻，其实毫无感情可言。我当年嫁给他仅仅是为了用他的钱还债。我15岁便被卖到海棠院，在那里受尽屈辱和折磨。后来，我遇到了一个好心人，他用钱将我从海棠院里赎了出来，我们过了近两年非常幸福的生活。但是他很快破产了，除了一幢园邸外几乎没有一点钱财。当时我还欠着一大笔债不曾偿还，于是我只能嫁给梅亮。他是长安首富，替我偿还了所有的债务，让我过着奢华骄逸的生活，但我们没有爱情。我将梅亮杀死后，又不得不乞求那个行为卑鄙的卢大夫，如今幡然彻悟，已经迟了。"一阵剧烈的咳嗽使她虚弱的身子摇晃起来。她气喘吁吁，挣扎了半日，又吐出一句话来："我对一切都厌倦了……厌倦了。但愿从此挣脱艰辛苦难的枷锁……从此偿清……"

她向狄公投去凄凉悲怆的一瞥，一口痰涌上来，两眼一直便昏厥过去。女狱禁赶忙上前解开她的衣领，猛见蝴蝶形状的红斑已经遍布全身，有的已经溃烂。只见她身体蠕动了一阵，四肢剧烈抽搐了几下，便挺直不动了。

狄公叹息一声，命狱医验过，便用一张芦席将那尸体遮盖了，然后声音嘶哑地喝了一声："将何朋带上！"

不一会儿，何朋便被押上堂来，他就是狄仁杰在梅府见到的大汉。

"何朋！"狄公厉声喝道，"你将如何用砚石砸碎梅亮脑壳的经过与我从实招来！"

何朋惊慌地抬起头，额上渗出了汗珠。

"莫非她已供出了我来？"他轻轻自语。

狄公道："她还来不及供出你来，倒是说有个好心人，用钱将她从海棠院里赎了出来，这个好心人不就是你何朋吗？后来你穷了，又失去了你所宠爱的蓝宝石，但是你没有一天不在盼望着她重新回到你的身边。这一点，我想戴在你手指上的这枚蓝宝石戒指就足以能证明。本堂可以明白告诉你，这个可怜的女人至死还在保护你，她咬定是她亲手杀的梅亮。"

何朋不觉动了真情，猛地站立起来，喘着粗气问道："她在哪里？她此刻在哪里？"

狄公指着那芦苇遮盖着的尸体，说："狱医已经验过，是犯了时疫，早已不可救药。"

何朋转过身子，圆睁着环眼，扑过去将芦席一角掀起，露出梅夫人一条细腻柔滑的手臂。何朋抚摸着手指上的蓝宝石戒指说："这枚戒指是15年前我送给她的，和我手上的这一只正好一对。她嫁给梅亮后，梅亮的万贯家财并没有给她带来真正的幸福。那天，她苦苦哀求我，要我宽恕她当年鼠目寸光贪图富贵，说她不能再在梅府受罪了，趁现在京城里发生了疫疠，正可以与我带了金银细软一同逃走。谁料，半夜梅亮闯进了花厅东厢房。情急之中，我便上前一把揪住梅亮的衣领，抢起一方石砚向他头上砸去。砸碎了梅亮的头还不解恨，又朝他的脊背、胸前狠狠踢了几脚。接下来是如何处置这老鬼的尸体。她说，看他身上衣裤凌乱，头壳破裂，不如顺势将他拖到花厅的青石楼梯下，就说他是不慎失脚坠跌而死。当然，我们还布置了疑阵，假造现场，妄图迷惑官府……"

何朋在供状上画了押。两名衙卒给何朋戴上脚镣手铐，押解而下……

水晶瓶塞 法国

作者：莫里斯·勒勃朗

侠盗亚森·罗平专门劫富济贫，行侠仗义。老百姓把他当做传奇式的英雄，为富不仁的家伙自然对他恨之入骨。

一天，他的两个年轻的部下吉尔贝和伏舍莱，请他同去议员多勃雷克在巴黎郊外的别墅采取行动。据他俩事先侦察，议员今晚去市里寻欢作乐，仆人们也都外出。

入夜，他们潜入别墅后，发现还有一个仆人留守着，便把他双手反绑丢在屋角。罗平指挥手下人，迅速把屋里的100多件精美的家具和工艺品搬上汽车运走。正要撤离时，那个仆人挣脱了绳索，打电话向警察局报了警。伏舍莱听到动静赶去，被仆人用手枪打中肩膀，情急之下拔出匕首刺死了对方，自己也因流血过多，晕倒在地。

罗平对伏舍莱杀死仆人的做法很生气。他行盗20多年来，只以聪明才智战胜对手，从不喜欢流血杀戮。

警察很快闻风赶来，包围了别墅并冲进去抓捕盗贼。罗平和吉尔贝已经无法带走重伤的伏舍莱。在这种情况下，罗平只好冒充成报警人，指点警察抓走吉尔贝和伏舍莱。他暗暗告诉这两个部下，自己一定设法救出他们。吉尔贝在离开时，把一件很小的物品塞到罗平手里。

罗平脱险回到自己在市内的秘密住所，把那件物品拿出来仔细观看时，才知道是个平常的水晶瓶塞，像一颗橄榄样的多面体，从顶部到中间的凹槽镀了一层金。他看不出这个水晶瓶塞有什么特别之处，随手放在桌上便睡觉了。

谁想到，当他醒来后，水晶瓶塞竟不翼而飞。这一下使他大吃一惊：因为这个住所，除了非常忠实于他的吉尔贝外无人知晓。那么，谁能潜入房间，在他眼皮子底下盗走东西呢？再说，这水晶瓶塞这么快就不知去向，其中显然是有奥秘的！他百思不得其解，最后，决定从议员多勃雷克身上寻找答案。

多勃雷克自从别墅被盗后，住进了城里的一幢房屋，家里只有一个女看门人。罗平到门前屋后作了观察，发现警察局有人监视议员的行动。在议员

离家后，女看门人开门，让巴黎警察局秘书长帕斯维尔带着便衣警察进去搜查。

罗平也偷偷潜入屋子。警察们东翻西寻，尤其对各种玻璃瓶塞看得十分认真。他们显然没查到要想得到的东西，在女看门人发出多勃雷克就要回来的讯号后，只好怏怏离去。罗平撤离不及，被多勃雷克撞见。议员把他当做警察局的人大大奚落了一番。不过，从多勃雷克的话语中，听得出他的确藏有警察局想要查获的东西。

多勃雷克是个什么样的人物？罗平事后作了一些了解。原来，他是靠花费巨款弄到议员席位的。奇怪的是，他祖上并没传下家业，怎么一下子暴发起来了呢？现在他拥有多处房屋、地产，天天吃喝玩乐、大肆挥霍，这些钱来自何方？

罗平觉得多勃雷克身上有个谜团。趁着议员在物色厨娘的时机，他让自己的乳娘去应聘。这样，罗平便可以很方便地躲在乳娘的房间，在暗处观察议员的生活和行动。

连续几天，议员都在深更半夜带进一个客人。他们总是激烈地争吵甚至打斗一番，然后总是以客人乖乖地交出一大沓钞票离开为止。

有一个女客人最特别，她在多勃雷克不注意时，迅速拿起桌上长颈酒瓶的瓶塞看。她也和议员争吵，甚至想拔出身上暗藏的匕首刺杀对方，但不知为什么又作罢了。

罗平事后找到了这个头发已露灰色的女客人，才知道她就是吉尔贝的母亲克拉丽丝·麦尔吉。正是她从罗平的秘密住所盗走了水晶瓶塞。她的目的是不让这件事惊动多勃雷克，因为她要寻找的是藏有重要文件的另一个水晶瓶塞。

当罗平发誓要救出她的儿子吉尔贝后，克拉丽丝信任了这位大名鼎鼎的侠盗，便把有关多勃雷克和水晶瓶塞的情况详细告诉了他——

25年前，克拉丽丝认识了3个大学生：阿莱克西·多勃雷克，维克托里安·麦尔吉和路易·帕斯维尔。多勃雷克和麦尔吉同时爱上了克拉丽丝，而姑娘由帕斯维尔证婚嫁给了麦尔吉。多勃雷克怀恨在心，不久便谋害了帕斯维尔的女友，并扬言要对麦尔吉报复。

在吉尔贝长到15岁读寄宿中学时，有人教唆他走上吃喝玩乐、赌博偷窃的邪路，以至他父亲、议员维克托里安·麦尔吉把儿子逐出家门，断绝了父子关系。这个教唆犯就是多勃雷克。他还扬言说，要让吉尔贝有朝一日走上断头台才称心满意！

3年前，法国发生了轰动全国的"运河工程事件"，已经发行了大量股票的工程突然停建，使买股票的老百姓受骗破产。为掩盖丑闻，财团老板对一批政治家、议员、部长和新闻记者进行贿赂。作为替罪羊的运河公司董事长，在自杀前留下一张纸条，上面写明了27个受贿者的名字，以及每人所得巨额赃款的金额，遗嘱声明要将这张纸条交给巴黎警察局长。但是，担任董事长秘书的多勃雷克心怀鬼胎，他把纸条藏在手里，用它作为法宝，向上了名单的人逐个敲诈勒索。

收过贿赂的头面人物担心事情暴露，影响自己的地位和前程，有的只好忍受多勃雷克的无情敲诈，有的则被迫自杀离世。

当时，麦尔吉曾代他的一位政界朋友领过运河公司行贿的钱，结果被列在27人名单上，多勃雷克便接二连三地向他敲诈大笔钱财。麦尔吉不堪忍受，最后，自杀身亡。

直到如今，多勃雷克仍在依仗手中密藏的名单为非作歹。

克拉丽丝为了复仇，不得不与他继续往来。有一次，她看到多勃雷克给英国玻璃商的订货信件，上面写着："将水晶内部掏空，但要做得让人看不出来……"由此，她估计，多勃雷克可能把拆叠得很小的27人名单藏在某个特制的水晶瓶塞里。

于是，克拉丽丝让儿子吉尔贝去多勃雷克的别墅偷盗。吉尔贝临走交给罗平的那只水晶瓶塞，就是那次行动的主要目标。然而，瓶塞里并没有藏名单。

现在，克拉丽丝不但要继续追寻另一只真正藏着名单的水晶瓶塞，还要解救自己被捕入狱的儿子。

罗平听了这些，恨透了多勃雷克这个无耻的恶棍，决定加入到这场斗争中去，帮助克拉丽丝实现自己的愿望。当然，他知道这有多么困难。巴黎警察局有着大批人马，都没能达到目的，甚至被多勃雷克在信中嘲笑说："要找的东西就在你们手边，你们已经快碰到它了……就差那么一点……"不过，罗平可是个意志坚毅的人，越是艰难，越要去干。

他打算劫持多勃雷克，采用强硬办法迫使议员开口。

可是，就在这当口，多勃雷克在家里被不知来历的人先下手绑架了。

罗平不得不化装成老头模样，和克拉丽丝赶到多勃雷克家，与巴黎警察局秘书长帕斯维尔一起研究绑架案。帕斯维尔想象不到眼前这个自称为私人教师尼柯尔的糟老头，就是他们追捕多年的大盗罗平。

在多勃雷克住所的门口，他们发现绑架者身上掉下的象牙挂件碎块。罗平看到，碎块上有着拿破仑一世的侧面头像。他想起，持有这一类饰品的，多半是效忠拿破仑的科西嘉人后裔。照此推理，绑架者也许是 27 人名单中受到多勃雷克迫害的科西嘉籍贵族。

帕斯维尔寻思，这个科西嘉贵族，十有八九是因运河案而被撤销法国政治局领导成员职务的达尔布凡克斯侯爵。

"尼柯尔"要求帕斯维尔协助摸清侯爵的去向。帕斯维尔看在克拉丽丝份上，爽快地答应了。

没几天，警察局了解到侯爵到了巴黎以北 100 多千米外的蒙特莫尔公爵庄园，在那里每天和朋友们一起骑马打猎。

罗平毫不犹豫地带了两个部下坐汽车奔赴那里。经过一番暗中打听，公爵的马夫瑟巴斯梯亚尼也是科西嘉人，他的家就在离庄园 4000 米的一个古堡里。每逢出外打猎，侯爵和马夫都中途离队到那个古堡去。而马夫的三个儿子恰恰从议员被绑架的那天起就再没有露面，罗平判断，多勃雷克很可能是被囚禁在古堡里。

他们装作旅游者，来到了古堡所在的"死岩"地区。古堡建在森林边缘的一座山崖峭壁上，下面是湍急的河流，原先一部分塔楼、城墙已经坍塌，剩下一座小楼住着马夫一家人。罗平从当地出版的古堡游览介绍书籍中看到，已经毁坏的原主塔，另有两层修造在地层以下，靠河的峭壁下开有铁栅石窗。据说，那里早先也是监禁室。

然而，主塔有人严密看守，无法进入。罗平决定，趁夜深人静的时候，从河岸架高梯攀上主塔地下室的窗口，锯断铁栅，把多勃雷克"解救"出来。他在巴黎出发前，已经请多勃雷克的两个老表姐写了个"介绍信"，嘱咐多勃雷克"绝对信任前来营救的人"。

这天傍晚，罗平他们发现达尔布凡克斯侯爵和马夫急匆匆进入古堡，于是他们也开始行动，用小船把高梯、绳索运过河去，然后架起高梯。罗平只身攀上峭壁，果然在主塔地下室的窗口里，看见了侯爵审讯多勃雷克的场面。

侯爵在多次逼供未成的情况下，便命令手下人对多勃雷克施用酷刑。他也要多勃雷克招出那份 27 人名单的藏匿处。

马夫的儿子用木棍插进捆在多勃雷克手腕上的皮条，然后渐渐转动绞紧，使多勃雷克手骨咯咯作响，几乎就要断裂。多勃雷克实在熬不住剧烈的疼痛，终于

其他国家

吐露了藏匿水晶瓶塞的地方。罗平在窗外听不清楚，心里急得要命。

好不容易等到侯爵他们反锁上门离开了审讯室，罗平从窗口向多勃雷克投送了那封"介绍信"。多勃雷克答应跟他逃离。罗平用利锉锯断窗子上的铁条，把绳梯放进窗内，让多勃雷克顺梯爬出，然后带到高梯旁。想不到，多勃雷克临下梯子时，突然夺过罗平腰间的匕首，向他的脖颈狠狠扎了一刀。原来，他已从嗓音语气上觉察出，对方是曾经潜入他屋里的警方人员！罗平没有防备，只把头一偏，匕首刺中他的右肩胛，顿时痛昏过去。

多勃雷克以为对方已死，便取下他身上的手枪，顺高梯爬下到了河岸，用枪打伤了罗平的一个部下，自己乘乱夺路逃走。

罗平终于被部下救回，不得不在当地治疗20多天。在这期间，多勃雷克不知去向；达尔布凡克斯侯爵却因运河事件被捕，并且很快在狱中自杀；罗平的两个手下吉尔贝和伏舍莱因行劫杀人将被判处死刑；克拉丽丝因儿子的事急得要服毒……罗平再也躺不住了。他明白，必须在死刑执行前拿到27人名单，才能换得总统的赦免令。因此，他支撑着病体赶回巴黎。

多勃雷克已经抢先回到自己的家。显然，他又把藏匿着名单的水晶瓶塞转移了。

克拉丽丝也离开了巴黎。她在家中写下一封信。信中写道：

多勃雷克在中央旅馆住宿，今天早上乘火车前往意大利的圣莫雷。我即跟踪前往。

罗平见信，立即带了两个部下赶乘火车，第二天中午赶到圣莫雷。下了火车，就见一个搬运工模样的人上来搭讪，问他们中间有没有名叫"尼柯尔"的先生？一位叫克拉丽丝的夫人留言说，她到意大利热那亚去了，住在大陆旅馆。罗平一行又去买了票，等着上热那亚的列车。

其实，这是多勃雷克的诡计。他先把克拉丽丝从巴黎引出来，到了圣莫雷后重新折回法国的尼斯，却雇人在这里，有意把可能赶来救援克拉丽丝的人，支到热那亚去。

此时，多勃雷克在尼斯的旅馆里，以挽救吉尔贝的生命为条件，胁迫克拉丽丝改嫁给自己。眼看克拉丽丝就要用枪了结自己一生时，罗平如同天降似的出现在多勃雷克身后，用手枪顶住了他的脊背。

原来，罗平压根儿没有去热那亚。他追上那个"搬运工"，迫使他说出真情，于是很快赶到尼斯，潜入了多勃雷克住下的旅馆。

罗平对多勃雷克亮出了真实身份，并用手枪迫使他交代了水晶瓶塞的藏匿处。结果，在他随身携带的烟丝盒里，找出了藏有27人名单的水晶瓶塞。

为了安全起见，罗平命令两个部下用小汽车，把多勃雷克麻醉后装在车上驶回巴黎，自己和克拉丽丝乘特快列车抢先赶回巴黎。他一下车就直奔警察局，找到帕斯维尔，拿出藏有27人名单的水晶瓶塞，要求他去向总统换取赦免令。

帕斯维尔抽出纸片一看，发现这是一份假造的名单。多勃雷克再一次欺骗了罗平。

"尼柯尔"先生愣住了，他20多年来与各种敌人打交道，还从来没有遇到过这么狡猾的家伙！他沉思片刻后，突然眼前一亮，毅然地告诉帕斯维尔："多勃雷克仍在我们手中。只要我的部下一到巴黎，真正的27人名单马上可以交给你！"

就在吉尔贝和伏舍莱即将被行刑的前夜，罗平再次只身来到巴黎警察局秘书长的办公室。帕斯维尔已经察觉到"尼柯尔"就是大盗罗平。他安排了大批警察准备在罗平交出27人名单后将他逮捕，达到一举两得的目的。

罗平走进办公室。他送到帕斯维尔手里的是一颗玻璃制成的假眼珠，在那掏空了的小槽里找出了真正的27人名单。罗平在发现自己被多勃雷克欺骗后，觉得一定要用心对付这个家伙。他思量这个常年戴着墨镜的恶棍，眼睛里也许藏着东西。当押着他的汽车一到巴黎时，罗平便扯掉了多勃雷克的墨镜，果然挖出了这颗藏有密件的假眼珠。

但是，帕斯维尔却同时要逮捕罗平。

罗平却泰然自若，他沉着地告诉这位秘书长："有人证明你是用化名领取运河公司巨额贿赂的，因此，你也是27人名单中的一个。我来此地以前，已经准备好向巴黎四大报社所发的检举信件和有关材料。如果我不回去，我的部下便会当夜送去。你看着办吧！"

巴黎警察局秘书长帕斯维尔为了保住自己的名誉和地位，不得不改变逮捕罗平的计划，拿起27人名单，赶往爱丽舍宫求见总统，换来了对吉尔贝和伏舍莱的赦免令。

多勃雷克失去了真正的27人名单后，再也没有什么可以依仗的东西。绝望中，他开枪自杀了。

其他国家

警官之死 瑞典

作者：玛依·帅瓦尔

11月13日夜晚，斯德哥尔摩大雨如注。一辆红色的双层公共汽车沿着空荡荡的大街向郊外驶去。离终点站不远了，汽车在拐角处突然停了一下，然后径直冲过大街，冲上人行道，把街上的电网围栏撞了一个大洞，就停下不动了。然而，车灯却一直亮着……

马丁·贝克在自己的家里和朋友下了一晚上的棋。他是一位警官，今晚正好不值班。夜已深了，贝克收起了棋子。这时，电话铃响了。他快步走过去，只听电话里传来一个急促的声音："贝克警长吗？两位巡警在那日阿大街47路终点站附近发现一辆公共汽车，里面有许多尸体，请你立即赶到现场。"

贝克开着自己的车飞快地来到出事地点时，警方已经在那辆公共汽车的周围拦起了一道警戒线，法医正在车里忙忙碌碌地工作。他奋力地挤进围观的人群中。警察们看见警长来了，立即无声地让出一条路。

双层公共汽车的中门敞开着。贝克放慢了脚步，脑子里想象着将要看到的场面，然后他默默地跨进车门。

明亮的灯光把眼前的景象照得一清二楚：车厢里到处是鲜血，惨不忍睹。车里一共有8个人，全被枪杀了！司机倒伏在方向盘上。当贝克的目光掠过汽车通往顶层的扶梯后面时，他不由浑身一震，在那里斜倚着斯坦斯特朗——他们侦破组最年轻的一名成员，他的全身浸透了血，右手还握着手枪。

这起骇人听闻的大屠杀立即震惊了全国。警察局里一片忙乱。侦破组的每个成员都投入了紧张的工作。

没多久，调查结果就汇集到了贝克手中。这辆双层公共汽车是英国莱兰德工厂制造的，H35型，有75个座位。根据化验室的记录，凶手共开枪67次，而且这67发出自同一件武器———一种9毫米口径的冲锋枪。其中的一颗子弹穿过斯坦斯特朗的胸部，嵌在他的右手腕，打断了表带。那块欧米茄表上的针指着11点3分37秒。

接着,贝克逐个地察看车厢里受害者的资料。助手根据他们当时各自的位置排了顺序,并画了示意图。然而,从这八位乘客和一名司机已知的情况来看,似乎没有什么特殊的地方。他们看上去都是十分平常的人,相互之间也没有什么联系,然而,他们却在一个平常的夜晚,在一辆平常的公共汽车上被杀了。

贝克皱紧了眉头。他的目光在其中三个人的资料上停留了好几分钟。一个是警官斯坦斯特朗,他肩部中了五弹。从照片上看他右手举起了手枪,但没来得及开枪。斯坦斯特朗29岁,他的未婚妻叫艾萨·特瑞尔,在旅游局工作。另一个是这次枪杀案中唯一的幸存者。他叫舒尔恩,43岁,市政局公路部雇员。他腹部和胸部分别中了弹,目前还在昏迷之中。还有一个是坐在紧靠中门后面的座位上的人。他中了6弹,浑身浸透了鲜血,脸被打烂了,因此无法辨认他的容貌以确定身份。他的口袋里除了香烟,还有1823克郎的钱。

"会不会是两个人干的?"一旁的助手问。

"不,"贝克缓缓地说,"我觉得凶手是一个人。他独自坐在上层,看准时机后就从后扶梯下来,用准备好的冲锋枪在极短的时间内进行了疯狂的扫射。"

"那么斯坦斯特朗怎么恰巧在这辆车上呢?"助手又问。

"这正是我想弄清楚的问题。"贝克沉思着说。在他的印象中,斯坦斯特朗是个有抱负的年轻人,机敏好学,只是还不够稳重。刚才助手打开了他的办公桌,抽屉里除了一些文件和报告外,就没有什么别的了。

斯坦斯特朗的未婚妻艾萨住在一条僻静的街上。她身材瘦小,面容憔悴。贝克简单地向她讲述了他们推想的事情经过,然后问道:"您知道斯坦斯特朗最近在干些什么吗?"

艾萨哀伤地摇摇头:"他整天都在工作,以前他总喜欢和我谈论那些复杂难办的案子,可近来不知为什么,他一点也不谈工作了。"

贝克离开了艾萨的家,可他并不失望,开着车飞快地向医院驶去。

舒尔恩还在昏迷之中。他全身缠满了绷带,四周放置着各种医疗仪器,以维持他垂危的生命。据医生说,他如果能恢复神志,也就是这半小时内的事了。

贝克目不转睛地注视着舒尔恩。忽然,那张毫无表情的脸好像出现了一点变化,他的眼皮在微微颤动。护士向贝克使了个眼色,贝克立即把话筒递过去:"谁开的枪?"病人的嘴唇动了动,似乎在说:"不知道。"贝克紧接着又问:"他是什么样子?""像欧森。"说完病人的头扭向一边,嘴角淌出一股污血。

这起枪杀案唯一的证人死了。留给贝克的只有录下了那段含糊不清的对话的音带。

贝克回到警察局,大家一起一遍又一遍地听那盒录音带,分析欧森会是一个什么样的人。可警察局的刑事档案里并没有这个人的名字。

几天过去了,案子仍然毫无进展。凶手使用的武器鉴定出来了,是苏奥密式37型的冲锋枪,带70发弹匣,芬兰制造的,40年代后早已无人使用。这几天侦破组的成员全体出动,逐个调查那几位受害的乘客。虽然他们来自社会的不同阶层,社会关系错综复杂,有的生活上并不清白,但却查不出致使这次案发的原因。

现在只剩下那个无法确定身份的人了。没人来认尸,警察们正在到处查访打听。有人向警方提供了一个线索,说经常去修车行的一个35岁左右的小个子黑人失踪了。这和这起重大凶杀案又有什么关系呢?贝克决定到修车行去。

在去修车行的路上,贝克独自理了理案子的头绪。可以断定,这是一次计划周密的谋杀。那几位乘客坐在那辆公共汽车上完全出于偶然,凶手想杀死的只是其中的一个人,却用那些无辜的生命去掩盖罪恶。这时,贝克的心里忽地一亮,跟踪犯人不是斯坦斯特朗的拿手好戏吗?

修车行的主人是个老头。在贝克的再三提示下,他才记起了有这么个黑人男子,到车行来修过几次车。可他不知道那人的名字,只知道他常去一家咖啡馆找一个外号"金发玛琳"的女人。

贝克第二次见到艾萨时,这位姑娘显得更加憔悴瘦弱,对斯坦斯特朗的怀念使她消除了戒备心理,终于对贝克讲出了她知道的情况。

斯坦斯特朗前两个星期都在休假,可他却总是早出晚归,而且随身带着枪。他什么也没告诉艾萨,但她总感到他似乎是在跟踪什么人。艾萨知道,斯坦斯特朗是个争强好胜的人,他总是希望自己能破一两件棘手的大案。去年夏天他外出度假回来,得知发生了一起大案后就懊丧不已,认为自己错过了破案的好机会。

贝克接过艾萨递来的笔记本,上面除了记录了几件案子外,有一页上只写着"莫里斯"三个字,似乎是汽车的牌号。

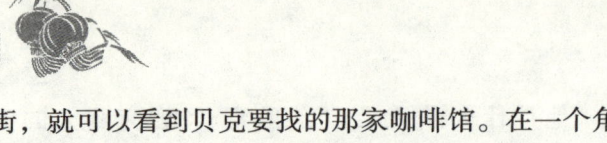

从艾萨家出来穿过两条街,就可以看到贝克要找的那家咖啡馆。在一个角落里喝酒的金发姑娘正是玛琳。玛琳承认自己曾经和一个黑人男子去过修车行,并说那人叫尼尔斯·克朗森,不过她有一星期没见到他了。

当玛琳在停尸房看到那具面目模糊的男尸时,吃惊得脸色发白。她还是认出了此人就是克朗森。

克朗森的档案很快被查到了。他以前做过粉刷工,后因小偷小摸被开除了。此后他一直无业,且吸毒成瘾,但出手却很阔绰。

一连几天,贝克都泡在警察局的档案室里。艾萨的话使他受到了启发,他查阅了近年来的所有案卷。看着看着,他的眼睛不由一亮,难道斯坦斯特朗是在重新调查16年前那件迷案吗?

16年前,也就是1951年9月7日清晨,有人在斯达沙根体育馆附近的灌木丛中发现一具女尸。那个女人是窒息而死的,死了至少有5天了。死者叫铁尔萨·卡玛萝,26岁,遇害的前两年开始堕落,混迹于黑社会中,成了个放荡的女人。案发前夜,大约11:30,有两个驾车的人和一个行人经过现场,他们都看到那里停着辆汽车,有个高个子男人把一件好像用毛毯裹着的东西放到地上。据证人们回忆说,那是辆法国产雷诺CV—4型汽车。警方展开了历史上规模最大的调查,询问了几百个和铁尔萨有关的人,可查到她死前一周,所有的线索都断了,而且整个瑞典没有一辆雷诺CV—4型车在9月6日11点30分停在斯达沙根。调查陷入了僵局……

16年前的铁尔萨谋杀案和公共汽车上的惨案究竟有什么关系呢?贝克苦苦思索着。忽然,他的双眉皱得更紧了,他发现卷宗中少了第1244这一页!贝克立即吩咐助手去斯坦斯特朗的寓所寻找。

几天后,贝克的助手果然找到了失踪的那一页卷宗,不过是从中央档案部借来的复印件,这是一份审讯记录。贝克迫不及待地看了起来,受审人的名字竟是克朗森。当时,克朗森是一家公司的推销员,他曾经和铁尔萨鬼混过两次。他注册的车是莫里斯米诺型。1951年6月2日至13日,克朗森在爱克斯多推销服装。案发的当夜,他在爱克斯多旅馆喝酒喝到12点,餐厅侍者为他作证。

下午,贝克来到一家汽车销售公司。当年的三个证人中有两个已经死了,还有一位汽车修理工程师在这家公司工作。贝克走进办公室,一言不发地把一张照片放在他面前:"请问,这是什么车型?"

"雷诺CV—4型，老型号了。"工程师说着随手拿起了照片。突然，他瞪大了眼睛，连声说，"不对，不对！这是莫里斯米诺，这两种车最难分辨了。"

"不错，尤其是在夏天的雨夜里。这张照片是经过特殊处理的。"贝克胸有成竹地说。

"你是警察吧？"工程师抬起头，端详着贝克说，"夏天时也有一个年轻的警察来过。"

克朗森的临时住处凌乱不堪，注射器扔得满地都是。贝克从克朗森的一件旧衬衣口袋里摸到一张纸片，是张收据。贝克把它翻过来一看，上面写着一行字：×月×日从B·F处收入3000克郎。贝克立刻联想到克朗森被害时口袋里的那些钱。看来这家伙不断地从那个叫B·F的人处支取钱款。贝克急忙翻开笔记本，目光扫过所有和克朗森有关系的人名，但没有一个人的名字可以缩写为B·F。

贝克回到局里，助手已经把一份材料放在了他的桌上，是关于他们要找的那个欧森的。原来，公路管理部门的巡查员名叫欧森，46岁，瘦高个子，皮肤微黑，一头黄色卷发。11月13日夜晚，他在桥牌俱乐部参加比赛。

显然，欧森是不可能作案的，而是那个凶手和他有些相像。

第二天凌晨，贝克顶着风雪出发去爱克斯多。傍晚，他找到了克朗森住过的那家旅馆。当年作证的那个侍者已经死了，幸好结账存根仍然保存完好。一张账单引起了贝克的注意，上面记着旅馆代他垫付给附近一家修车行的一笔汽车修理费。

那家修车行还在老地方。老板虽然记不得16年前的事了，他还是花了一个多小时找出了一本积满尘灰的账本。当他翻到6月6日这一页时，贝克看到上面的记录和旅馆的存根完全相符。

"车是什么型号？"贝克急切地问。

"福特前哨型。"老板的回答很肯定。

贝克怔住了。显然，克朗森没有开着自己的车来爱克斯多，而是开的另一部车。

这些天，贝克的助手四处奔波，搜集所有和铁尔萨有过来往的人的名单。奇怪的是，凡是和铁尔萨有关的人，不是早已死掉，就是已移居别国。他费了好大的劲，才搜集了29个人的材料。他兴奋地告诉贝克，名单上有3个人的名字缩写都是B·F。贝克想了想，吩咐助手立即去查一查当年克朗森工作的

那家公司老板是谁，做的是什么生意，还有1951年期间名单上的这些人拥有汽车的型号。

两天后，助手向贝克递交了他的调查报告。那家公司干的是买卖赃物的勾当，他们雇了几个推销员四处推销。老板叫毕德恩·福斯伯格，也就是名单上的三个B·F之一，而且只有他在1951年拥有福特前哨型车。此人于1951年6月和比特丽丝·阿坎松结婚。阿坎松的父亲经营一家大公司。福斯伯格很快就结束了自己的肮脏生意，逐渐接替岳父经营那家公司。他们的生活看来十分幸福，生有两儿一女。福斯伯格婚后不久就卖掉了那辆车。从那时至今，他已换了十几辆车了。

"此外还有一个重要线索，"助手注视着贝克说，"福斯伯格志愿参加了1940年冬季的芬兰战争。"

"干得好，小伙子。"贝克赞赏地拍拍他的肩膀。

停了一会，助手问："他们两人为什么要交换汽车？"

"我想克朗森当时并未觉察出换车的真正目的。"贝克沉思着说，"当他遭到了警察的询问后，便立即把车子送到废车场处理掉了，结果几个目击者都把车的型号搞错了。他们在相当长一段时间内一直相安无事，直到斯坦斯特朗重新调查这件案子。显然他已发现克朗森是唯一拥有莫里斯米诺型车的人，于是开始跟踪克朗森。他很快又发现，克朗森另有经济来源，并推测出那个给克朗森钱的人就是杀死铁尔萨的凶手。与此同时，克朗森发现有人在跟踪他，精神越来越紧张。斯坦斯特朗日夜不停地跟踪他，为的是加速他的精神崩溃，从而暴露出他杀害铁尔萨的真面目。"

助手听了连连点头："不错。像福斯伯格这样的人为了维护自己的名声是什么都干得出来的。我们已经查清，案发那天夜晚，只有他一个人呆在家中，他的妻子带孩子们参加晚会去了。"

第二天上午9点，西装革履的福斯伯格像往常一样走进豪华的办公室，贝克和他的助手向他迎面走去。福斯伯格身材瘦削，一头卷发。贝克向他出示了证件时，这个仪表堂堂的男人一下子瘫了下来，脸色惨白。

在警察局里，福斯伯格断断续续地交待了犯罪经过。他和铁尔萨是在一次舞会上认识的，两人交往了几次。后来，他又认识了家境优越的阿坎松，就一心想摆脱铁尔萨，为此给她许多钱。没想到铁尔萨死缠住他不放，他便对她下了毒手，在雨夜开着克朗森的车把尸体丢在郊外。事后，克朗森得到了大笔钱和一辆新车。从此,他与福斯伯格各奔东西。16 年过去了,福斯伯格正在暗自庆幸,人们似乎已经把铁尔萨谋杀案完全遗忘了。不料今年夏天,克朗森突然惊慌失措地打电话给他,说有人在跟踪他。福斯伯格明白,克朗森的存在对他是个威胁,迟早他会被暴露出来的,这样他的地位、前程就全完了。他决定除掉他和那个跟踪者。他已经发现那是个单枪匹马的警察。11 月 13 日早晨,克朗森又打电话给他,说他无论走到哪里都有人在跟踪。福斯伯格感到动手的时机到了,他告诉克朗森,他要亲眼看看那个跟踪他的人。他让克朗森在夜晚 10 点左右把那个跟踪者引到某个地方,乘上一部红色的双层公共汽车一直到终点。当天下午,福斯伯格就乘这趟车跑完了全程,他知道在雨天乘这趟车到终点的人不会多。当晚 9 点,他悄悄地把车开到办公室,然后乘上了那辆红色双层公共汽车,伺机用机枪开了火……

　　福斯伯格被带走后,警察局长高兴地握着贝克和他助手的手说:"祝贺你们!你们破了件大案。"

　　"不,不是我们。"贝克神情严肃地说,"应该说,是斯坦斯特朗破了这个案子。"

　　一小时后,贝克桌上的电话铃响了,是助手打来的。他在斯坦斯特朗的办公室。

　　"那页丢失的卷宗找到了,"助手说,"就在他的办公桌上,压在记事本下面,卷宗的右下方写着'毕德恩·福斯伯格',后面还有一个问号。"

　　贝克无言地放下听筒,心情异常沉重。

赌徒暴死 波兰

作者：叶·艾迪格

著名的化学教授沃伊采霍夫斯基虽不特别迷恋桥牌，却很喜欢在家里接待亲朋好友。每月有一到两个周末，朋友们都到他家里聚会，边品尝女主人制作的点心，边玩桥牌。

这个周末的聚会则有些不同寻常，因为增加了两位陌生的客人：来自英国的物理学家亨里克和教授的同行——来自另一个城市的巴多维奇，所以教授决定将前来玩牌的人数增加，凑成两桌。

相互作了介绍后，大家准备玩桥牌。为避免相互干扰，主人特意将两桌分别安排在两个房间。别瞧来的都是些体面人物，但打到高潮时，往往会控制不住，大叫大嚷。这不，著名的心脏病专家亚先恰克的额上很快就冒出了汗珠。只见他稍加思索，用宏亮而微微颤抖的声音叫道："黑桃大满贯！"

难怪他会如此激动，要知道能做成大满贯，对于职业选手来说也不是常有的事，更不要说是业余选手。两间屋子顿时变得鸦雀无声，甚至另一房间的人也全跑了过来。亚先恰克医生竭力保持着镇静，默默地筹划出牌步骤。

这时，站在他身后观牌的副教授列赫诺维奇按捺不住，轻声地向他提示。坐在医生对门的是位大律师，他立刻提出抗议，让副教授闭嘴，可副教授似乎没有听见，继续不停地说。律师气得将牌一摔，说不打了。这下，医生也火起来，指责副教授不该多嘴。谁知，副教授如同好斗的公鸡，毫不相让地嘲讽他们的牌技。结果双方越吵越凶，差不多要动起武来，幸亏女主人及时劝说，才使大家渐渐平静下来。

沃伊采霍夫斯基建议大家喝杯白兰地消消气。因为怕各自的酒杯弄错，女主人在每人的酒杯底下放了块彩色餐巾纸，大家根据自己的颜色，很快找到了各自的酒杯。

女主人问还在生气的副教授是哪只杯子，副教授气鼓鼓地说是天蓝色餐巾纸上的那只。女主人走到放酒杯的小桌前，端起两只酒杯，将一只递给副教授，并把他由牌桌旁引到房间另一端。她轻声责备副教授不该如此粗野。作为教授的得意门生，副教授对女主人自然也十分谦恭。他轻声地请求女主人原谅他，说是最近不知怎么搞的，老觉得身子不舒服，可能得了什么病，说着，便一口干了杯子里的酒。忽然他半张着嘴，一动不动地站了差不多一分钟，疼痛使他的脸变了形。他伸手抓住胸口，酒杯掉了下来，随后摇晃了两下，一头栽倒在沙发旁边的地板上，眼睛瞪得溜圆。

众人纷纷从自己的座位上跳起来，最先冲到他身旁的是亚先恰克医生。他摸了摸他的脉搏，转身抓起电话，说是教授家的一位客人心脏病发作，可能是严重的心力衰竭，需要急救车立刻赶到。之后，他又奔回病人身旁，再次摸了摸他的脉搏，发觉副教授早已停止了呼吸。

急救车很快赶到。随车的是个年轻医生，听了亚先恰克的自我介绍后，立刻变得拘谨起来。他仔细地察看了死者，完全同意医生的诊断：副教授死于突发性心肌梗塞。这时，亚先恰克又把他请到另一房间，他告诉年轻的同行，沃伊采霍夫斯基教授不仅是波兰著名的化学家、聚合物方面的权威人士，同时又是本年度诺贝尔奖获得者候选人。这事发生在他家里已经非常不幸，如果再要报到警察，接受没完没了的调查、传讯，岂不使他更加难堪。为了使教授和在座各位免受麻烦，他希望年轻的医生在诊断书上注明，病人死于急救车上，这样就省得通报警察局了。

然而，年轻的医生虽然很尊敬亚先恰克医生，却对这事相当固执，怎么劝说也不同意，坚持要完成自己的职责，把此事通报警察局。

亚先恰克没办法，只得转告大家。这时，那位大律师自告奋勇，说他能代劳此事。当下，他即挂电话给老朋友，华沙警察局特别危险案件侦查处处长涅米罗赫上校，把这里发生的一切向他作了报告，并希望他能在并不张扬的情况下将这事了结。上校答应立刻派助手罗曼中尉来，并请他们保护好现场。

很快，身穿便衣的罗曼中尉和几位技术员赶来了。中尉简单地询问了情况，一同前来的法医也检查了死者的尸体，初步结论跟亚先恰克医生诊断的一样。中尉又让技术人员将现场拍摄下来，随后便通知大家明天去警察局，他将作进一步询问。

两天以后，涅米罗赫上校将罗曼中尉叫到办公室。当年轻的中尉兴冲冲地跨进门里时，一眼便看见上司的桌上摆着除了尸检报告以外的列赫诺维奇一案的所有材料。他啪地一声磕响了鞋跟："一切遵照您的命令，上校先生，我做得很有分寸，尽量没使任何人为难，事情进行得一点也不张扬，而且看来很成功。"他越说越得意，完全忽略了上司此时难看的脸色，继续说，"现在只等尸检报告，齐了后就可将材料移交检察官，结束此案。"

"是啊，一切都是高水平的。"上校阴沉着脸，顺着他的语气说，"你我两个干得挺不错，那九个证人也很出色。只有一个小小的错误必须纠正。"

罗曼中尉有些不解，问道："什么错误？"

"法医刚给我报告，就是这位化学副教授的胃里塞满了足以毒死一个省所有国营农场饲养的猪的氰化钾。投毒方式十分典型，将氰化钾撒在白兰地里，使受害者迅速中毒死亡。"上校一点也没注意完全呆愣的中尉，继续说，"是啊，我们中计了……说得准确点，是我中了奸计。我这老糊涂，竟被律师这家伙给耍了。还有那些证人，他们全都在撒谎，他们非常清楚，列赫诺维奇的死决非偶然。正因为如此，他们的口供才那样一致。"

上校气鼓鼓地说了一通，火气似乎消了一些。他命令中尉立刻重新调查，并通知所有在场的证人明天到他的办公室，他要亲自询问。

第二天，所有被传的人都到了。中尉把大家引到上校的办公室。房间很宽畅，办公桌后面端坐着一位60岁左右的男人，头发花白，两颊瘦削；一双冷峻的灰眼睛和紧闭的薄嘴唇，给人一种威严的感觉。

上校欠起身，微微点一下头，算是跟大家打了招呼。等人们全都坐定后，上校将副教授的死因冷冷地告诉大家。一旁的罗曼中尉细心观察，试图发现有异样反应的人，然而这些人脸上没有一丝的不安表情。

上校直截了当地指出，在场的所有人在向罗曼中尉提供证词时，都明目张胆地撒了谎。他严厉地提醒大家，只有当所有人都作出了真实的证词，才能保证彻底揭露凶手。最后他要求大家在审讯期间没有得到他的批准，谁也不要离开华沙，包括前来讲学的英国物理学家亨里克和巴多维奇教授，并请大家抄下他的电话号码，有情况随时向他报告。

等人们全走后，上校问中尉发现了什么异常情况，中尉茫然地摇了摇头。上校胸有成竹地说："这是可以想象的，因为他们全都有着思想准备。我估计这几天我们要忙着接待他们了！"

果然，仅仅过了一个小时，罗曼中尉就接到律师的妻子要求见面的电话。

这是个非常爱嚼舌头的女人，罗曼中尉不得不时常将她的话题拉回到正题上。这样，罗曼中尉便从她嘴里了解到一些情况。正如上校所估计的，列赫诺维奇完全不如证人们所讲述的那么完美，他虽然脑子很聪明，对科学也很有钻研精神，但他同时又是个利欲熏心的家伙。他不仅把亚先恰克医生搞得丢人现眼，还常给中学时的同窗好友、现在的律师打小报告，使他吃尽了苦头。他甚至还暗地里诽谤自己的恩师沃伊采霍夫斯基和他的夫人，以至于最后无法再在工学院呆下去，只得转到有机化学研究所。

　　上校对这次谈话评价很高，认为至少为进一步调查提供了依据。同时他告诉罗曼，那个英国人亨里克刚才打电话要求见他，他让中尉一块参加这次谈话。

　　英国人准时来到上校的办公室。他相当坦率地告诉上校，只要让他能马上回英国，他愿意把自己知道的全说出来。上校挺爽快地同意了他的要求。

　　英国人非常自信地认为这次谋杀的诱因，是列赫诺维奇的科学发现。他告诉上校，副教授研制的一种新物质比任何合金钢的强度都要大，而且便于造型，耐火力又极高，是理想的航空制造业原材料。为此，他引起了国外很多公司的密切注意。副教授这次突然被谋杀，极有可能与此有关。

　　跟英国人谈过后，上校要中尉带上技术人员去死者家中搜查，看看有没有关于聚合物方面的资料和样品。中尉去了后很快回来报告，说没发现任何这方面的材料。另外，他又找了他一位在有机化学研究所担任工程师的朋友。这朋友听了他的话大吃一惊，连说绝对不可能，他们研究所从来不搞聚合物研究，而且副教授又正巧跟他同一课题组。他告诉罗曼，有关这种研究只能是工学院聚合物教研室的事，也就是沃伊采霍夫斯基教授的事，虽然作为教授的学生，他可能懂一些这方面的知识。

　　接下来的几天，又有几位证人来找上校和中尉，向他们提供所了解的情况，这其中包括教授本人、女主人以及亚先恰克医生。从这些人所谈的情况看，似乎每一个在场的人都有可能是凶手，因为他们都跟死者有过怨恨。那么，他们又是如何聚在一起的呢？据教授本人讲，他非常赏识列赫诺维奇的才华，所以半年前当副教授为过去的隔阂特意跑来向他道歉后，两人又开始了交往。这次聚会实际上也是应副教授的要求举行的，他是想借此向各位好好赔个礼。为了怕大家知道后不愿参加，教授在邀请时特意没说副教授也将参加聚会。好在见面后副教授表现得相当谦恭，大家也就没再计较。

　　在同教授的交谈中，上校还了解到，列赫诺维奇最近常说心脏不好，还劝教授也去看看医生。另外，他还无意中说到他们学院的看门老头是个集邮迷，副教授常把一些外国邮票送给他。

上校还注意到，从职业上看，这些参加聚会的人几乎都有可能得到氰化钾这种剧毒品，何况教授的私人实验室里还藏有一小瓶。当时女主人用那里的机器为客人们制冰，打牌过程中又时常有人去那儿取冰，所以都有可能顺手牵羊，再乘人不注意时把毒品放进酒杯。那么，凶手到底是谁呢？

上校觉得现在该是同最后一位证人，也就是他的老朋友，那位大律师正面谈谈的时候了。他有种直觉，这家伙之所以不肯自己找上门，而要他打电话去"请"，肯定是手上掌握着某种他认为非常重要的线索。

果然，在上校直截了当地向他指出这点后，律师非常得意地大笑起来。他告诉上校，当时列赫诺维奇说出酒杯在天蓝色餐巾纸上后，女主人便从小桌上拿了两杯，一杯给自己，另一杯给了副教授。而由于他正站在小桌旁，所以清楚地看见，天蓝色纸上的酒杯根本没动。他请上校拿出当时中尉他们拍的现场照片，果然如他所说，天蓝色纸上的酒杯依然留在那里。这么说是女主人亲自把毒酒递给了副教授而使他一命呜呼的！也就是说她想报复这位丈夫的得意门生昔日对她的诽谤？

对于这个发现，罗曼中尉显得非常吃惊，他怎么也不愿相信，这个看上去如此温柔善良的女人，竟会是杀人凶手！上校却有些不以为然，既没有表现出太大的惊讶，也没要求立刻去逮捕女主人。尤其让罗曼中尉难以理解的是，第二天上校还兴致勃勃地请来了工学院的看门老人，跟他谈了一大堆有关集邮的话题。之后，他又请中尉叫来了女主人，让她在事先准备的几张各种颜色的纸上签名，以作为口供材料存档。上校还开玩笑地对她说，这还是从她那学来的，以便正确区分这些材料的用途。

又一个周末来到了。上校让罗曼中尉预先通知此案所有见证人到教授家集中，他要做一个与此案有关的模拟实验。

待大家全都到齐后，上校让大家完全按那天打牌的位置就座，已经离开的英国人和死去的副教授由他和罗曼中尉代替。实验由亚先恰克医生喊"大满贯"开始。最后，女主人问扮演副教授的罗曼中尉餐巾纸的颜色，中尉毫不犹豫地说是天蓝色。当女主人由小桌上拿起酒杯，递到中尉手上时，上校高声喊停。他让大家围到小桌跟前，眼尖的律师夫人第一个喊起来："怎么桌上会有两块粉红色餐巾纸！那块天蓝色的呢？"

"问得好！"上校赞许道，"很抱歉，我得在这儿指出女主人的一个小秘密，由于她是个色盲患者，对两种色彩深度相同的颜色，比如天蓝色和粉红色，不能正确区分，结果将该别人喝的毒酒错递给了副教授，导致了他悲剧性的结局。"

直到这时，罗曼中尉才真正明白了上校那天干嘛要把女主人请来，在那毫无用处的彩色纸上签名，显然他是要证实女主人究竟是故意杀人还是完全出于无意。这时，教授非常吃惊地喊起来："怎么可能？粉红色餐巾纸是我用的。"

"问题就在这里，教授。那杯酒正是为您准备的。"上校说。

随后，他向大家谈了此案的侦破过程。

原来，当他一接手这个案子后，就觉得此案令人费解。首先是杀人动机不明，有作案可能的，不是动机不充分，就是已失去了现实意义。后来，经过研究各种可能的情况，发觉唯有一种才能使推理的基础完全成立，那就是凶手即为副教授本人。接下来便是他要谋杀的对象，这似乎不难，因为那杯毒酒就放在粉红色餐巾纸上，也就是为教授本人准备的。那么是出于何种原因使他竟要对恩师下毒手呢？上校想起了英国人亨里克对他讲的一席话，便顺藤摸瓜，终于查明，列赫诺维奇完全是出于过度的虚荣和对名利的贪求，走上了犯罪的道路。他谋杀教授，不仅是为他登上工学院聚合物教研室主任的宝座扫清道路，而且要把正在研制过程中的教授的一项聚合物新发明据为己有，以便将这一发明盗卖给外国公司。为达此目的，他主动改善了与教授的关系，从他那儿获取试验的结果，还不断用外国邮票赢得工学院看门老头的好感，让他不经教授允许，就能擅自潜入他的实验室，对教授正在研制的新物质偷偷地进行试验。依他的能力，不用教授，他已完全能解决这一发明余下的全部问题。他甚至已开始同美国一家公司谈判，并将新物质的试验样品转交给了对方。

为了达到杀人，又不引起人怀疑的目的，他逢人就讲自己胸口痛，并且努力给教授灌输一种思想：即他的心脏也有病。周末那天，他很早就将随身带来的氰化钾撒进教授的酒杯，指望他能尽快喝下去。然而，时间一小时一小时地过去，教授却一直没喝，眼看桥牌就要结束，副教授再也熬不住了，他决定挑起一场是非，争吵后大家一定会想到用喝酒来消气，这样主人自然也免不了。可能是过于紧张，当女主人把酒递给他时，他根本没仔细看就一饮而尽，结果反害了自己。

为了再次证明女主人的色盲症，在今天实验开始后不久，中尉乘大家不注意，从放酒和纸的小桌上拿走了天蓝色餐巾纸，用一块粉红色纸代替，结果女主人一点也没发觉。

破案以后　意大利

作者：达米阿诺·达米阿尼等

在意大利一座繁华的城市里，一辆警察局的小轿车穿过热闹的市区，在郊外的公路上飞驶。

车上坐的是警察局局长蓬纳维亚，他神态严肃，是位富有正义感的人。开车的是他的助手加米诺中士，一个年轻的小伙子。这会儿，他们是去疯人院，看望一个精神病人。

半小时以后，蓬纳维亚和加米诺，在院长和主任医生的陪同下，到一个铁栅栏前站住了。铁栅栏里关着许多精神病人，其中有一个好像很爱干净，不停地擦着脚上的皮鞋。他是个中年人，叫利普马。这时，他发觉蓬纳维亚盯着自己，立刻向他送去了一个眼色。蓬纳维亚对他微微点了点头。而后，利普马又继续擦他的皮鞋。

没几天，利普马离开了精神病院。他原是大建筑商罗蒙诺的手下，因不能忍受罗蒙诺侮辱他的妹妹，跟罗蒙诺结下了冤仇。而罗蒙诺既有钱又有势，还是黑帮头子，借口利普马得了精神病，把他关进了疯人院。

这会儿，利普马刚刚来到一条大街的拐角，只见路边有个中年男子向他走来。那人和他擦肩而过时，有意撞了他一下，悄悄地塞给他一个钱包和一张纸片。

利普马看完纸片，顺着一条冷清的街道，走进一家咖啡馆。他一边喝酒，一边东张西望，似乎在等什么人。没多久，一个招待走过来递给他一只长长的盒子。利普马付了账，夹着盒子出了咖啡馆后，立刻加快脚步，走了一段路，拐了两个弯，又从一个摩托骑士手中接过了一个手提箱，而后马上闪进一条僻静的小巷。再回到巷口时，他已经是一个"警察"了。他警觉地瞧了瞧四周，从从容容地向帕莱比希多街走去。

帕莱比希多街是条热闹的街道。罗蒙诺的办公大楼也在这条街上。这时，一个瘦高个儿警察踏进了罗蒙诺女秘书的办公室，非常礼貌地说："小姐，打扰您了！我是治安警察，想跟罗蒙诺先生谈一件事，请您通报一下。"

女秘书打量一下来人，又打了个电话，说：“警察先生，罗蒙诺先生很愿意接待您。往左拐一直走，看到很大的折门，里面就是罗蒙诺的办公室，请吧。”

利普马把警帽沿拉低了一些，按女秘书的指点，快步走向罗蒙诺的办公室。走着走着，他突然闪到房门的一侧，亮出用上衣包裹的卡宾枪，跑到一扇边门前，飞起一脚将门踢开，向房间里猛扫起来。

奇怪，屋里没有一点儿反应。利普马一看，只见罗蒙诺的坐椅被子弹打得直摇晃。就在这时，跳出三个持枪的大汉，他们是罗蒙诺的保镖，埋伏在这里专门"恭迎"利普马的。

顿时，办公室里枪声四起，吓得邻近办公室的人们四散逃去。待蓬纳维亚他们赶到，一场恶战已经结束。罗蒙诺的三个保镖，都倒在了血泊中。利普马也身负重伤，跟跟跄跄逃出大楼，栽倒在离大楼不远的草地上死了。

加米诺察看尸体后悄悄地问蓬纳维亚："尸体中怎么没有罗蒙诺？"蓬纳维亚低声说："很显然，有人给他通风报信，他早溜了。"说后，他指着远处的草地，对旁边一个人说："把利普马的尸体用相机拍下来！"

蓬纳维亚的话音刚落，站在他身边的警官斯基罗，不经意地朝他瞄了一眼。

新任检察官屈昂尼也到了现场。

蓬纳维亚告诉屈昂尼："利普马本是罗蒙诺的同伙，因为罗蒙诺糟蹋了他的妹妹，两人就翻脸了。罗蒙诺虽然把他送进了疯人院，但他知道利普马不会甘休，总有一天要来报仇，所以，一直派人在监视着他。"他又指着倒在血泊里的三具尸体说，"这三个人都是罗蒙诺新近从外地雇来的保镖，全是作案老手，我们一直在追捕他们。罗蒙诺原来的两个贴身保镖都是杀人行家，两个月前被我逮捕了。罗蒙诺这个坏家伙如果没有保镖，就好像缺氧一样，没法活了。因为，他害死的人太多了。"

屈昂尼诧异地问道："那你干吗不抓他？"

蓬纳维亚带着苦涩的微笑说："我抓过他三次，可法院放了他三次。"

"为什么？"

蓬纳维亚看看屈昂尼，想把闷在心里的话告诉他，但又觉得现在还早了些。他说："以后您会明白的。"

处理完四具尸体，天色已晚。屈昂尼与蓬纳维亚一起走出大楼时，他要蓬纳维亚尽快写份案情报告，连同罗蒙诺的档案一并交给他。

屈昂尼刚回到家，电话铃就响了。屈昂尼一听，是总检察长马尔他打来的。

那语气显得很不高兴，不仅追问利普马何时离开疯人院的，而且责问屈昂尼："让一个精神不正常的人任意出来行动，这是怎么一回事呢？"

屈昂尼默默地听着上司的责难。

接着，马尔他问："你对此案下一步怎么打算？"

屈昂尼回答说："明天传讯罗蒙诺。"

马尔他在电话里叮嘱他，对罗蒙诺这样的人一定要慎重，不要轻率行事……

第二天上午，罗蒙诺的律师卡纳恰罗来到了屈昂尼的办公室。

屈昂尼冷冷地看了他一眼说："我等的可不是你。"卡纳恰罗微笑着，从容地解释说："我知道你在等罗蒙诺。不过他受惊了，在疗养院不能来了。"说着，摆出一副诚恳的神态，请求检察官破例亲自去见一下罗蒙诺。屈昂尼考虑一下同意了。

屈昂尼约了蓬纳维亚一同来到疯人院看了利普马的病历。他的病确实好了，所以院方才同意他出院。

利普马的出院手续一应俱全，但屈昂尼总觉得他一出院后就去寻罗蒙诺报仇，一定有人安排的。否则，警服和枪支怎么一下就备齐了？

第二天他约了蓬纳维亚来到一家上等咖啡馆共进午餐。屈昂尼试探着问是谁放利普马出院的，罗蒙诺的仇人是谁。蓬纳维亚沉着地说，利普马出院是因为他的病完全好了。至于罗蒙诺的仇人，电话簿里的人几乎都是。

屈昂尼仔细地打量着蓬纳维亚的神情，慢悠悠地说："这案件看来不像是单纯的报私仇，可能还牵涉到许多头面人物。"

蓬纳维亚笑了笑，指着离他们不远的一张桌子，向屈昂尼轻声地介绍起来："那穿浅色衣服，留小胡子的先生，是市长尼科特拉。他左边戴眼镜的是参议员里卡塔。他右边的是银行行长和建筑协会的会长。空着的座位是留给罗蒙诺的。两年前，就是那位市长与罗蒙诺在城市建设规划里订了协定，罗蒙诺按300里拉一平方米买了一批土地。后来，市长用纳税人的钱给这一地区供上水、电，每平方米的价格就提高到四千里拉！而纳税人并没有得到任何利益，好处都被市长、罗蒙诺、建筑协会头头、议员和其他几个人瓜分了！如果谁出来反对，那么先是警告，然后就是威胁，再不行就是被干掉。"说到这里，他顿了顿，头向屈昂尼靠近了些，神态冷峻地说："如果你要知道更详细的情况，我可以提供，不过你得留神，前面是一条泥泞难行的道路。"屈昂尼觉得蓬纳维亚讲话的神情，令人难以捉摸。

这天下午，屈昂尼和罗蒙诺见面了。他开门见山地问罗蒙诺："利普马要杀你，是因为你把他关进疯人院吗？"

罗蒙诺心里一惊，但又马上镇静下来。他装出受委屈的样儿说："我什么都不知道，连被利普马杀死的三个人也不认识。"

屈昂尼又问罗蒙诺，蓬纳维亚是否跟他有私仇。罗蒙诺轻蔑地一笑："要我命的人，我敢肯定要比蓬纳维亚权势大得多。你想想，把利普马放出疯人院，没有一大笔钱行吗？"

隔天，屈昂尼向上司报告了与蓬纳维亚以及找罗蒙诺谈话的内容。遵照总检察长的命令，他开始调查蓬纳维亚的私人生活。他从银行获悉，蓬纳维亚曾将一笔无名氏的可观的存款取了去。屈昂尼走出银行，看见蓬纳维亚在街对面等他，感到奇怪："蓬纳维亚怎么知道我的行踪？"

原来，蓬纳维亚是从加米诺那儿知道的。蓬纳维亚为了掌握某些人的情况，不得不调加米诺去监听站工作。加米诺不仅告诉他这件事，还通知他有人已向屈昂尼告密，说蓬纳维亚曾去过疯人院……

这时，蓬纳维亚跟屈昂尼打招呼，让屈昂尼开车跟着他的车走。

他俩的车在郊外的一座小山脚下停下。屈昂尼困惑不解，心想：为什么把我带到这儿来？

蓬纳维亚带着屈昂尼走上山顶，来到一座纪念碑前，说："屈昂尼先生，这碑是纪念一个叫里佐的建筑工人的。你想知道他的事吗？"

屈昂尼点点头。

蓬纳维亚说，里佐是罗蒙诺的工人，又是工会的组织者。他经常单枪匹马在街上演讲，号召工人起来罢工，同吸血鬼罗蒙诺展开斗争。罗蒙诺认定他是心腹之患，派人绑架并杀害了他。为了毁尸灭迹，他们炸塌山坡，把他埋了。这事恰巧让一个牧童发现，这伙歹徒又将这孩子推下悬崖摔死了。事发后，有人放风说这孩子是自己不小心摔死的，但孩子脖子上有指甲抓的伤痕。

为取得罗蒙诺杀死里佐的罪证，需要花很多钱请工人清除掉压在里佐身上的泥石。可警察局缺乏经费，于是，他把父亲的房子卖了，然后从银行里取出200万里拉的存款，才见到里佐的尸体……警察局认为罗蒙诺罪证确凿，逮捕了他。但是，法院却以"证据不足"释放了他。后来，罗蒙诺又参与一起杀人案，被送上法庭，但由于黑势力的威胁，陪审团吓得不敢出庭。罗蒙诺再次逍遥法外。

说到这里，蓬纳维亚气愤极了："我们的法律未能使正义得到伸张。"

屈昂尼听了，笑笑说："你是执法者，只能尊重法律，不能批评它。"转而，脸色一沉，异常严肃地说，"如果你对法律有起码的尊重，你应该承认你放利普马是为了杀罗蒙诺。"

对于出现这种情况，蓬纳维亚早已预料到，而且，今天他把屈昂尼拉到此地，也是准备摊牌的。他不紧不慢地说："检察官先生，利普马是我放的；利普马去杀罗蒙诺，也是我指使的。我为什么要这样做？我是执法者，应该守法，尊重法律，这是最低的认识。可是，在多年的执法中，我发现在我们的法律面前并不人人平等！像罗蒙诺这样的魔鬼，他直接和间接地杀害了63条人命！每次我们侦破以后，都把他送上了法庭。可是，他作为案犯却不归案，不受法律的惩处，一而再再而三地逍遥法外，这又说明什么呢？说明某些比我们大得多的人，是他的保护伞，他们不仅不尊重法律，而且视法律为儿戏。他们的话，他们的利益，就是'法律'！因此，在忍无可忍的情况下，我不得不出此下策，利用利普马和罗蒙诺之间的私仇，除掉一个为人们所痛恨的恶魔。自然，我明白这是触犯法律的，我甘愿受到法律的制裁。"

蓬纳维亚讲完，心里像轻松了许多，他对屈昂尼说："检察官先生，你听了我的陈述，一定会对我起诉的。不过，在你起诉前，我还得关心利普马的妹妹——塞蕾娜，她已经失踪多天了。还有，罗蒙诺会不会受到你的袒护……"

"别说了！"屈昂尼一把抓住蓬纳维亚的衣领，吼道，"我有什么可以让你指责的？蓬纳维亚，你等着我对你起诉吧！"说罢，他上车走了。

蓬纳维亚刚回到警察局，就接到一个女人的电话，告诉他塞蕾娜有了下落。根据她说的地址，他立刻驾车去了那里。中途，他停了一下，买了一箱食品。

利普马的妹妹塞蕾娜，一度受罗蒙诺的迷惑，出面申请把哥哥送进了疯人院。利普马被杀后，她感到很对不起他，怀着忏悔的心理，过着隐居生活。可是，罗蒙诺派人四下找她，因她知道他的许多罪恶，生怕蓬纳维亚让她出庭作证。一天，她偶尔上街，给罗蒙诺的爪牙抓了去，第二天晚上才设法逃跑了。

蓬纳维亚找到塞蕾娜后，立刻把她安置在一个秘密地方。经过再三开导，塞蕾娜终于向蓬纳维亚揭露了罗蒙诺的罪恶。

蓬纳维亚前脚刚到办公室，屈昂尼后脚就跟了进来。他冷冷一笑，对蓬纳维亚说："好啊，你竟敢让加米诺窃听我的电话！他已经被捕了！"他又问，"你将塞蕾娜弄到哪儿去了？"

蓬纳维亚说："那是我命令加米诺干的，与他无关！"为了塞蕾娜的安全，他没有再回答屈昂尼。

屈昂尼像头被斗败的狮子，冲出门去。他很快来到检察院，向马尔他总检察长汇报情况后说："我要对蓬纳维亚提出起诉！"

马尔他好像为难地说："既然如此，就起诉吧。"屈昂尼突然想起什么，天真地说："真让蓬纳维亚说着了，有人来贿赂我呐，说要给我一套公寓，还有大笔钱。不知是为了感谢我反对蓬纳维亚，还是为了请求我不再调查别的人。"

马尔他惊讶地问："别的人？"屈昂尼说："市政府里的违法行为正在暴露，甚至连市长本人也有牵连。"他表示一定要立案侦查。

马尔他态度严肃地对屈昂尼说："屈昂尼，你的任务是调查那次枪杀案，执法可要谨慎才是啊。"言语之间显然带有某种警告的成分。

当天下午，屈昂尼宣布蓬纳维亚被撤去警察局长的职务。

蓬纳维亚从抽屉里取出一份东西，一张递给屈昂尼，一张递给宪兵队长，语调深沉地说："这是我的自白书。"说罢，惆怅地离开了他工作多年的办公室。

屈昂尼同宪兵队长翻阅着蓬纳维亚刚才留下的自白书。看着，看着，两人不约而同地怔住了。他们似乎在字里行间突然发现了什么，连忙打电话去找蓬纳维亚，才知道他去了海滨饭店了。

海滨饭店里一片乌烟瘴气，罗蒙诺和他的狐群狗党正在大吃大喝。突然，蓬纳维亚在门口出现了。他对罗蒙诺这个作恶多端的黑帮头子深恶痛绝，此刻极力压住满腔的怒火对罗蒙诺说："罗蒙诺，我给你带来个好消息，他们要逮捕我了。"说完，他拔出手枪，扣响了枪机。只听罗蒙诺"啊"了一声，倒了下去。周围的人被这突如其来的一枪惊得目瞪口呆。蓬纳维亚终于除掉了这个一直逍遥法外的杀人凶犯，扔下手枪去投案自首了。

这时，屈昂尼经过调查掌握了市长等人和罗蒙诺勾结作恶的材料，他如梦初醒，局促不安地来到监狱看望蓬纳维亚。他把手里的一叠报纸在蓬纳维亚面前一摊，忿忿地说："我要把市长和他们一帮人都拉上法庭！"

蓬纳维亚看穿了资产阶级法律的虚伪，连连摇头说："这没用。我屡次侦破罗蒙诺案件，他又得到什么惩罚呢！除非杀了他们。"

第二天，屈昂尼心急如焚地又一次来到监狱。他一见蓬纳维亚就说塞蕾娜又失踪了。"她从电视里知道你被捕，就打电话给我，并把她的地址告诉了我。可是等我到那儿，她已经不见了。"

蓬纳维亚觉察到事情坏了，懊丧地说："如果被罗蒙诺那帮人杀了，她的尸体就永远找不到了！"他问屈昂尼，塞蕾娜来电话时，还有谁在场。屈昂尼说，马尔他在场。蓬纳维亚连声说："完了，完了！这不就明白了，马尔他是杀死塞蕾娜的凶犯！"

屈昂尼一向把马尔他看作是法律的化身，他根本没有想到，像马尔他这样的最高司法官也会与黑帮有牵连，也会杀人！他坚定地说："我一定要追究到底！一定把这些大人物作的案侦破！等着听好消息吧。"说罢，向蓬纳维亚告辞。

望着屈昂尼的身影，蓬纳维亚心中起伏不停。他担心屈昂尼会不会遭到与自己一样的厄运……

其他国家
QITAGUOJIA

神秘的跟踪者 德国

作者：贡特尔·克鲁卜卡特

人们像潮水般地涌过莱比锡的大街小巷。这里举办的春季博览会吸引了世界各国的商人和游客。

丹青格教授和女儿苏珊娜漫步在熙熙攘攘的大街上。他是慕尼黑著名的外科大夫，是来莱比锡参加医学大会的。忽然，丹青格的目光定住了，流露出惊恐不安的神情。他看见了一张男人的脸，这张脸苍白、瘦削，像一副假面具，在淡淡的阳光下显得死人般的惨白，眼眶深陷，冷冷的目光犹如一把利剑。

丹青格霎时冷汗直冒，下意识地闭了闭眼睛，等他睁开眼时，那张脸已经不见。

"你怎么啦，爸爸？"苏珊娜感到父亲神色不对，关切地问。

"没什么。"丹青格强打精神，心里安慰自己说也许那是一时的幻觉。

正当他们走进旅馆的电梯时，丹青格浑身一惊，旅馆大厅宽大的玻璃窗后面又出现了那张脸！

丹青格和女儿住在二楼两间相邻的房间。本来他们打算晚饭后一起出去散步的，丹青格突然改变了主意，告诉女儿他必须在明天之前完成一项重要的任务。

晚上，苏珊娜独自来到大厅，想订一张歌剧票，可是票已经卖完了。正在这时，一个瘦高个的中年男子出现在她面前，向她亲切地微笑，问她要不要歌剧票，他有一张多余。苏珊娜见他衣着整齐，举止文雅，就接受了。当她得知这位叫汉斯·特拉滕堡的男子是位画家时，对他的好感又增添了几分，因为她自己也是从事工艺美术工作的。

黑暗笼罩了房间。丹青格无力地倚在沙发上，一种恐惧感向他袭来，那张脸似乎就近在眼前。他的耳边响起了一个奇怪的声音："今后我将时时刻刻出现在你身边！"

丹青格猛地惊跳起来，拧亮电灯，窗缝里吹进的一股冷风使他一阵哆嗦……

深夜12点，一辆小车缓缓地驶近旅馆，苏珊娜和汉斯看完歌剧回来了。苏珊娜刚要下车，只见一个熟悉的身影匆匆出了门，向车库走去。她感到有些奇怪，父亲今天怎么这么反常？

汉斯问明了情况，就提议悄悄地开车跟在后面。两辆车一前一后地驶进了茫茫夜色中。苏珊娜惊奇地发现，他们已经来到郊外，驶上了通往柏林的长途公路，两旁是一片荒野。前面的车慢慢地停在了一条林中小道边，只见丹青格下了车，向黑糊糊的林中走去。汉斯让苏珊娜留在车里，自己暗暗拿了个扳手跟了上去。

树丛密密匝匝，在淡淡的月光下像一群张牙舞爪的魔鬼。丹青格打着手电，艰难地在丛林中穿行。前方就是一道小峡谷了，他停下来四下张望，一块大石头引起了他的注意。他用力把石头翻过来，然后挥动铁锹挖起来。忽听"哗啦"一声，丹青格惊恐地拧亮手电，天哪！又是这张可怕的脸，离他不过十步远！他惊恐万分，扔掉铁锹和手电，夺路而逃……

汉斯垂头丧气地回到车上，他说只看到一道亮光，随后听到一阵急促的脚步声，可没看到苏珊娜的父亲。

第二天清早，苏珊娜就被父亲叫起来。丹青格要她立即收拾东西回慕尼黑去。苏珊娜追问他昨晚的事，他却把话题扯开了。

丹青格住在慕尼黑市郊的一幢别墅里。他妻子在大战时的一次轰炸中丧生，20多年来女管家南妮一直在照顾这父女俩。现在巴巴拉护士也住在这里，她在教授的私人诊所工作。从莱比锡回来，丹青格就像换了一个人似的，整天提心吊胆，连工作也无法集中精神。那天他去上班，正当他把车开到广场上的停车线时，一辆出租车呼地抢到他前面。就在这一刹那，从车窗里又露出了那张脸！

当天晚上，丹青格走进了退职警官西贝内德的办事处。这位警官又瘦又矮，却是个精明能干的侦探，和教授是多年的朋友。丹青格说自己遭到了跟踪，并把三次见到那张脸的经过告诉了西贝内德。他还记下了在广场上遇到那辆车的车号、时间和行驶的方向，请求西贝内德查明那究竟是谁的脸。西贝内德答应了。

咖啡馆的露天座位上坐满了人，苏珊娜和汉斯慢慢地呷着咖啡。汉斯的意外出现使苏珊娜又惊又喜。这时，西贝内德出现在他们中间，苏珊娜为他们作了相互介绍。西贝内德问起了她父亲最近的情况，苏珊娜便把那晚在树林发生的事告诉了他。不一会儿，汉斯起身告辞了，他是在去意大利途中路过这里的。西贝内德沉思着目送着苏珊娜和他一起离去。

晚上，西贝内德来到教授家。他告诉教授，靠现有的线索他无法开展调查，除非教授对他开诚布公，毫无隐瞒地把一切都说出来。丹青格犹豫了好一会儿，再三恳求西贝内德千万不要把他说的话告诉任何人。然后,他陷入了痛苦的回忆之中……

二次大战期间,丹青格当了5年的随军医生。当时,俄军对柏林发起了全面进攻,德军节节败退。阵地上炮火连天,满目疮痍。1945年4月20日,他们接到了上级要求他们转移的命令。丹青格作为一名医生,早已对屠杀生命的战争深恶痛绝,同时他又惦念着失去母亲的女儿苏珊娜,便决定悄悄地逃离部队。傍晚,他在柏林郊外的树林中遇到了一个炮兵部队的士兵,他也是临阵脱逃的。这个年轻人正直善良。两人相互照顾,在夜色中摸索着前行。

忽然,他们听到一声"站住",紧接着响起了"哒哒哒"的冲锋枪声。年轻人一把把丹青格按倒,拉着他滚下沟去。枪声平息下来之后,丹青格这才发现年轻人的胳膊受伤了。

丹青格立即为他包扎了伤口。虽然伤势不重,他却因虚弱而倒在地上。眼看天快亮了,党卫军的巡逻队随时都会发现他们,丹青格心急如焚。这时,他仿佛看到了自己在慕尼黑的家,听见了女儿的呼唤。于是,他告诉年轻人他必须再打一针。打完针后年轻人便沉沉睡去了。他立即把那可能暴露他身份的小皮箱埋了起来,并压上块大石头作记号,随后头也不回地离开了。

战争结束后,丹青格成了著名的教授,过着平静的生活,直到在莱比锡见到那张脸。尽管他替那位受伤的年轻人注射的药水是无害的,但年轻人也可能因伤势过重而死亡。如果年轻人没死,又怎么可能几次三番出现在他面前呢?他既不知道丹青格的名字,也不清楚他的职业,何况岁月已经改变了人的容貌。除非年轻人发现了那个小皮箱。于是那天深夜他驱车找到郊外的那片树林,想看看那个小皮箱是否还在,不料,那张可怕的脸又出现了,而且现在又跟到了慕尼黑……

"只要有可能,我愿以一切方式弥补我的过错。"最后丹青格叹息着说。

"你是指钱吗?"西贝内德若有所思地问。

丹青格无力地点点头。西贝内德认为,那张脸不会就此消失,他肯定在进行着某种计划。他让教授沉住气,等待那张脸的再次出现。

几天后的一个早晨,苏珊娜和父亲边吃早餐边说着话,丹青格为女儿有了心上人而高兴,打算邀请汉斯来家里作客。这时,南妮进来递给他一封信。丹青格拆开信一看,立刻脸色煞白,跳起来冲进书房,砰的一声关上了门。

不一会儿,西贝内德来了。他接过信,只见信上写着:

"你曾经背叛了我，现在我给你一个赎罪的机会。请你立即把10000马克现钞用邮包寄往以下地址邮局待领：慕尼黑一区，1945——420号。"

西贝内德对这种讹诈行径感到气愤，他让教授在邮包里塞些白纸，然后由他去邮局监视，看看是谁来取这个邮包。

"不，我给钱。"教授下了决心。

当天，丹青格从银行里取出钱，交给西贝内德后，就一直守在电话机旁。结果电话没等到，西贝内德却气喘吁吁地回来了。他满脸沮丧，连声说那家伙太狡猾了。

原来，到邮局取走邮包的是个年轻姑娘。西贝内德一直跟踪她到广场，才发现邮包已经不在她手里了。经过盘问，那姑娘说她是代一个陌生女人去取邮包的，人家给了她3马克。

这天，苏珊娜接到了汉斯的电话，他从意大利回来了。两人去溜冰游玩，直到晚上，汉斯才独自回家去。他沿着僻静的公路慢慢走着，突然，一辆汽车飞快地驶来，就在离他几米远的地方猛然失去了控制，歪歪扭扭地向他撞来。汉斯跳了起来，跌倒在路边，等他爬起身来，汽车早已一溜烟地消失在夜幕中了……

一星期后，丹青格又出现在西贝内德的办公室。他神情憔悴，好像一下子苍老了许多。他带来了那家伙的第二封信，这回他竟要索取15000马克。丹青格决定再一次满足他，但他必须亲自交给那家伙。

"如果他不接受你的要求呢？"西贝内德问。

"那我就去报警。"丹青格坚决地回答。

西贝内德劝他想得周到些，看有没有更好的办法，可丹青格已经打定了主意，西贝内德只好答应试试看。他起草了一封信，约那人第二天晚上10点到教授家面谈，丹青格在信尾签了名。

第二天早餐时，丹青格接到了一个陌生人打来的电话。他声音沙哑，说他会如约前来的，但不准让警方知道。

不一会儿，西贝内德赶到教授家。他安慰教授说，到时他要事先见一见那家伙，并监视他们的谈话，决不会引起那家伙的疑心。

夜幕降临了。吃过晚饭苏珊娜就出了家门，她和汉斯有个约会。丹青格给了南妮一张电影票，南妮也高高兴兴地出去了。随后，教授吩咐巴巴拉，晚上10点如有客人来找他，就把他带到候诊室去，等西贝内德一到，她就可以走了。

其他国家

丹青格在屋里不安地踱来踱去，不时地看着座钟。还有10分钟了，他烦躁地踱到通向花园的平台门边，忽然栅栏旁传来几声狗吠，随即又安静下来，丹青格松了一口气，那是他的爱犬。

还有4分钟。丹青格拨动了对讲机的按钮，询问巴巴拉有什么动静。女护士回答说客人还没有到。丹青格回到自己的座位上，注视着座钟缓缓移动的粗大指针。

一声尖厉的汽笛声划破了夜空，正在隆隆地驶过大桥的火车仿佛辗压在丹青格的心上。此刻，座钟的指针正好指向9点58分。就在这时，对讲机的蜂鸣器响了起来……

巴巴拉刚和教授通完话，门铃就响起来了。她打开门，面前站着一个瘦高个子的男子，帽子压得低低，衣领竖得高高的。他简短地对女护士说："教授在等我。"

这是汉斯·特拉滕堡。

巴巴拉走进化验室去向教授通报。化验室的收音机正在播放音乐，外面火车也正轰响着飞驰而去。巴巴拉把汉斯带到候诊室，就回化验室去了。这时收音机里传来10点整的报时声。

汉斯等待与教授的会面。

10分钟后，西贝内德到了。他上气不接下气地告诉巴巴拉，他错过了一班电车。

当他在候诊室见到汉斯时，不由冷笑一声，问道："丹青格教授等的就是你吗？"

"不错，我们是约好的。"汉斯答道。

"我们不是见过面吗？"西贝内德冷冷地说。

汉斯愣了愣，随后才似乎想了起来。他跟着西贝内德来到教授的房前。西贝内德敲了敲门，里面毫无动静。他推开了门，猛然发出一声惊叫，汉斯上前一看，不由惊呆了：丹青格挨着座钟前的沙发躺倒在地上，他的眼睛呆滞地望着天花板，头部下有一摊鲜血，4、5步远之外扔着一把手枪。

西贝内德走上前去，俯身看了看教授，喃喃地说："他死了。我早就料到了。"随后他猛地转过身去，拔出手枪对准汉斯喝道："你呆在原地别动！"

10分钟后，警长菲希特纳带着法医赶到了。法医很快断定，教授是被人从背后枪杀的，时间大约在10点之前。当时他正坐在沙发上，估计凶手不是在近处开的枪。警长仔细地观察着现场,发现凶手打了两枪。第一枪打偏了,子弹射穿了座钟下面的玻璃,嵌进了后面的墙中。

审讯就在教授家中的餐厅里进行。西贝内德向警长讲述了那张脸的故事以及讹诈信的情况。他认为汉斯就是那张脸,凶手无疑就是他了。他闯进教授的书房,和教授发生了争执,然后开枪打死了他。正当汉斯逃到候诊室时,被他堵住了。

这时,助手进来向警长报告说,西贝内德亲眼看到教授放进写字台抽屉里的15000马克不见了。

接着进来的是汉斯。他显得很不安,说是,今天早晨收到了教授的信,约他晚上面谈,他以为是有关他和丹青格小姐订婚的事,就开着自己的车来了。

警长接过汉斯从口袋里掏出的那封信,注视着他问:"你以前见过丹青格教授吗?"

"见过。"汉斯回答说,接着,他把那天夜里在树林里跟踪教授的事讲述了一遍。

"你以前当过兵吗?"警长突然问道,

"当过。"汉斯坦然地答道,"但我在1945年4月20日就离开了部队。"

当警长一口气讲出了4月20日夜里发生的事时,汉斯惊奇地瞪大了眼睛,"你说的一点也不错,如果不是苏联士兵发现了我,我就完了。"他说,"可你是怎么知道的?这与丹青格教授又有什么关系?"

"他就是那天夜晚你的同行者!"警长目光炯炯地逼视着汉斯,"而且他已认出了你!"

"这不可能!"汉斯喃喃地说,"那天我戴着普通的军帽,穿的是司机的大衣,况且当时天那么黑,他根本看不清我的脸。"

汉斯离开后,助手把从丹青格口袋里找到的那封信交给警长。警长让他立即把三封信一起送去化验,并调查一下汉斯的情况。

苏珊娜刚回家,就听到了父亲被害的消息,悲痛万分。当她得知汉斯也在这里时,惊讶得说不出话来,汉斯的电报上明明约她晚上10点在老地方见面,结果她白等了几个小时。

苏珊娜和汉斯见面了。当汉斯看到那份电报时,急切地摇晃着苏珊娜的手说:"天哪,我根本没有发过这份电报,相信我!"

案情似乎陷入了重重迷雾之中,警长再一次细细地观察着现场,忽然,平台上的一张小纸片引起了他的注意。他拾起来一看，原来是张车票，接着他又发现房中地毯上有一行浅浅的脚印，似乎是踮着脚尖走路留下的。他俯下身去，用手拈起了脚印上的一点泥土，用放大镜仔细察看着。这是从花园里带进来的泥土。当他的目光停留在那架座钟上时，双眉不由皱紧了：钟锤的左边有一道擦痕，子弹是从钟摆和钟锤之间飞过去的！

警长立即让助手把钟拨到10点差一分，然后把钟锤向上拉，使擦痕正好处在射线上。

"凶杀案发生在10点之前！"助手恍然大悟，"9点58分时，巴巴拉还在和教授通话，那时汉斯正站在化验室门口，看来他不是凶手！"

警长一边测量一边说："凶手的高度不会超过1.60，他是从平台开的枪。"

"那么说，狗是唯一的目击者，"助手不解地问，"可狗怎么会放陌生人进来呢？"

"因为它认识他！"警长胸有成竹地说。

第二天，助手已经查明，售出那张车票的电车昨晚9点40分在靠近丹青格家的车站停靠。从车站步行10分钟就可到达别墅。

3天后的晚上9点，警长把所有的人都召集到别墅中来，他要进行一次案件复原。警长按照调查结果所推测的过程，让当事人从后往前再现一下。先是西贝内德和汉斯发现了死者，时间大约是10点20分，然后是两人呆在候诊室里，这时是10点15分……最后警长让助手坐在书房的沙发上，西贝内德靠着平台站着，用手枪瞄准助手的后脖颈，这时，火车的隆隆声由远而近，座钟上的时针正指向9点58分，火车驶过了大桥。警长示意助手用对讲机向化验室通话，随后他转向西贝内德："你开枪呀，枪里装的不是实弹！"

西贝内德的额上冒出了汗珠，他扣动了扳机。两声枪响被飞驰而过的火车的喧嚣声淹没了。

警长的双眼闪烁着兴奋的光，说："对，就是这样。你，西贝内德枪杀了丹青格教授！"

此话犹如晴天霹雳，使在场的人惊呆了。

"有一天教授找到你，讲述了脸的故事，并请你调查。"警长不慌不忙地说，"几天后你偶然看到苏珊娜和汉斯一起坐在咖啡馆里，从他们那里你得知了那天深夜树林里发生的事。这些你却对教授只字未提，因为你已敏锐地感觉到这里一定有什么误会和隐情。后来教授告诉了你那段往事，你心里已经明白了大半。你

在调查中发现,汉斯对教授毫无恶意,虽然他就是多年前教授背弃过的那个年轻人,也就是教授所担惊受怕的'那张脸',但汉斯却压根儿没认出教授,也没有记起那片树林,更没有想到过要报复教授。在莱比锡博览会上的相遇完全是巧合,更凑巧的是,他又结识了教授的女儿并爱上了她。第二次他驱车跟着教授到树林是为了苏珊娜。第三次他特意来慕尼黑看苏珊娜,路上发现了丹青格的车,他以为苏珊娜会在里面,于是赶上去探头看了看,不料教授误以为汉斯已认出了他,并在跟踪自己。于是,你便钻了这个空子,假冒汉斯进行了讹诈。为此你煞费苦心,那些信你是在一台租来的打字机上打的。只是有一次你疏忽了,贴邮票时在背面留下了一个清晰的大拇指指纹。不过,汉斯每天都有可能受到教授的邀请,你就企图制造一场车祸置他于死地。你暗害汉斯后,又迫不及待地进行第二次讹诈,不料教授不愿再这样干了,你就策划了这个恶毒的计划,设法让汉斯作为凶手出现。你准备好了一封信,让教授签上名后寄给汉斯,然后你又冒充汉斯给教授打了个电话。为了把苏珊娜支开,你一大早就发了份电报给她。"

西贝内德蜷缩成一团,直打哆嗦。

"9点50分左右,你乘车来到别墅,"警长继续说,"狗并没有大叫,因为它对你很熟悉。你躲在平台上窥视着教授,等待汉斯的到来,而你的车票不小心掉在了平台上。差2分10点时,护士报告说客人到了,这时火车正好驶过大桥,于是你就开了枪……"

西贝内德绝望地长叹一声,被警察铐上了手铐。

汉斯感激地握住警长的手,连声说:"多亏了您,不然我真的掉进了这个魔鬼设下的陷阱里了。"

"这你得感谢丹青格书房里的老座钟,"警长微笑着说,"还有那留在钟里的第一枪也启发了我,凶手肯定要比你矮得多。"

大脑里的档案 西班牙

作者：卡梅洛·巴拉提那斯

这一间小小的空房间，是医院以前的化验室。护士们总喜欢聚在这里，忙里偷闲地聊上几分钟，眼下，几个护士正热烈地讨论着前几天参加梅纳院长生日聚会的事。那天整个医院除了值班护士和普列达大夫外，大家都去了。

"听说院长把普列达大夫辞退了？"一个年轻的护士问。

"上头把这件事搞得很神秘。不过，我认为这不公平……"另一位护士话还没说完，忽然住了口，只见门口出现了一张美丽而毫无表情的脸，她就是圣·塞布里安医院的护士长何塞弗娜·路易丝。护士们立即一声不响地出去了。

夜色笼罩了大地。何塞弗娜倚在树干上，不时地看看手表。终于，医院大楼的玻璃门后出现了弗朗西斯科·梅纳高大的身影。两人一起向那辆白色的梅塞德斯牌汽车走去。梅纳发动了汽车，向大路驶去。何塞弗娜说："刚才我等你的时候，好像有人看见我了。"

梅纳不安地看了她一眼，说："太糟了！这两个月我们又犯了个错误。"

何塞弗娜从牙缝里挤出一声冷笑："我损害了你那正人君子的形象了吧？别忘了是你厌倦了那个愚蠢的女人，主动来找我的！"

她低声抽泣起来。梅纳不得不换了一种语调，请求她的原谅。何塞弗娜一字一句地说："原谅你？我绝对做不到！"

梅纳心情烦躁地回到家，他的妻子安帕萝喋喋不休地向他诉说了一大堆无聊的事。

梅纳耐心地听完后，用一种漫不经心的口吻说："我们把普列达辞了。"

安帕萝一听，愣住了。停了几秒钟后，她急切地问："这是怎么回事？"

梅纳简单地告诉她，普列达做了和一个大夫身份不相称的事。安帕萝的脸色完全变了，好半天也不说话。

第二天上午，两位护士走进了医院二楼妇科大夫普列达的诊室。这位年轻大夫中等身材，衣着考究，嘴角上总是挂着一丝嘲讽的微笑。当他得知她们是按院长的盼咐来帮他收拾东西时，便讥讽地说道："真是太感谢了，我倒还有些话要和你们院长谈谈。"说完狠狠地关上了门。

10点钟，内科大夫恩立克·莱亚尔大夫开始查房。底楼的一间病房里，躺着一个上了年纪的病人，他用忧郁的目光望着窗外。

恩立克一边为他切脉，一边微笑着问："感觉怎么样，赫尔曼？"

病人愁眉苦脸地说："大夫，我真害怕。"

恩立克安慰他说，为他主刀的是桑坦德也是全西班牙最好的外科大夫梅纳院长。赫尔曼脸上这才露出了笑容。

这天，梅纳做完最后一个手术，疲惫不堪地走出手术室时，已是晚上8点多了。外面下起了雨。

11点不到，守门人加洛听到大厅里响起了脚步声，急忙出去察看，见是梅纳院长，便立即恭敬地迎了上去。梅纳微笑着说："今晚我又是最后一个了吧……"忽然他住了口，双眼紧盯着外面。

加洛顺着他的目光向外望去，见外面只有院长那辆白色的汽车停在那儿。就在这一刹那，他仿佛看见车边有一个穿着浅色短大衣的人影。加洛一惊，等他定睛细看，却什么也没有了。他目送着院长坐上汽车，消失在夜色之中，心想一定是自己看花了眼。

不知过了多久，一阵刺耳的电铃声在加洛头顶响起。他急忙奔出去开门，一个骑摩托车的交通警站在门口；"出了交通事故，"他说，"弗朗西斯科·梅纳死在离这不远发生的一次事故中。"

救护车的喇叭声划破了沉沉雨夜。此时大厅里的时钟指向凌晨2：30……

4天后的中午，一个戴着黑边眼镜的年轻人走进了首都保险公司桑坦德分行的经理办公室。他是首都保险公司的律师弗拉德斯·塞萨尔，专程来这里调查梅纳事件的。他向经理说明了来意。梅纳在保险公司为他那辆贵重的汽车保了险，此外，还签了一份两百万比塞塔的生命保险单，总共是300万。"我的责任就是在付出哪怕是一分钱以前要把事情弄清。梅纳先生的死很显然有可疑的地方。"最后，塞萨尔这么说。

圣·塞布里安医院座落在离桑坦德20千米的公路岔道上。塞萨尔下了车，向岔路口走去。不远处就是出事地点。下面20-30米的地方，躺着那辆汽车的残骸。塞萨尔小心翼翼地走下坡，来到那堆废铁旁边，燃烧后的汽车一片焦黑。显然，谁也无法从这个"地狱"里活着出来。

塞萨尔掏出照相机。忽然，耳边响起一个声音，"你在这里干什么？"他抬头一看，是个又高又瘦的男人。塞萨尔掏出自己的证件晃了晃，那人的语气才缓和了些。他说自己是犯罪调查局的比利亚努埃克探长。塞萨尔感到，这位探长显然不希望自己插手此事，就先去找已经约好的法医。

从法医那儿得知，尸体并没有被烧焦。汽车翻滚着火的时候，梅纳从车门里滚了出来，他的头部完好无损。可以清楚地看到，他的后脑勺是被敲碎的。从死者的脑颅里取出了瓶子的玻璃碎片。那是威士忌酒瓶，汽车后车门边有一个存放酒的酒柜。

圣·塞布里安医院设在一座三层的楼房里。楼后是一片浓密的树林，前面有个花园，两旁是停车场。梅纳是这家医院的经纪人之一，他的合伙人是副院长海梅·奥利瓦大夫。塞萨尔访问的第一个人就是副院长海梅。这个瘦小的老头看上去很和善。他说医院里所有的人都敬重梅纳，他本人也是梅纳的亲密朋友，实在想不出梅纳会有敌人。

"那么也包括普列达大夫吗？"塞萨尔插了一句。

海梅迟疑了片刻，不太情愿地谈起了有关普列达的事。

一天，有个神情忧郁的女人来找院长。她说几个月前她身体不适，一位男大夫为她进行了治疗并收取了一大笔钱。事后她得知自己并不需要这样的治疗。梅纳担心事情闹大会影响医院的声誉，就把那笔钱还给了那女人。普列达是当时医院里唯一的男医生，而且那女人一眼就认出了他。不管他怎么否认，也开脱不了自己。

"他有没有为自己辩解？"塞萨尔问。

"没有。"海梅摇着头，"他还有什么可说的呢？"

从院长室出来，塞萨尔遇到了探长。探长认为普列达嫌疑重大。此人嗜酒如命，花钱大手大脚，脾气又暴躁。出事的那天上午，两位护士听到他扬言要找院长谈谈。接着，探长压低声音说："您不如调查一下一个神秘的人，他身穿浅色短外衣。27日晚上有人看见他在医院门口等梅纳大夫。"

塞萨尔回到桑坦德分行，只见安帕萝正坐在经理室里大吵大闹，要求立即支付她丈夫的保险金。"很遗憾，"塞萨尔慢条斯理地说，"在谋杀的情况下，我们不能支付保险金。"这个傲慢的女人只好悻悻地走了。

傍晚，塞萨尔来到一家饭店。恩立克约他和何塞弗娜一起共进晚餐。恩立克是他军校时的同学。起先，何塞弗娜不太说话，当话题转到梅纳事件时，她立刻表现出异乎寻常的关心。她悄悄地告诉塞萨尔，她能猜到那个"幻影"是谁，

可她不相信那人就是凶手。这时，塞萨尔的头脑中闪电般地掠过一个念头，他把何塞弗娜和梅纳的妻子作了一番比较。

第二天，比利亚努埃克探长驱车来到桑坦德市中心普列达的寓所附近。他发现了一辆熟悉的车，接着，又在存车场看到了塞萨尔，他正和一个男子热烈地谈着什么。

一见到探长，塞萨尔显得很高兴。他要求那个看车人向探长重复一遍刚才说过的话。看车人说，普列达每天晚上总是把车存在这里的。上月 27 日他正好值夜班，清楚地记得普列达把车存在这儿，晚上 10 点多钟又把车开走了，再也没有回来。

"普列达来取车时，您看清了他的脸吗？"塞萨尔注视着看车人问。

"我记不得了。"看车人歉意地笑了笑，"不过大致不会错的，大夫总是穿着那件奶黄色的短外衣。"

于是，探长把普列达作为嫌疑犯拘留了。

接着，塞萨尔根据线索，找到了那个使普列达被解雇的女人。那女人叫玛丽娜。

塞萨尔告诉她，他是律师，正在处理一件重要的事。向他提供情报的人，将会得到一笔优厚的报酬。他想知道的是那天夜里玛丽娜是什么时候去医院的，又是谁介绍她去的。玛丽娜支支吾吾，可就是不肯讲出真情。塞萨尔拿她没办法。

回到办公室塞萨尔就接到探长的电话，说他又发现了一个同谋犯，而且是个女人。他们在普列达的车上找到了几只女式手套和一本时装杂志，手套上有血。杂志被撕去了中间几页，剩下的也染有血迹，化验结果证实就是梅纳的血，这本杂志又刚巧是 27 日发行的。另外，普列达的看门人那晚看见一个神秘的女人走进电梯。她戴着墨镜，一条宽大的围巾遮住了大半张脸，她每次来找普列达总是这样躲躲闪闪的。探长信心十足，只要找到这个女人，事情就水落石出了。塞萨尔没有说什么，他对恩立克的电话更感兴趣。他打算立即去一趟医院。

恩立克告诉了他一件怪事。医院的 106 号房间一直是用来照顾那些付不起医药费的病人的。这是梅纳院长创建的。不过，海梅副院长宣布取消这种做法了。这里的最后一位病人是赫尔曼，梅纳就是在为他做手术的当夜遇害。而赫尔曼声称在那天夜里看到了奇怪的幻影。

其他国家

赫尔曼又重复了一遍他的幻觉："那天晚上我躺在床上，向窗外望了一眼，外面一片漆黑。忽然我看见了海梅大夫在树丛里，猛然间，他开始抖落花瓣……"

塞萨尔走到窗前看了看，若有所思地点点头。就在这一刹那，他大脑最隐秘的角落里，下意识地跳出了一份"档案"，事情的真相就那么清晰地呈现了出来。

第二天下午，塞萨尔来到院长室。他对海梅副院长开门见山地说："几天前，我和玛丽娜谈了话，结果发现这完全是一场骗局，有人收买了这姑娘。"

"什么？这怎么可能？"海梅惊愕地瞪大了双眼。

"她的叙述是漏洞百出的。当时她可能像鹦鹉学舌那样背得一字不漏，可时间一长，她却忘记了那些重要的细节。"塞萨尔滔滔不绝地说。

"那么是谁在陷害普列达呢？"海梅显得十分关切。

"您。"塞萨尔的回答简短而有力，随后他不慌不忙地掏出一张纸，说，"我刚刚知道您继承了一大笔遗产。"

海梅的脸色发白，连话也说不出了。

塞萨尔不再说什么，独自退出院长室。他在走廊上遇到了探长。探长拍着塞萨尔的肩膀说警方已经逮捕了普列达的同谋——梅纳的遗孀安帕萝。她无法否认那天晚上找过普列达，也解释不了为何她家独缺那本 27 日出版的杂志，况且她一见到那副带血的手套就大惊失色。

"其实，安帕萝并不是真正的继承人。"塞萨尔微笑着说，"继承人是海梅院长。"接着他向探长解释起来。梅纳和海梅曾经签订了这样一份协议，如其中的一人死亡，另一方就可以得到整座医院，只要付给死者的继承人一笔钱。

"那么你认为海梅利用了普列达？"探长似乎有些明白了。

"我已经放了诱饵，"塞萨尔胸有成竹地说，"就看拉上来的是什么了。"他请求探长陪他到监狱去一趟。

铁窗里的普列达已经完全失去了往日的傲慢。他承认那女人声称来院就诊的晚上，他离开工作去喝酒了，所以无法为自己辩解，因擅离职守被解雇会对他更不利。梅纳被害的那天晚上，他多喝了几杯，一觉睡到第二天中午。他也不明白怎么会有人看见他夜里出去取车。安帕萝确实找过他，但每次都是去看妇科病的。

"你第二天去取车时，"塞萨尔有意问，"你发现有什么异样吗？"

"没有，车像平时一样在我家对面。"普列达补充了一句，"每天早上8点，存车场的人会把车给我送来。"

犯罪调查局立即传讯海梅，可是海梅却突然失踪了。他的汽车仍然放在医院里，可是从下午4点以后，就再没有人见过他了。

深夜，塞萨尔被一阵急促的电话铃声惊醒，探长用焦急的声音通知他立即去医院，海梅在办公室里自杀了，并留给他一封信。

院长室里灯火通明，海梅静静地平卧在沙发上，就像睡着了一样。探长告诉塞萨尔，他给自己注射了一针"古拉雷"。塞萨尔接过海梅写给他的信，读了起来。

一切都是我和安帕萝策划的。她是为了钱，而我是希望成为圣·塞布里安医院的唯一主人。我们都想把梅纳的死造成是一次车祸的假象，但我发现这难以逃过验尸这一关。于是，我们精心选择了普列达这个替罪羊。先收买了女病人玛丽娜，好诬陷普列达。27日晚我又穿了一件和普列达一样的外衣装扮成他的样子，杀害了梅纳。

现在，一切都完了。我毁了圣·塞布里安医院。它是多么美啊。

这封信是用打字机打的，在签名下面有一行潦草的字。"普列达，你能原谅我吗？"

塞萨尔走近尸体，观察了很久。他又走到打字机边，轻声说道："我还以为自杀者的绝命书都是亲笔写的呢。"

回桑坦德的路上，塞萨尔一直阴沉着脸，双眉紧锁。他的任务已经完成了，可是他称之为"大脑档案"的意识深处，却还闪动着一个信号，使他一刻也不能安宁。究竟是哪儿出了差错？他苦苦思索着。突然，一个念头从他脑海中蹦了出来，他的心狂跳不已，立即调转车头，向探长家驶去……

又一个月过去了，这天夜里，医院里死一般的寂静。随着一声轻轻的开门声，一条黑影蹑手蹑脚地走到空地上。霎时，灯光像爆炸开来似的亮了起来。只见空地上呆呆地站着一个惊恐不安的男人，他手上提着一个沉重的黑皮箱。他的脚下就是医院的地窖。

探长走上前去，把一副手铐铐上了那人的手腕，说："你被捕了，弗朗西斯科·梅纳。"

梅纳没有死。

首都保险公司的总经理坐在办公室的大沙发椅里，颇有兴趣地听着塞萨尔的工作汇报。

其他国家

"只差一点就达到完美的地步了。"塞萨尔风趣地说,"要不是出现了一系列情况使我的'大脑档案'活动起来,梅纳的阴谋就得逞了!

原来,梅纳为了策划这个阴谋,耐心地等待了好几年。他是个心胸狭窄的人,从一开始就认为自己的妻子和普列达欺骗了他。嫉妒使他失去了理智,他决定不惜一切进行报复。计划的第一步就是创立圣·塞布里安医院的"特别病房"。他要寻找他的替身,一个代替他进坟墓的人。最后,他终于找到了一个各方面都和他相像的病人。同时,他又费尽心机争取海梅的合作,他认定海梅会对医院的主人这个诱人的前景动心。他唯一疏忽的是向何塞弗娜泄露了玛丽娜的住址。当人人都知道普列达因为受了处罚而对他产生仇恨后,实施计划的时刻到了。梅纳找了那个已经出院的病人,让他装扮成他的模样。那人高兴地答应了。那天晚上9点左右,海梅穿着一件和普列达完全相同的外衣去取普列达的车。回到医院后,他躲进树丛脱下外衣,刚巧被106室的病人看见。病人由于麻醉剂的作用,误以为他在抖落花瓣。两人开车来到事先选定的地点后,梅纳用酒瓶残酷地杀害了那个替身。由于尸体面目全非,竟骗过了所有的人。梅纳为了陷害安帕萝,故意签订了一份对她十分有利的人寿保险单。那天他特地买了一本她每星期都买的时装杂志,并撕去了几页,把和他相同血型的血染在杂志和手套上,藏在普列达的车里,造成是安帕萝和普列达合谋杀害梅纳的假象。

然而,梅纳是个工于心计的人。尽管所有证实安帕萝和普列达犯罪的证据都是无可辩驳的,可他知道如果他们两人竭力否认的话,法官仍无法判决。于是,他决定放弃对普列达的报复。那天晚上,他偷偷地溜出了地窖,来到院长办公室。在他的同伙毫无防备的情况下,把毒针扎进了海梅的身体,毫不费事地制造出了一个自杀的现场。可最困难的是模仿海梅的笔迹。他事先用打字机准备好了那封信,又花了大量时间来模仿海梅的签名,不过,他的笔迹还是被塞萨尔辨认出来了。

"真是不可思议。"塞萨尔说,"有一次,我看到了两艘十分相像的轮船,立即联想到在汽车残骸中找到的尸体也许并不是梅纳的,虽然真假梅纳的外貌很相似。还有海梅突然消失了一个下午,而他的汽车仍停在那里。于是我想到医院里肯定有个秘密的藏身处,杀害他的人肯定就在医院里。"

总经理向塞萨尔伸出手来,由衷地说:"年轻人,你干得太漂亮了。"

塞萨尔笑了,"那是我的'大脑档案'工作得还不坏!"